AGATHA CHRISTIE COMPLETE COLLECTION

HERCULE POIROT'S CHRISTMAS

AGATHA CHRISTIE COMPLETE COLLECTION
HERCULE POIROT'S CHRISTMAS
푸아로의 크리스마스 애거서 크리스티 장편 소설 | 김남주 옮김
황금가지

HERCULE POIROT'S CHRISTMAS

정식 한국어 판 출간에 부쳐

나는 한국에서 우리 할머니의 작품을 정식으로 출간한다는 소식을 듣고 무척 기뻤다. 할머니가 1920년부터 1970년 무렵까지 오랜 세월에 걸쳐 집필한 작품들은 21세기인 지금 읽어도 신선하고 재미있다. 등장 인물들이 워낙 자연스러워서 요즘 사람들과 다를 바 없고 이들이 등장하는 상황과 장소가 전 세계 사람들의 애정과 향수를 자극하기 때문이다. 한국 독자들은 이번에 새로 나온 정식 한국어 판을 통해 그동안 접하지 못했던 애거서 크리스티의 일부 작품들을 읽을 수 있을 것이다. 덕분에 한국에 새로운 세대의 애거서 크리스티 팬들이 탄생할지도 모르겠다는 생각을 하면 가슴이 벅차다.

애거서 크리스티는 대표적인 두 명의 주인공으로 기억되는 작가이다. 14권의 작품에 등장하는 마플 양은 영국의 작은 시골 마을에서 평온한 나날을 보내며 뜨개질과 수다로 소일하는 미혼의 할머니이지만, 놀라운 기억력과 날카로운 두뇌 회전으로 주변에서 벌어진 살인 사건을 해결한다.

그리고 마플 양과 상반되는 성격을 지닌 에르퀼 푸아로는 자신만만하고 콧수염을 포함한 자신의 외모와 벨기에라는 국적에 대한 자부심이 상당하다. 그는 이집트와 이라크를 비롯한 세계 각지에서 수수께끼를 해결하며 『오리엔트 특급 살인 *Murder On The Orient Express*』, 『나일 강의 죽음 *Death On The Nile*』, 『애크로이드 살인 사건 *The Murder Of Roger Ackroyd*』 등 애거서 크리스티의 여러 대표작에 모습을 드러낸다.

황금가지의 대담하고 참신한 표지와 전반적인 디자인 덕분에 작품의 성격이 잘 살아난 것 같아 기쁘다. 또한 한국 독자들이 할머니의 원작이 지닌 참된 묘미를 느낄 수 있도록 충실한 번역을 위해 애써 준 점도 높이 사고 싶다.

할머니의 작품이 20세기의 그 어떤 작가들보다 많이 팔리고 있는 이유는 나이와 국적에 상관없이 읽을 수 있는 재미와 감동을 갖추었기 때문이다. 모쪼록 한국 독자들도 황금가지에서 선보이는 애거서 크리스티 작품들을 즐겁게 감상하기를 바란다.

매튜 프리처드

애거서 크리스티의 손자

ACL 이사장

친애하는 제임스,

당신은 언제나 제 작품의 가장 충실하고 친절한 독자였습니다. 그런 만큼 당신에게 비판을 받으면 저는 심각하게 마음이 산란해진답니다.

당신은 제가 다루는 살인이 점점 지나치게 세련되고 있다고 불평하셨지요. '피가 낭자한 진짜 폭력적인 살인'을 보기 어렵다고요. 추호의 의혹도 없는 진짜 살인 말입니다.

그런 의미에서 이 작품은 특별히 당신에게 맞는, 당신을 위해 쓴 이야기입니다. 부디 이 작품을 마음에 들어했으면 좋겠네요.

처제 애거서

차례

I

스티븐은 플랫폼을 따라 활기차게 걸어가며 코트 깃을 세웠다. 머리 위 어스레한 안개는 역 안에도 가득했다. 대형 기관차가 차갑고 신선한 대기에 구름 같은 증기를 내뿜으며 장중하게 식식거리는 소리를 냈다. 모든 것이 우중충하고 연기에 그을어 있었다.

스티븐은 혐오감을 느끼며 생각했다.

'정발 불쾌한 나라군. 정말 불쾌한 도시야!'

처음에 런던의 상점과 식당, 잘 차려입은 매력적인 여자들을 보면서 흥분에 찼던 반응은 그에게서 더 이상 찾아볼 수 없었다. 이제 스티븐의 눈에 비친 런던은 때 묻은 진열대에서 반짝이는 모조 다이아몬드에 불과했다.

지금 남아프리카로 돌아간다면……. 그는 향수로 인해 순간적으로 가슴이 죄어들었다. 찬란한 햇살, 푸른 하늘, 꽃밭, 시원한 청색 꽃들, 갯질경이 울타리, 작은 오두막집마다 매달린 푸른 메꽃.

그런데 이곳은 더럽고 우중충했으며, 사람들은 개밋둑을 분주하게 오르내리는 개미들처럼 끊임없이 서두르며 서로를 밀쳐 댔다.

한순간 그는 생각했다.

'차라리 여기 오지 말걸……'

그러나 자신이 이곳에 온 목적을 기억해 내는 순간 스티븐의 입매가 다시 굳어졌다. 아니 이런, 그는 이 일을 해내야 한다. 여러 해 동안 계획한 일이 아니던가. 그는 하고자 하는 일은 언제나 해내고야 마는 사람이었다. 그랬다. 그는 이 일을 해내고야 말리라.

왠지 미심쩍은 기분이 된 그 순간, 문득 한 가지 의문이 떠올랐다.

'그런데 왜 하려는 거지? 이 일이 무슨 가치가 있을까? 어째서 지난 일을 헤집으려는 걸까? 어째서 그 모든 것을 지워 버리지 못하는 걸까?'

하지만 이 모든 의문은 나약함에서 나온 것일 뿐이었다. 이제 스티븐은 어린아이가 아니었다. 이런 마음은 일시적인 변덕일 뿐이었다. 그는 결단력이 있고 자신에 찬 마흔 살의 사내였다. 그는 그 일을 해내리라. 자신을 영국으로 불러낸 그 일을 해내고야 말리라.

기차에 오른 스티븐은 통로를 따라 걸으며 좌석을 찾았다. 짐꾼을 손짓으로 쫓아 버리고 생가죽 슈트 케이스를 직접 든 채 이 칸에서 저 칸으로 옮겨갔다. 기차는 만원이었다. 크리스마스까지는 겨우 사흘 남아 있었다. 붐비는 기차간에서 스티븐 파는 불쾌한 기색을 보였다.

사람들! 꾸역꾸역 들이닥치는 수많은 사람들! 모두가 정말이지 너무나도, 뭐랄까, 구질구질한 행색이 아닌가. 그리고 너무도 서로 비슷했다. 끔찍할 정도로 비슷했다.

'모두 양이나 토끼 같은 얼굴을 하고 있군.'

몇몇은 수다를 떨고 야단법석이었다. 나이 지긋한 남자 몇몇이 투덜거렸다. 그들은 돼지 쪽에 좀 더 가까웠다. 날씬한 몸매에 달걀형의 얼굴, 붉은 입술을 한 여자들조차 하나같이 칙칙해 보였다.

그는 불현듯 태양이 작열하는 그곳의 탁 트인 평원이 그리웠다. 광활하고 인적 없는 그 평원 말이다.

하지만 스티븐은 다음 순간 기차간 안을 둘러보다가 숨을 멈추었다. 그녀는 달랐다. 검은 머리카락, 윤기 있는 크림빛 피부, 밤의 깊이와 어둠을 담고 있는 두 눈. 서글픔과 자부심이 담긴 남국의 눈빛……. 저런 여자가 이 멍청하고 구질구질한 사람들로 가득 찬 기차에 앉아, 음울한 영국 중부를 여행해야 한다는 것은 뭔가 크게 어긋난 일임에 틀림없었다. 저런 여자라면 입술에 장미 한 송이를 물고 도도한 머리에 검은 레이스 조각을 두르고는 발코니에 앉아 있어야 했다. 그곳의 공기에는 먼지와 열기, 그리고 투우장의 피 냄새가 감돌고 있을 것이다. 저 여자는 이곳 3등칸 구석에 끼여 앉아 있을 게 아니라 어딘가 근사한 곳에 있어야 했다.

스티븐은 관찰력이 뛰어난 사내였다. 그는 여자의 귀여운 검은 코트와 스커트가 해졌다는 것, 천 장갑은 싸구려고 신발은 보잘것

없다는 것, 그리고 빨간 핸드백이 도전적인 느낌을 준다는 사실을 눈여겨보았다. 그런데도 그는 그녀를 눈부신 어떤 것과 연상시켜 생각하지 않을 수 없었다. 그녀는 실제로 눈부시고 멋지고 이국적이지 않은가.

저런 여자가 이 안개와 한기의 나라에서, 바지런하게 서둘러 대는 사람들 사이에서 도대체 뭘 하고 있는 것일까?

'저 여자가 누구인지, 여기서 뭘 하고 있는 건지 알아내야겠어. 알아내야겠다고…….'

II

필라르는 창문에 면한 자리에 끼여 앉아 있었다. 영국인들에게서는 이상한 냄새가 났다. 그 냄새야말로 지금까지 그녀가 영국에서 받은 것 중 가장 강한 충격이었다. 마늘이나 먼지 냄새는 아니었고, 향기 같은 것도 거의 나지 않았다. 지금 이 기차간에서는 차갑고 답답한 기차의 유황 냄새, 비누 냄새, 그리고 또 하나의 아주 불쾌한 냄새가 났다. 마지막은 곁에 앉은 건장한 여자의 모피 깃에서 나는 것 같았다. 필라르는 조심스럽게 코를 킁킁거렸다. 희미하게 좀약 냄새 같은 것이 났다. 이런 향수를 몸에 뿌리다니 정말 괴상했다.

호루라기 소리가 나더니, 누군가 커다랗게 외치는 소리가 들려왔다. 그러자 기차가 천천히 역을 빠져나갔다. 출발이었다. 이제 그녀는 돌이킬 수 없는 길을 떠난 셈이었다.

심장 박동이 빨라졌다. 모두 다 잘될까? 하려고 하는 일을 해낼 수 있을까? 물론이다. 모든 것을 주의 깊게 계획해 놓지 않았던가. 있을 수 있는 모든 사태에 대비해 두었다. 그렇다. 그녀는 이 일을 해내리라. 그리고 반드시 성공하리라…….

필라르의 붉은 입술 양 끝이 곡선을 그리며 위로 올라가자 그 입이 갑자기 잔인하게 변했다. 어린아이나 새끼 고양이의 입처럼 잔인하고 탐욕적인, 오직 자신의 욕망만을 알 뿐 아직 연민을 모르는 입이었다.

필라르는 어린아이처럼 솔직하고 호기심이 서린 눈길로 주위를 둘러보았다. 객차 안의 사람들은 모두 일곱 명이었다. 이 영국인들은 얼마나 우스꽝스러운가. 모두들 무척 부유하고 성공한 것처럼 보였다. 그들의 옷가지며 부츠 같은 것이 그러했다. 그녀가 줄곧 들은 대로 영국은 아주 부유한 나라였다. 하지만 사람들은 결코 쾌활하지 않았다. 그랬다. 쾌활과는 거리가 멀었다.

통로에는 아주 잘생긴 사내 한 명이 서 있었다. 필라르는 그 남자가 꽤 미남이라고 생각했다. 그녀는 그 남자의 짙은 구릿빛 얼굴과 우뚝한 콧날, 떡 벌어진 어깨가 마음에 들었다. 그 어느 영국 여자보다 재빠르게 필라르는 그 사내가 자신에게 감탄의 눈길을 보내고 있다는 것을 간파했다. 그녀는 한번도 그 사내를 정면으로 바라보지는 않았지만, 그가 자주 자신에게 눈길을 준다는 것, 자신을 유심히 바라보고 있다는 것을 잘 알고 있었다.

그녀는 그 사실에 대단한 관심이나 감동을 느끼지는 않았다. 그녀가 태어난 나라에서는 남자가 여자를 쳐다보는 게 당연했고, 그 사실을 굳이 감추려 들지 않았다. 필라르는 그 사내가 정말 영국인일까 자문해 보고는 아니라는 결론을 내렸다.

'저 남자는 영국인이라기에는 너무 생동감과 박력이 있는걸. 게다가 피부가 하얗고 금발이야. 아마도 미국인일 거야.'

필라르는 남자가 서부 영화에서 본 배우 같다고 생각했다.

안내원 한 명이 통로를 따라 사람들을 헤치고 나왔다.

"점심 식사가 준비되어 있습니다, 여러분. 점심 식사요. 식당에 가서 점심을 드세요."

기차간에 있는 일곱 명은 모두 점심 식사 티켓을 갖고 있었다. 그들이 일제히 일어나 나가자 객차 안이 조용해졌다.

필라르는 반대편 구석에 앉았던 공격적인 인상의 반백의 할머니가 몇 센티 내려둔 창문을 재빨리 끌어올렸다. 그런 다음 편안하게 몸을 펴고는 창문 밖으로 펼쳐진 런던 북쪽 교외의 풍경을 내다보았다. 문이 스르륵 다시 닫히는 소리에도 그녀는 고개를 돌리지 않았다. 들어온 사람은 통로 쪽에 있던 사내로, 필라르는 그가 들어온 목적이 자신에게 말을 붙이기 위해서임을 잘 알고 있었다.

필라르는 생각에 잠긴 채 줄곧 밖을 내다보았다. 스티븐 파가 입을 열었다.

"창문을 완전히 열어 드릴까요?"

필라르가 차분하게 대답했다.

"그 반대예요. 제가 조금 전에 닿았는걸요."

그녀는 나무랄 데 없는 영어를 사용했지만, 억양이 조금 독특했다.

잠시 침묵이 이어지는 동안 스티븐은 생각했다.

'매력적인 목소리로군. 그 안에 태양이 들어 있는 것 같아. 여름밤처럼 따뜻해.'

필라르는 생각했다.

'이 사람 목소리 마음에 들어. 우렁차고 강해. 매력적인걸. 맞아, 매력적이야.'

스티븐이 다시 입을 열었다.

"기차가 만원이군요."

"아, 예. 정말 그래요. 런던이 너무나도 어두침침해서 사람들이 그곳에서 빠져나오는 모양이에요."

필라르는 기차에서 낯선 남자와 이야기를 나누는 것을 무슨 범죄처럼 가르치는 환경에서 자라지 않았다. 그녀는 여느 여자만큼 몸조심을 하긴 했지만 엄격히 금기하는 것은 없었다.

스티븐이 영국에서 성장했다면, 젊은 여자에게 말을 거는 일을 어색해했을지도 모른다. 하지만 스티븐은 사교적인 인물로, 관심을 갖게 된 상대와 이야기하는 것을 너무나도 자연스럽게 여겼다.

그는 아주 편안한 미소를 지어 보이며 말했다.

"런던은 좀 끔찍한 곳이죠, 그렇잖아요?"

"정말이요. 전 그곳을 좋아하지 않아요."

"저 역시 그렇답니다."

“그런데 영국인이 아니시죠, 그렇죠?”

“전 영국인입니다. 하지만 남아프리카에서 자랐지요.”

“오, 알겠어요. 그 말을 들으니 이해가 되는군요.”

“이제 막 외국에서 오셨나요?”

필라르가 고개를 끄덕였다.

“전 스페인에서 왔어요.”

스티븐은 흥미가 끌렸다.

“스페인에서요? 그렇다면 스페인인이신가요?”

“반만 스페인인이에요. 어머니가 영국인이셨고요. 그래서 영어를 유창하게 한답니다.”

“최근에 전쟁(스페인 내전을 말한다―옮긴이)이 터졌잖아요.”

“정말 끔찍해요. 그래요, 정말 슬픈 일이에요. 피해가 굉장해요. 어마어마하죠, 그래요.”

“어느 편이신가요?”

필라르의 입장은 약간 모호한 듯했다. 그녀의 설명에 따르면, 자신이 있던 마을에서는 아무도 전쟁에 그리 커다란 관심을 갖지 않았다는 것이었다.

“아시다시피 이 전쟁은 우리와는 좀 먼 이야기니까요. 시장은 아무래도 정부 관료다 보니까 정부 편이고, 교구 신부님은 프랑코 장군 편이에요. 하지만 대부분은 포도나무나 밭과 씨름하느라 그런 문제에 깊이 파고들 시간이 없답니다.”

“그렇다면 당신네 마을 근처에서는 전투가 전혀 없었습니까?”

필라르는 그렇다고 대답했다.

"하지만 자동차를 타고 나라를 가로지르면서 보니, 파괴된 곳이 무척 많더군요. 폭탄이 떨어져서 자동차가 박살나는 것도 봤어요. 또 하나는 집에 맞았고요. 정말 흥미진진하더군요."

스티븐 파가 약간 뒤틀린 듯한 미소를 지었다.

"당신에겐 그렇게 느껴지던가요?"

"좀 성가시기도 했어요. 왜냐하면 전 자동차를 타고 가고 싶었는데, 운전수가 죽고 말았거든요."

"그 일에 크게 마음을 상하지 않으셨나요?"

필라르의 커다란 검은 눈이 휘둥그레졌다.

"사람은 모두 죽잖아요. 아닌가요? 죽음이 그렇게 하늘에서 순식간에 휙 하고 내려오는 것도 괜찮죠. 사람이란 일정 기간 살다가는 죽게 마련이니까요. 세상 이치가 그렇잖아요."

스티븐 파가 소리 내어 웃었다.

"당신은 평화주의자가 아닌 것 같군요."

"뭐가 아닌 것 같다고요?"

필라르는 들어보지 못한 단어에 당황한 듯했다.

"당신은 적을 용서할 수 있나요, 세뇨리타?"

필라르가 고개를 저었다.

"제겐 적이 없어요. 있다면……."

"있다면요?"

스티븐은 달콤한 동시에 잔인해 보이는 그 입꼬리에 다시 매혹되어 필라르를 지켜보았다.

필라르가 진지한 어조로 대답했다.

"제게 적이 있다면, 누군가 저를 증오하고 제가 그를 증오한다면……. 그렇다면 저는 그의 목을 잘라 버릴 거예요, 이렇게요."

필라르가 목을 자르는 시늉을 했다.

그 동작이 어찌나 재빠르고 노골적이었던지 스티븐 파는 순간 흠칫 물러섰다.

"당신은 피에 굶주린 아가씨로군요!"

필라르가 차갑게 물었다.

"당신이라면 적을 어떻게 하시겠어요?"

스티븐은 움찔했다. 그러더니 그녀를 물끄러미 응시한 다음 소리 내어 웃었다.

"글쎄요……. 잘 모르겠네요."

필라르가 마뜩찮다는 듯이 반박했다.

"분명히 생각해 둔 바가 있을 거예요."

그는 웃음을 멈춘 다음 숨을 들이쉬고는 낮은 어조로 말했다.

"그래요, 사실은 있지요……."

그런 다음 재빨리 태도를 바꾸어 이렇게 물었다.

"영국에는 왜 오셨나요?"

필라르가 약간 새침하게 대답했다.

"친척들, 그러니까 영국인 친척들과 함께 지내러 가는 길이에요."

"그랬군요."

그는 필라르를 뜯어보면서 좌석에서 몸을 뒤로 젖혔다. 필라르가 말하는 그 영국인 친척이란 어떤 사람들이고, 그들이 이 낯선 스페인 여자를 어떻게 여길지를 궁금해하며 그녀가 크리스마스 시즌에 수수한 영국인 친척들과 함께 있는 모습을 그려 보려 애썼다.

필라르가 물었다.

"멋지겠죠, 남아프리카 말이에요. 그렇죠?"

스티븐은 그녀에게 남아프리카에 대해 이야기하기 시작했다. 필라르는 옛날 이야기를 듣는 아이처럼 기뻐하며 관심을 집중해 이야기를 들었다. 스티븐은 그녀의 순진하지만 날카로운 질문이 재미있어서, 동화 같은 이야기를 조금 과장되게 늘어놓았다.

하지만 점심 식사 하러 갔던 승객들이 돌아오자 이 즐거움도 끝이 났다. 스티븐은 자리에서 일어나 필라르의 눈을 지그시 바라보며 미소를 지어 보이고는 통로 쪽 자기 자리로 돌아갔다.

문간에서 어떤 나이 지긋한 숙녀와 부딪치자 그는 그녀가 들어올 수 있도록 잠시 물러섰다. 그때 이국적인 필라르의 밀짚 가방에 붙은 라벨이 눈에 띄었다. 그는 '필라르 에스트라바도스'라는 이름을 주의 깊게 읽었다. 그런 다음 주소에 시선이 멎었을 때 그의 눈은 믿을 수 없다는 생각과 또 다른 감정으로 휘둥그레졌다. 거기에는 이렇게 씌어 있었다.

'애들스필드 시 롱데일 고스턴 홀.'

스티븐은 반쯤 몸을 돌리고는 여자를 물끄러미 바라보았다. 그의 표정에는 어리둥절함과 미심쩍음과 분노와 같은 감정이 새롭게 떠올라 있었다. 그는 통로로 나와 담배를 피워 물며 미간을 찌푸렸다.

III

푸른색과 황금색이 어우러진 고스턴 홀의 커다란 응접실에 앉아 앨프리드 리와 그의 아내 리디아는 크리스마스 계획을 의논하고 있었다. 앨프리드는 부드러운 얼굴과 연갈색 눈을 가진 건장한 중년 사내였다. 그의 목소리는 차분했고, 발음은 아주 명료하고 정확했다. 고개는 어깨에 파묻혀 있어서 묘하게 굼뜬 느낌을 주었다. 그의 아내 리디아는 그레이하운드처럼 날렵하고 원기에 찬 여성이었다. 놀라우리만큼 늘씬했으며 몸짓 하나하나에 재빠르고 날랜 우아함이 배어 있었다.

그녀의 가꾸지 않은 수척한 얼굴은 아름답다고는 할 수 없지만 어떤 품위 같은 것이 있었다. 목소리는 매력적이었다.

앨프리드가 말했다.

"아버지께서 자꾸 고집을 부리시잖아. 다른 수가 없어."

리디아는 순간 짜증이 났지만 참았다.

"당신은 언제나 아버님 말에 따르네?"

"아버님은 노인이셔, 여보."

"알아. 알고 있어!"

"아버님은 자기 방식대로 일이 진행되기를 기대하셔."

리디아가 사무적인 어조로 말했다.

"당연히 그러시겠지. 항상 그래 왔으니까. 하지만 앨프리드 당신은 언젠가는 아버님으로부터 벗어나야 해."

"무슨 뜻이야, 리디아?"

앨프리드는 물끄러미 아내를 바라보았다. 그가 어찌나 눈에 띄게 언짢아했던지, 리디아는 잠시 동안 입술을 깨물고, 말을 계속해야 할지 망설이기까지 하는 듯했다.

앨프리드 리가 거듭 물었다.

"무슨 뜻이야, 리디아?"

리디아는 여위었지만 우아한 어깨를 으쓱해 보이며 조심스럽게 단어를 고르려 애썼다.

"아버님은…… 폭군이 되시려는 것 같아."

"나이가 많으시잖아."

"그리고 점점 더 나이가 드실 테고. 그 끝이 어디일까? 이미 아버님은 우리 삶을 좌지우지하고 계셔. 생각대로 계획 하나 세울 수 없다고. 조금만 우리 뜻대로 하려 해도 쉽게 성을 내시고 말이야."

"아버지는 자기 의견이 존중되었으면 하는 거야. 우리한테 몹시 잘해 주시잖아. 그걸 잊지 말라고."

"아! 우리에게 잘해 주신다고."

"'몹시' 잘해 주시지!"

앨프리드가 엄한 어조로 말하자 리디아가 차분하게 대꾸했다.

"당신 말은 경제적으로 그렇다는 거야?"

"그래. 아버지가 바라는 건 아주 단순해. 돈에 관한 한 우리에게
인색하신 적이 없잖아. 이 집이 우선 그렇고, 당신은 옷에 쓰고 싶은
만큼 돈을 쓸 수 있잖아. 청구서들은 군말 없이 결제되지. 지난주에
는 우리에게 새 차까지 사 주셨어."

"돈 문제에 관한 한 아버님이 관대하시다는 거 인정해. 하지만 그
대가로 아버님은 우리가 당신 노예처럼 행동하기를 바라서."

"노예라고?"

"그래. 당신은 아버님의 노예나 다름없어, 앨프리드. 우리가 어딘
가 가려고 계획을 세웠다가도 아버님이 갑자기 그러지 말라고 하시
면, 당신은 불평 한마디 없이 계획을 취소하지. 아버님이 변덕이 나
셔서 우리를 집에서 내보내고 싶으시다면 우리는 떠나야 해. 우리
에겐 우리 자신의 삶이 없어……. 독립성이란 게 없다고."

앨프리드가 고통스러워하며 말했다.

"난 당신이 이런 식으로 말하지 말았으면 좋겠어, 리디아. 이건 배
은망덕한 짓이야. 아버지는 우리를 위해 모든 걸 다 해 주셨잖아."

리디아는 입술까지 나온 반박의 말을 애써 삼켰다. 그녀는 예의
그 우아하고 가녀린 어깨를 다시 한 번 으쓱해 보였다.

"당신도 알다시피 아버지는 당신을 몹시 아끼신다고……."

리디아는 분명하고 또렷하게 말했다.

"난 아버님을 전혀 좋아하지 않아."

"리디아, 당신이 그렇게 말하면 나로서는 너무 괴로워. 그건 너무
나도 배은망덕한……."

"그럴지도 모르지. 하지만 가끔은 진실을 말하고 싶은 충동이 솟구치네."

"아버지가 그런 사실을 아시면?"

"아버님은 내가 당신을 좋아하지 않는다는 걸 너무나도 잘 알고 계셔! 아버님은 그걸 즐기고 계시는 것 같아."

"정말이지 리디아, 그 점은 분명 당신이 잘못 생각하고 있는 거야. 아버지는 당신의 태도가 정말 마음에 드신다고 말씀하셨어."

"물론 난 언제나 예의 바르게 행동해 왔어. 앞으로도 줄곧 그럴 테고. 지금 난 당신에게 내 진짜 감정이 어떤지를 알려 주고 싶을 뿐이야. 난 아버님을 좋아하지 않아, 앨프리드. 아버님은 심술궂고 전제적인 노인이야. 그는 당신의 애정을 악용해 당신을 괴롭히고 있어. 당신은 벌써 여러 해 전에 아버님께 맞서야 했어."

앨프리드가 날카롭게 응수했다.

"그렇게 할 거야, 리디아. 제발 그만해."

리디아가 한숨을 내쉬었다.

"미안해. 어쩌면 내가 잘못 생각하고 있는 건지도 몰라……. 이제 크리스마스 계획에 대해 이야기하자. 당신 생각엔 데이비드 서방님이 정말 오실 것 같아?"

"그러지 않을 이유라도 있어?"

리디아는 미심쩍은 듯이 고개를 내저었다.

"데이비드 서방님은…… 좀 이상해. 여러 해 동안 이 집에 온 적이 없잖아. 어머님을 무척 위했으니. 이 집에 대해서도 유감이 있을 거야.”

“데이비드는 언제나 아버지의 신경을 긁었지. 음악 취향도 그렇고 생활 태도도 몽상적이니까. 아버지가 어쩌면 그 애에게 가끔 너무 엄했는지도 몰라. 하지만 내 생각에 데이비드와 힐다는 분명히 올 것 같아. 알다시피 크리스마스잖아.”

리디아의 섬세한 입매가 비꼬듯이 일그러졌다.

“평화와 선의의 시즌이라지. 과연 그럴는지. 조지 서방님과 맥덜린은 지금 이곳으로 오고 있대. 내일쯤 도착할 거라더군. 맥덜린이 여기서 지루해하지 않을까 걱정이야.”

앨프리드가 약간 짜증스러운 기색으로 말했다.

“어째서 조지는 자기보다 스무 살이나 어린 여자랑 결혼한 건지 알 수가 없어. 조지는 언제나 바보 같은 짓만 해.”

“조지 서방님은 자기 일에선 무척 성공한 사람이야. 유권자들은 그를 좋아해. 맥덜린이 그를 위해 정치적으로 지원을 많이 해 주고 있는 것 같아.”

“난 그 여자가 별로 마음에 들지 않아. 그 여잔 뛰어난 미인이지만, 때때로 모양만 좋은 과일이 아닌가 하는 생각이 들곤 해. 겉은 발그레하고 매끈하지만……”

천천히 말한 앨프리드가 고개를 내저었다.

“그런데 속은 형편없다는 거야? 당신이 그런 말을 하다니 정말 재미있는걸, 앨프리드.”

“뭐가 재미있다는 거야?”

“당신은 원래 점잖은 사람이잖아. 험담 같은 건 거의 하지 않고. 때때로 그런 당신한테 짜증이 날 때도 있어. 당신은 도대체…… 뭐랄까, 도대체 의심이라고는 할 줄 모르잖아. 세상을 너무 모른다고.”

앨프리드가 미소를 지었다.

“난 언제나 세상은 각자 하기 나름이라고 생각해.”

“아냐. 악이란 사람 마음에만 있는 게 아니거든. 실제로 현실에 존재한다고. 당신은 세상의 사악함을 전혀 의식하지 못하는 사람 같아. 난 의식하고 있고. 난 언제나 그걸 느껴. 여기 이 집 안에서도 말야.”

날카롭게 말한 뒤, 그녀는 입술을 깨물었다가는 고개를 돌렸다.

“리디아…….”

하지만 리디아는 경고의 뜻으로 재빨리 한 손을 들어 올렸다. 그녀의 두 눈은 남편 어깨 너머의 무엇인가를 바라보고 있었다. 앨프리드가 고개를 돌렸다. 상냥한 얼굴을 한, 살빛이 거뭇한 남자가 공손히 서 있었다.

리디아가 날카로운 어조로 물었다.

“무슨 일인가, 호버리?”

호버리가 나지막한 목소리로 공손하게 속삭였다.

“주인 나리 일입니다, 마님. 이번 크리스마스에 손님이 두 사람 더 올 테니 방을 준비하라고 이르셨습니다.”

“두 사람이 더 온다고?”

호버리가 부드럽게 대답했다.

“예, 마님. 신사분과 젊은 숙녀분이랍니다.”

앨프리드가 궁금하다는 듯 물었다.

"젊은 숙녀?"

"주인님께서 그렇게 말씀하셨습니다, 나리."

리디아가 재빨리 말했다.

"내가 올라가서 아버님을 만나……."

호버리가 한 걸음을 떼어 놓았다. 거의 유령 같은 움직임이었지만, 리디아는 반사적으로 동작을 멈췄다.

"죄송합니다만 마님, 주인 나리는 지금 낮잠 중이십니다. 깨우지 말라고 특별히 이르셨습니다."

"알겠네. 물론 우리는 아버지를 깨울 생각이 없다네."

"고맙습니다, 나리."

인사를 한 뒤, 호버리가 방을 나갔다.

리디아가 격한 어조로 말했다.

"정말 불쾌한 사람이야. 고양이처럼 이 집 안을 살금살금 걸어다녀서 들어오고 나가는 소리를 도대체 들을 수가 없잖아."

"나 역시 저 친구가 그리 마음에 들진 않아. 하지만 저 친구는 자신이 맡은 일이 무엇인지 잘 알고 있어. 유능한 하인을 둔다는 건 쉬운 일이 아니야. 그리고 아버진 저 친구를 좋아하시지. 그게 가장 중요하다고."

"그래, 당신 말대로 가장 중요한 건 그거야. 그런데 앨프리드, 그가 말한 젊은 숙녀가 누굴까? 어떤 숙녀를 말하는 거지?"

앨프리드가 고개를 내저었다.

“전혀 모르겠는걸. 그럴 만한 사람이 전혀 떠오르지 않아.”

두 사람은 물끄러미 서로를 마주 보았다. 이윽고 리디아가 표정이 풍부한 입매를 갑자기 일그러뜨리며 말했다.

“내가 지금 무슨 생각을 하는지 알아, 앨프리드?”

“무슨 생각인데?”

“아버님이 최근 지루해하시는 것 같아. 그래서 이번 크리스마스 때 기분을 전환할 만한 일을 계획하고 계시는 것 아닐까.”

“가족 모임에 외부인 둘을 초대해서 말이야?”

“이런! 자세한 내용은 나도 모르지. 하지만 아버님은 뭔가 즐길 만한 일을 꾸미고 있는 게 분명해.”

앨프리드가 진지한 어조로 말했다.

“그래서 아버지가 즐거우실 수 있으면 좋겠군. 가엾은 어른 같으니라고, 다리를 못 쓰게 되시다니. 그렇게 모험적인 삶을 사셨는데 말이야.”

리디아가 천천히 말했다.

“과거엔…… 모험적으로 사셨지.”

‘모험적’이라는 말을 하기 전의 침묵은 그 말에 어떤 특별하고도 모호한 의미를 부여했다. 앨프리드도 그걸 느낀 모양인지 얼굴을 붉혔다. 마음이 편치 않은 듯했다.

리디아가 갑자기 목소리를 높였다.

“아버님한테 어떻게 당신 같은 아들이 있는지 알 수가 없어. 아버님과 당신은 극과 극이라고. 그래서 당신은 아버님에게 매혹당하는 거야. 당신은 그분을 사랑하는 게 아니라 경배하는 거라고!"

앨프리드가 발끈했다.

"너무 지나친 것 아냐, 리디아? 아들이 아버지를 사랑하는 건 당연한 거잖아. 그러지 않는 게 이상하다고."

"그렇다면 이 집안사람 대부분이 이상한 거네! 좋아, 이 문제로 싸우지 말자고. 내가 사과할게. 당신 감정을 상하게 한 거 알아. 내 말을 믿어 줘, 앨프리드. 정말이지 당신 마음을 상하게 하려던 게 아니야. 난 당신의…… 당신의 '충성심'을 몹시 존경해. 성실함이란 요즘 찾아 보기 힘든 미덕이지. 내가 질투하고 있는 거라고 해둘까? 여자들은 보통 시어머니를 질투하지만, 시아버지를 질투하지 말란 법이 어디 있겠어?"

앨프리드가 부드럽게 아내를 안았다.

"말이 지나치군, 리디아. 당신은 누군가를 질투할 이유가 없어."

리디아는 자신의 말이 후회스럽다는 듯 남편의 귀에 재빨리 부드럽게 입을 맞추었다.

"나도 알아. 어쨌든 앨프리드, 난 당신 어머니를 질투했을 것 같진 않아. 그분을 만날 수 있었다면 좋았을걸."

"어머니는 가엾은 분이셨어."

리디아는 남편을 흥미롭다는 듯 바라보았다.

"그러니까 당신이 어머님에게서 받은 인상은 가엾은 분이라는 거군. 흥미로운걸."

"기억 속의 어머니는 거의 언제나 병석에 누워 계셨어……. 눈에는 종종 눈물이 괴어 있곤 했지……. 어머니는 원기가 없으셨어."

꿈을 꾸듯 말한 앨프리드는 곧 고개를 내저었다.

줄곧 남편을 응시하면서 리디아가 아주 부드러운 어조로 말했다.

"정말 이상해……."

하지만 앨프리드가 아내에게 묻는 듯한 눈길을 돌리자, 리디아는 재빨리 고개를 내젓고는 화제를 바꾸었다.

"베일에 싸인 손님들이 누군지 알 수가 없으니 난 나가서 정원 손질이나 끝낼래."

"날씨가 몹시 추워, 여보. 바람도 매섭고."

"단단히 챙겨 입고 나갈게."

리디아가 방을 나갔다. 혼자 남은 앨프리드 리는 잠시 동안 꼼짝도 하지 않고 미간을 찌푸린 채 서 있다가 방 한쪽 끝에 있는 커다란 창으로 걸어갔다. 창밖에는 저택 길이만 한 테라스가 딸려 있었다. 잠시 후 그는 리디아가 납작한 바구니를 들고 나오는 것을 보았다. 그녀는 담요 천으로 된 풍성한 외투로 몸을 감싸고 있었다. 그녀는 바구니를 내려놓고는 땅보다 조금 높은 정방형의 돌 화단에서 일을 시작했다.

앨프리드는 한동안 그 모습을 지켜보았다. 이윽고 그는 방을 나가 외투와 머플러를 집어 들고 옆문을 통해 테라스로 나왔다. 작은 정원처럼 꾸며진 각종 돌 화단이 늘어서 있었다. 그 모두가 리디아의 솜씨였다.

그중 하나는 부드러운 황색 모래로 만든 사막이었다. 채색된 깡

통에 녹색 종려나무가 몇 그루 심어져 있었고, 자그마한 아랍인 한두 명을 태운 낙타 모형과 세공용 점토로 만든 원시적인 흙집 몇 개가 배치되어 있었다. 채색 밀랍으로 만들어진 정식 꽃밭과 테라스가 딸린 이탈리아식 정원도 보였다. 또한 빙산 대신 녹색 잔디와 펭귄 무리가 있는 북극 화단도 있었다. 이어 아름다운 분재가 있고 물 대신 거울이 설치되어 있으며 세공용 점토로 만든 다리가 딸린 일본식 정원이 나왔다.

앨프리드는 일하고 있는 아내에게 다가가 그 옆에 섰다. 리디아는 파란색 종이를 바닥에 내려놓고 그것으로 컵을 싸고 있었다. 주위에는 돌 더미가 쌓여 있었다. 그녀는 작은 포대에서 쇄석을 쏟아 놓고 그것으로 해변을 만드는 중이었다. 돌 사이에 작은 선인장들이 자리잡고 있었다.

리디아가 혼자 중얼거렸다.

"그래, 이거야……. 이렇게 만들려던 거였어."

앨프리드가 물었다.

"이 최근 작품은 뭘 의미하는 거지?"

리디아는 그가 다가오는 소리를 듣지 못한 듯 소스라쳤다.

"이거? 오, 이건 사해야, 앨프리드. 마음에 들어?"

"좀 황량하지 않아? 식물이 좀 더 있어야 할 것 같은데?"

리디아는 고개를 저었다.

"이게 내가 생각하는 사해야. 보다시피 죽어 있어."

"이건 다른 것들처럼 그렇게 멋지지 않은걸."

"특별히 멋지게 보이려고 만든 게 아니거든."

테라스에서 발소리가 들려왔다. 백발에 등이 약간 굽은 집사가 그들에게 다가왔다.

"조지 도련님 부인에게서 전화가 왔는데요, 마님. 내일 5시 20분경 조지 도련님과 함께 도착해도 괜찮으시겠느냐고요."

"그래요. 좋다고 말해 줘요."

"네, 마님."

집사가 서둘러 돌아갔다. 리디아는 부드러운 표정으로 그의 뒷모습을 바라보았다.

"충실한 트레실리언. 정말 믿음직스러운 사람이야. 저 사람이 없었다면 우리가 뭘 할 수 있었을까."

"저 사람은 우리 집에 오래 있었던 사람들 중 하나지. 거의 40년을 있었으니까. 우리 모두에게 헌신적이야."

리디아가 고개를 끄덕였다.

"그래. 저 사람은 소설에 나오는 충실한 가신 같아. 가족을 보호해야 한다면, 얼굴이 새파랗게 질린 채 거짓말이라도 할 거야."

"내 생각에도 그래. 분명히 그럴 거야."

리디아는 자갈 고르는 일을 마쳤다.

"자, 이제 준비가 끝났어."

"준비가 끝나다니?"

앨프리드가 어리둥절한 표정을 지어 보이자 리디아가 웃음을 터뜨렸다.

"크리스마스 준비 말이야, 못 알아듣기는! 감상적이고 가족적인 크리스마스를 보낼 준비를 끝냈다고."

IV

데이비드는 편지를 읽는 중이었다. 그는 편지를 둥글게 뭉친 다음 던져 버렸다. 그런 다음 다시 다가가 구겨진 것을 펴고 내용을 또 한 번 읽었다.

그의 아내 힐다는 말없이 그를 지켜보았다. 그녀는 남편의 관자놀이 근육(어쩌면 신경인지도?)이 불끈거리고 길고 섬세한 두 손이 가볍게 떨리며 몸 전체가 신경질적으로 경련하는 것을 보았다. 늘 이마 위로 흘러내린 앞머리를 쓸어 넘기며 데이비드가 호소하는 듯한 푸른 눈으로 그녀를 보았을 때 힐다는 사태에 대처할 준비가 되어 있었다.

"힐다, 이 일을 어떻게 해야 하지?"

힐다는 잠깐 망설였다. 남편의 목소리에는 호소하는 듯한 기운이 서려 있었다. 그녀는 남편이 자신에게 얼마나 의존적인지 알고 있었다. 결혼 이후 줄곧 그래 오지 않았던가. 또한 그의 결정에 최종적이고도 결정적인 영향을 끼칠 수 있는 사람이 자신이라는 것을 알고 있었다. 하지만 바로 그런 이유에서 그녀는 지나치게 결정적인 말을 입 밖에 내지 말아야 했다.

힐다가 입을 열었다. 그녀의 목소리에는 보육원의 숙련된 유모에게서 들을 수 있는 차분하고 달래는 듯한 어조가 담겨 있었다.

"그건 당신이 그 문제를 어떻게 느끼느냐에 달렸어, 데이비드."

힐다는 아름답지는 않지만 대범한 성품과 더불어 어떤 자력 같은 매력을 갖고 있었다. 왠지 네덜란드 화가의 그림을 떠올리게 하는 그녀의 목소리에는 따뜻한 애정이 담겨 있었다. 힐다는 뭔가 강한 것, 즉 약한 이들이 왠지 모르게 끌리는 감추어진 생기의 소유자였다. 살이 많이 찌고 불퉁스러운 중년의 여인인 그녀는 총명하지도 눈부시지도 않았지만 간과할 수 없는 무언가를 가지고 있었다. 그것은 힘이었다. 힐다 리는 힘의 소유자였다.

데이비드는 자리에서 일어서서 방 안을 왔다 갔다 하기 시작했다. 데이비드의 머리에는 새치 하나 섞여 있지 않았다. 기묘하게도 소년 같은 모습을 한 그의 얼굴에는 번존스의 그림에 등장하는 온화한 얼굴의 기사 같은 면이 있었다. 그것은 좀 비현실적인 느낌을 주었다.

그가 입을 열었다. 목소리는 여전히 생각에 잠긴 듯했다.

"이 일에 대해 내가 어떻게 생각하는지 당신도 알잖아, 힐다. 분명히 알 거야."

"확실히는 모르겠는걸."

"내가 얘기했잖아. 당신에게 말하고 또 말했다고. 내가 이 모든 걸 얼마나 증오하는지 말이야. 그 집과 그 지역을 비롯한 모든 걸 말이야. 그 일을 떠올리면 그저 비참할 뿐이야. 나는 그곳에서 보낸 매

순간을 증오해. 그 생각을 하면, 얼마나 고통을 받았는지를 생각하면…… . 우리 어머니가 말이야."

힐다가 공감한다는 듯 고개를 끄덕였다.

"어머니는 정말 착한 분이셨어, 힐다. 한없이 인내하셨지. 커다란 고통을 거기 누워서 견디신 거야. 모든 걸 참아 내셨다고. 그리고 아버지를 생각하면…… ."

그의 얼굴이 어두워졌다.

"어머니는 아버지 때문에 평생 고생하시면서 살았어. 그런데 아버지는 자기 연애담을 떠벌리면서 어머니를 모욕했지. 아버지는 어머니에게 충실한 적이 없었고, 그 사실을 숨기려고도 하지 않았어."

"어머님은 참지 말았어야 해. 아버님을 떠나셔야 했다고."

"그러기에는 너무 선한 분이셨어. 떠나지 않는 것이 자신의 의무라고 생각하셨지. 게다가 그곳은 어머니의 고향이었어. 그러니 어디로 가실 수 있었겠어?"

"혼자서 사실 수도 있었잖아."

데이비드가 성마르게 응수했다.

"그 시절에는 그럴 수가 없었어. 당신은 이해 못 해. 과거엔 여자들이 그런 식으로 행동하지 않았어. 여자들이 모든 걸 참고 견뎠지. 어머니가 아버지와 이혼했다면 어떻게 되었겠어? 아버지는 아마 재혼했겠지. 두 번째 가족이 생겨났겠고. 우리 권리는 무용지물이 되었을 거야. 어머니는 이 모든 걸 고려하셨어야 했어."

힐다는 대답하지 않았다.

"어머니는 옳은 행동을 하신 거야. 어머니는 성녀 같은 분이셨어! 끝까지 참고 견디셨지, 불평 한마디 없이 말이야."

"불평을 한마디도 안 하신 건 아니잖아. 그랬다면 당신이 그 모든 일을 그렇게 자세히 알 수는 없었을 테니까 말이야, 데이비드!"

데이비드는 부드러운 어조로 대답했다. 그의 얼굴이 밝아졌다.

"그래, 어머니는 내게 많은 것을 이야기해 주셨지. 어머니는 내가 당신을 얼마나 사랑하는지 알고 계셨어. 임종하실 때……."

데이비드가 말을 멈추고는 두 손으로 머리카락을 쓸어 넘겼다.

"힐다, 그건 끔찍했어, 정말 무서웠다고. 그 슬픔이라니! 어머니는 아직 너무나도 젊었고 그렇게 돌아가셔선 안 되었지. 바로 그가 어머니를 죽인 거야. 내 아버지 말이야. 어머니가 돌아가신 건 아버지 탓이야. 어머니의 가슴을 갈가리 찢어 놓았지. 그때 난 아버지 집에서 살지 않겠다고 결심하고 집을 뛰쳐나왔지. 그 모든 것에서 벗어난 거야."

힐다가 고개를 끄덕였다.

"당신은 현명했어. 그렇게 한 건 잘한 일이야."

"아버지는 내가 사업을 이어받기를 원했어. 그건 그 집에서 산다는 걸 의미했지. 난 그렇게 살 수는 없었어. 앨프리드 형은 어떻게 그걸 참는지 모르겠어. 그 긴 세월 동안 어떻게 그걸 견디고 있는지 말이야."

"아주버님은 그런 상황에 한 번도 저항하지 않았어? 전에 아주버님이 다른 걸 포기해야 했다고 말했던 것 같은데."

힐다가 약간 흥미를 보이자 데이비드가 고개를 끄덕였다.

"형은 군인이 되려고 했어. 아버지가 모든 걸 정해 두었지. 장남인 앨프리드 형은 기병대에 들어가고, 해리와 나는 사업을 맡게 되어 있었어. 조지 형은 정치에 투신하고 말이야."

"그런데 일이 그대로 되지 않았군?"

데이비드가 머리를 내저었다.

"해리가 그 모든 걸 망쳐 버리고 말았어. 그 앤 언제나 무서울 정도로 제멋대로였어. 빚을 지는 건 물론이고 온갖 종류의 문제를 일으켰지. 결국 어느 날 남의 돈 수백 파운드를 갖고 줄행랑을 쳤어. 일이 자신에겐 맞지 않아서 새로운 세상을 보러 떠난다는 쪽지 한 장만 남겨 놓고 말이야."

"그 후 소식이 전혀 없었어?"

데이비드가 웃음을 터뜨렸다.

"아니, 있었지. 꽤 자주 소식을 들었어. 세계 도처에서 돈을 보내 달라고 전보를 보내 왔거든. 그리고 대부분 돈을 받았고 말이야."

"그럼 앨프리드 아주버님은?"

"아버지는 앨프리드 형에게 군대를 단념시키고 사업을 시켰지."

"아주버님이 싫어하시지 않았어?"

"처음에는 몹시 힘들어했지. 형은 사업을 싫어했어. 하지만 앨프리드 형은 언제나 아버지 손바닥 안이었어. 지금도 마찬가지일 거고."

"당신은 거기서 탈출한 거로군."

"그래, 난 런던으로 가서 그림 공부를 했지. 아버지는 내가 그런

바보짓을 한다면 당신 생전에 몇 푼의 용돈을 주는 것 외에 유산 같
은 건 전혀 없을 거라고 노골적으로 말했지. 상관없다고 대꾸하니
까 나를 바보 같은 자식이라고 하더군. 그게 끝이었어. 그 이후 아버
지를 한 번도 본 적이 없어.”

힐다가 부드러운 어조로 말했다.

“당신은 그 일을 후회하지 않아?”

“물론 후회 안 해. 내가 그림으로 성공할 수 없다는 걸 알아. 위대
한 화가 같은 건 될 수 없을 거야. 하지만 이 작은 오두막에서 우린
충분히 행복하잖아. 필요로 하는 모든 걸 갖고 있어. 가장 중요한 모
든 것들을 말이야. 그리고 내가 죽을 경우, 음, 당신은 보험금을 받
게 될 거야.”

데이비드는 잠시 말을 끊었다가 다시 입을 열며 편지를 내리쳤다.

“그런데 이제 이런 게 온 거야!”

“그런 편지를 쓰셨다니 정말 유감이네. 그 편지 하나에 당신이 그
렇게 불편해하니 말이야.”

데이비드는 아내의 말을 듣지 못한 듯 하던 말을 이었다.

“난 합법 가속으로서 크리스마스 때 모두 모였으면 한다면서 아내
와 함께 와 달라니! 이게 무슨 의미일까?”

“그 이상의 의미를 부여해야 하는 거야?”

데이비드가 묻는 듯이 아내를 바라보자 힐다가 미소를 지어 보이
며 대답했다.

“내 말은 당신 아버지가 나이 드셨다는 거야. 가족적인 유대라는

감상에 젖기 시작하신 거지. 있을 수 있는 일이잖아.”

“그럴 수도 있겠지.”

데이비드가 천천히 말했다.

“아버님은 노인이고 외롭다고.”

“내가 갔으면 하는 거야?”

“그런 호소를 무시하는 건 가혹한 일인 것 같아. 내가 옛날 사람인 건지 모르지만, 크리스마스에는 평화와 선의에 입각해 행동해도 좋지 않을까?”

“이 모든 이야기를 듣고도 그런 생각이 든단 말이야?”

“알아, 여보. 안다고. 하지만 모두 지난 일이야. 이제는 끝난 일이라고.”

“내게는 그렇지 않아.”

“그렇겠지. 왜냐하면 바로 당신이 그걸 끝난 일로 묻어 버리지 않으니 말이야. 당신은 마음속에서 줄곧 과거를 되살리고 있어.”

“난 잊을 수가 없어.”

“당신은 잊으려 하지 않는 거야. 그건 당신의 의지라고, 데이비드.”

데이비드의 입매가 딱딱하게 굳어졌다.

“우리는 그래. 우리 리 집안사람들은 말이야, 여러 가지 일들을 여러 해를 두고 마음속에 담아 두지. 그 일을 곰곰이 생각하고 기억을 생생하게 되살리면서.”

힐다가 초조한 기색을 드러내며 말했다.

“그게 무슨 자랑할 일이야? 난 그렇게 생각하지 않아.”

데이비드는 생각에 잠긴 눈길로 아내를 바라보았다. 그의 태도에는 일말의 주저가 서려 있었다.

"그렇다면 당신은 성실함에 그다지 가치를 두지 않는다는 건가? 추억에 성실한 것 말이야."

"난 중요한 건 과거가 아니라 현재라고 생각해. 과거는 흘려보내야 해. 우리가 줄곧 과거를 되살리고 싶어 한다면, 결국 과거를 왜곡하게 될 거야. 과거를 과장해서 보게 되는 거지. 잘못된 관점을 갖는 거라고."

"난 그 시절에 일어났던 모든 사건과 이야기 하나하나를 기억하고 있어."

데이비드가 열정적으로 말했다.

"그렇겠지. 하지만 그래선 안 돼, 여보. 그건 자연스럽지 않아. 당신은 건강한 성인의 시야로 그 시절을 바라보는 게 아니라 마치 어린아이처럼 판단하고 있어."

"그 두 가지가 무슨 차이가 있는데?"

데이비드가 묻자 힐다는 잠시 망설였다. 자신의 행동이 그다지 지혜롭지 못하다는 것을 의식했지만, 몹시 말하고 싶은 것이 있었다.

"당신은 당신 아버지를 악마 같은 존재로 여기고 있어. 하지만 이제 다시 아버지를 보면, 그저 아주 평범한 사람일 뿐이라는 걸 깨달을 수도 있어. 열정에 휘둘리는 사람, 완벽과는 거리가 먼 그런 인생을 산 사람이지만 비인간적인 괴물이 아니라 그저 한 인간이라는 점 말이야."

“당신은 이해 못 해! 그가 어머니에게 어떤 짓을 했는지……”

힐다가 심각한 어조로 말했다.

“때로는 너무 온순하거나 무조건적인 복종이 남자에게서 최악의 행동을 끌어내기도 해. 똑같은 남자가 원기와 결단 앞에서는 전혀 다르게 행동할 수도 있다고!”

“그러니까 당신은 그게 어머니 잘못이라는……”

힐다가 그의 말허리를 잘랐다.

“물론 그런 뜻은 아니야. 아버님이 어머님께 몹시 심하게 굴었다는 걸 믿어. 하지만 결혼이란 특수한 거야. 당사자가 아닌 그 누구도, 심지어 당사자의 아들이라 해도 그 결혼을 판단할 권리는 없어. 그리고 당신이 과거에 대해 원한을 갖고 있다는 사실은 이제 어머님께 아무런 도움도 되지 않아. 모두가 지난 일이야. 다 흘러간 일이라고. 지금 남아 있는 건 건강이 악화되어 아들에게 크리스마스를 보내러 집에 와 달라고 청하는 노인뿐이라고.”

“그래서 당신은 내가 가기를 바라는 거야?”

힐다는 잠시 주저하다가 다음 순간 마음을 정했다.

“그래, 난 그랬으면 좋겠어. 난 당신이 가서 그 악마를 영원히 때려눕혔으면 좋겠어.”

웨스터링엄의 하원 의원 조지 리는 마흔한 살의 조금 뚱뚱한 신사였다. 연푸른 눈은 의심에 가득 차 있었고, 턱은 두꺼웠으며, 말투는 느릿하고 현학적이었다.

그가 장중한 태도로 입을 열었다.

"전에 말했잖아, 맥덜린. 내 생각엔 거기 가는 게 우리 의무라고."

그의 아내 맥덜린은 초조한 듯 어깨를 으쓱해 보였다.

맥덜린은 날씬한 여자였다. 눈썹은 손질이 잘 되어 있었고 백금빛 머리카락에 갸름한 달걀형 얼굴을 하고 있었다. 때때로 그 얼굴에서는 얼빠진 듯 아무런 표정도 찾아볼 수 없었다. 지금 같은 경우가 바로 그러했다.

"여보, 너무나 지겨울 거야. 틀림없어."

좋은 생각이 떠오르기라도 한 듯 조지 리의 얼굴이 밝아졌다.

"게다가 말이야. 그렇게 되면 우리는 상당한 돈을 절약할 수 있을 거야. 크리스마스 시즌에는 언제나 돈이 많이 나가잖아. 그런데 하인들에게 급료만 주어도 된단 말이지."

"오, 이런! 하긴 크리스마스는 어딜 가나 지루하지."

조지는 자신의 생각만을 계속해서 말했다.

"크리스마스 정찬을 기대하겠지? 칠면조가 아니라면 맛있는 쇠고기 스테이크라도 말이야."

"누구 말이야? 하인들? 조지, 그렇게 안달 좀 하지 말아. 당신은 언제나 돈 걱정만 하네."

"누군가는 걱정을 해야겠지."

"그래, 하지만 그런 사소한 데에서까지 인색하게 돈을 아끼려 하다니 말도 안 돼. 차라리 아버님께 돈을 좀 더 보내 달라고 하는 게 어때?"

"아버지는 이미 나에게 상당액을 보내 주고 계시잖아."

"지금처럼 아버님께 전적으로 의존하는 건 한심한 일이야. 아버님은 당신에게 아예 재산을 얼마간 떼어 주셨어야 해."

"아버지는 그런 식으로 일을 처리하지 않아."

맥덜린은 그를 바라보았다. 그녀의 엷은 갈색 두 눈이 갑자기 날카롭고 기민해졌다. 표정 없던 달걀형 얼굴 또한 생기를 띠었다.

"아버님은 깜짝 놀랄 정도로 많은 돈을 가지고 계시지, 조지? 억만장자처럼?"

"아마 억만장자 이상일 거야."

맥덜린은 부러운 듯 한숨을 내쉬었다.

"그 재산을 어떻게 버셨을까? 남아프리카에서 버셨다고 했나?"

"그래. 아버지는 젊은 시절 그곳에서 큰돈을 버셨어. 주로 다이아몬드로 말이야."

"흥미진진한 이야기네!"

"그런 다음 영국으로 오셔서 사업을 시작하셨지. 아버지의 재산이 그러면서 두 배 세 배로 늘어난 것 같아."

"아버님이 돌아가시면 어떻게 되는데?"

"아버지는 그 문제에 대해 한 번도 말씀하신 적이 없어. 물론 우리도 꼭 집어서 물어볼 수 없지. 아버지 재산 중 대부분은 앨프리드 형과 내가 받을 것 같아. 물론 형이 더 많이 받겠지만."

"다른 형제들도 있잖아?"

"그렇지, 데이비드가 있지. 내 생각에 그 애는 그리 많은 돈을 받지 못할 거야. 그림인지 뭔지 하는 시시한 짓을 한답시고 집을 나갔거든. 아버지가 그 애에게 유언장에서 이름을 빼겠다고 경고했는데, 상관없다고 했던 것 같아."

"그렇게 어리석을 수가!"

"그리고 여동생 제니퍼도 있지. 그 애는 데이비드의 친구인 외국인과 떠났어. 스페인 화가였지. 하지만 1년 전에 죽었어. 그 애에겐 딸이 하나 있었던 모양이야. 아버지는 아마도 그 애에게 돈을 남겨 주시겠지만 그리 많지는 않을 거야. 또 해리도 있지……."

조지는 약간 당혹스러운 듯 잠시 말을 멈추었다.

"해리라고? 해리가 누구야?"

맥덜린이 놀란 기색으로 물었다.

"어, 그러니까 내 남동생이야."

"당신에게 남동생이 있다는 말은 처음 듣는데."

"여보, 그 애는 신통찮은 녀석이야. 그러니까 우리가 음, 믿을 만한 녀석이 아니었어. 우리는 그 애에 대해 언급을 삼가고 있지. 형편없는 녀석이라. 최근 몇 년 동안은 아무런 소식도 듣지 못했어. 아마 죽었을지도 모르겠어."

맥덜린이 갑자기 웃음을 터뜨렸다.

"왜 그래? 무엇 때문에 웃는 거야?"

"조지 당신에게 평판이 나쁜 동생이 있다는 게 얼마나 웃기는 일인지 생각하고 있었을 뿐이야. 당신은 너무나도 존경할 만한 사람이잖아."

"그러기를 바랄 뿐이지."

조지가 냉랭하게 말하자 맥덜린의 미간에 주름이 잡혔다.

"당신 아버지는 그다지 존경할 만한 분이 아닌 것 같아."

"이런, 맥덜린!"

"때때로 아버님께서 하시는 말씀이 나를 몹시 불편하게 하거든."

"이런, 맥덜린. 당신 정말 나를 놀라게 하네. 그러니까 형수도 그렇게 여기고 있다는 거야?"

"아버님은 리디아 형님에겐 내게 하듯이 말씀하시지 않아."

맥덜린은 화가 난 어조로 덧붙였다.

"그래, 아버님은 그런 얘기를 형님에게는 안 해. 난 그 이유를 알 수가 없어."

조지는 그녀를 재빨리 힐긋 바라본 다음 눈길을 돌렸다.

"오, 각자 자기 하기 나름이니까. 아버지 연세에……. 그리고 아버지 건강이 그렇게 안 좋은 만큼……."

조지가 말꼬리를 흐렸다.

"아버님 건강이 정말 그렇게 안 좋아?"

"그렇다고 할 순 없어. 아버지는 유난히 강건한 분이야. 어쨌든 아버지가 이번 크리스마스에 온 가족이 모이는 걸 원하신다면, 우리는 가는 게 옳은 일 같아. 이번이 아버지에겐 마지막 크리스마스가 될지도 모르니까."

맥덜린이 예리하게 물었다.

"당신은 그렇게 말하지만, 실제로 아버님은 몇 년은 더 사시겠지?"

슬쩍 뒤로 물러나며 조지가 우물거렸다.

"그렇지, 그럴 거야. 물론 그러시겠지."

맥덜린이 고개를 돌렸다.

"오, 이런. 내 생각에도 가는 게 옳은 것 같네."

"난 그렇다고 믿어 의심치 않아."

"하지만 난 정말 싫어. 앨프리드 아주버님은 너무 지루하고, 리디아 형님은 날 상대도 하지 않아."

"말도 안 되는 소리."

"사실이야. 그리고 난 그 징그러운 남자 하인이 정말 싫어."

"트레실리언 말이야?"

"아뇨, 호버리. 고양이처럼 살금살금 돌아다니며 능글맞게 히죽거린다고."

"이런, 맥덜린. 호버리가 당신에게 무슨 피해를 줄 것 같긴 않아."

"그 사람은 내 신경을 건드려. 그뿐이야. 하지만 괜한 신경 쓰지 말기로 해. 우리가 가야 한다는 걸 알겠어. 나이 드신 아버님의 심기를 거스를 순 없지."

"그래, 그렇지. 중요한 건 바로 그거야. 하인들의 크리스마스 정찬에 대해서는……."

"잠깐, 조지. 그 얘긴 나중에 하기로 해. 리디아 형님께 전화를 걸어 내일 5시 20분경에 도착할 거라고 전해야겠어."

맥덜린은 급하게 방을 나갔다. 전화를 건 후 그녀는 자기 방으로 올라가 책상 앞에 앉았다. 그녀는 책상 뚜껑을 내려 열고는 뒤적거리기 시작했다. 청구서들이 무더기로 쏟아져 나왔다. 맥덜린은 그것들을 분류하더니 이윽고 초조함이 서린 한숨을 내쉬며 다시 한데 모아서 원래 자리에 넣었다. 그런 다음 부드러운 백금빛 머리카락을 한손으로 쓸어 넘기며 중얼거렸다.

"도대체 어떻게 해야 하지?"

VI

고스턴 홀 1층의 긴 복도는 전면이 차도가 내려다보이는 커다란 방으로 통했다. 그 방은 다른 방들보다 더 구식인 플랑부아양 양식의 가구들로 꾸며져 있었다. 두툼한 능라 벽지에 호화로운 가죽 의자, 용 무늬의 대형 꽃병, 청동 조각상 들이 있었다. 방 안의 모든 것이 웅장하고 값비싸고 견고했다.

의자 중에서 가장 크고 당당해 보이는 대형 노인용 안락의자에 여위고 주름진 얼굴을 한 노인이 긴 갈고리 같은 두 손을 팔걸이에 걸쳐놓고 있었다. 금을 박아 넣은 지팡이를 곁에 놓아 둔 모습이었다. 그는 낡은 푸른색 구식 가운 차림이었고, 발치에는 모직 슬리퍼가 놓여 있었다. 머리는 백발이었고, 얼굴 피부는 누런색이었다.

겉모습만 보면 특별할 것 없는, 남루한 인물이라고 생각할 수도 있었다. 하지만 자부심이 넘치는 매부리코와 원기 왕성한 검은 두 눈을 본 사람이라면 그런 생각을 바꾸지 않을 수 없으리라. 열정과 생기와 활기가 넘쳤다.

시메온 리는 혼자 킬킬 웃었다. 뭔가 재미있어하는 듯한 돌발적이고 톤이 높은 웃음이었다.

"내 전갈을 리디아에게 전달했겠지?"

그의 의자 옆에 서 있던 호버리가 특유의 보드랍고 공손한 목소리로 대답했다.

"예, 주인 나리."

"내가 말한 그대로 옮겼겠다? 그 말 그대로를?"

"예, 나리. 실수하지 않았습니다."

"그래, 자네는 실수를 모르지. 그 편이 좋을 걸세. 그렇지 않으면 후회하게 될 테니까! 그래, 뭐라고 하던가, 호버리? 리디아가 무슨 말을 했느냐고?"

차분하고 침착하게 호버리는 있었던 일을 전달했다. 노인은 또다시 킬킬거리더니 두 손을 마주 대고 비볐다.

"좋아……. 최고야……. 오후 내내 생각하고 궁리하겠지! 좋은걸! 이제 그들을 만나 보지. 가서 두 사람을 오라고 해."

"예, 주인님."

호버리는 소리 없이 방을 가로질러 밖으로 나갔다.

"그리고 말일세, 호버리……."

노인은 주위를 둘러보고는 혼자 욕설을 중얼거렸다.

"저놈은 고양이처럼 움직인단 말이야. 어디 있는지 도대체 알 수가 없어."

노인은 손가락으로 턱을 쓰다듬으며 말없이 의자에 앉아 있었다. 이윽고 노크 소리가 들리고 앨프리드와 리디아가 들어왔다.

"아, 너희들 왔구나, 왔어. 여기 내 옆에 앉거라, 아가. 혈색이 아주 좋구나."

"추운 데 나가 있었어요. 그래서 뺨이 붉어졌답니다."

"어떠세요, 아버지. 오후엔 잘 쉬셨어요?"

"최고였다, 최고였어. 옛날 꿈을 꾸었지 뭐냐. 내가 정착해서 사회의 기둥이 되기 전 말이다."

노인은 갑자기 킬킬거렸다.

리디아는 예의에 어긋나지 않을 정도로만 관심을 보이며 말없이 미소를 짓고 앉아 있었다. 앨프리드가 물었다.

"그런데 아버지, 크리스마스에 두 사람이 더 온다니 무슨 말씀이신지요?"

"아 그거! 그 얘기를 해야겠구나. 올해는 멋진 크리스마스가 될 것 같다. 대단한 크리스마스 말이다. 보자, 조지와 맥덜린이 올 것이고……."

리디아가 말을 받았다.

"예, 두 사람은 내일 5시 20분경에 도착할 겁니다."

"얼간이 같은 조지! 녀석은 허풍선이에 지나지 않아. 하지만 그래도 내 아들이지."

"유권자들은 그 애를 좋아해요."

앨프리드의 말에 시메온이 다시 킬킬거렸다.

"그들은 아마도 녀석이 정직하다고 믿고 있을 거다. 정직이라, 이제까지 리 가문에 정직한 사람이라고는 없었다."

"오, 이런. 아버지."

"넌 예외란다, 애야. 넌 예외야."

"그럼 데이비드 도련님은요?"

"데이비드라……. 이렇게 세월이 흐르고 보니 녀석을 만나 보고 싶구나. 녀석은 나약하고 감상적인 풋내기였지. 그 애의 짝은 어떤 여자일까? 어쨌든 그 천치 같은 조지처럼 자기보다 스무 살 아래의 계집아이와 결혼하지는 않았겠지."

"힐다라는 여자가 아주 예의 바른 답장을 보내왔어요. 방금 전보를 받았는데, 잘 알았다면서 내일 틀림없이 도착할 거라더군요."

시메온은 꿰뚫는 듯한 눈으로 며느리를 응시하고는 웃음을 터뜨렸다.

"아가, 너는 여전히 평온하구나. 넌 혈통이 좋은 여자다. 혈통은 거짓말을 하지 않는 법이지. 난 그 사실을 아주 잘 알고 있단다. 유전이란 우스운 거지. 너희들 중 나를 닮은 건 단 한 사람뿐이다. 자식들 중 오직 한 사람뿐이란 말이다."

그의 두 눈이 기쁨으로 뛰놀았다.

"자, 이제 크리스마스에 누가 오는지 맞혀 봐라. 세 가지 가능성을 알려 줄 텐데, 너희가 맞히지 못하리라는 데 5파운드 걸지."

시메온은 아들과 며느리를 차례로 바라보았다. 앨프리드가 눈살을 찌푸리며 말했다.

"호버리 말이 젊은 숙녀가 올 거라더군요."

"그 사실에 흥미가 끌렸구나. 그렇단다. 내가 그렇게 말했지. 필라르가 지금 곧 들이닥칠 거다. 차로 그 애를 데려오라고 지시해 두었거든."

앨프리드가 날카롭게 물었다.

"필라르라구요?"

"필라르 에스트라바도스. 제니퍼의 딸이다. 내게는 손녀지. 그 애가 누굴 닮았을지 궁금하구나."

"맙소사. 아버지, 제겐 그런 말씀을 한번도 하시지……."

노인은 히죽거리고 있었다.

"그래, 난 그걸 비밀로 해 왔다. 찰스턴더러 편지도 쓰고 준비를 하라고 시켰지."

앨프리드는 상처받은 듯 비난하는 어조로 같은 말을 되풀이했다.

"제겐 한번도 그런 말씀을 하시지……."

시메온은 여전히 심술궂게 싱글거리며 말했다.

"그랬다면 이렇게 사람을 깜짝 놀라게 하는 즐거움을 누리지 못하겠지. 이 집에 다시 젊은이가 살게 된다면 어떨까? 난 에스트라바도스란 자를 본 적이 없다. 필라르가 누구를 닮았을까? 제 어미일까, 애비일까?"

"그게 정말 현명한 일이라고 생각하세요, 아버지? 모든 걸 고려하고 내린 결정이신지……."

노인이 그의 말허리를 잘랐다.

"안전…… 안전……. 넌 지나치게 안전에 신경을 쓰고 있어, 앨프리드! 언제나 그래 왔지. 그건 내 방식이 아니다. 그 애는 내 손녀야. 유일한 손녀라고! 그 애의 아버지가 어떤 녀석이었는지, 그가 어떤 일을 했는지 난 상관없다. 그 애는 내 혈육이야. 그런 그 애가 지금 이곳 내 집에 살러 오고 있는 거다."

리디아가 날카롭게 말했다.

"그 여자가 여기 살러 오고 있다고요?"

노인은 재빨리 리디아를 쏘아보았다.

"그 일에 반대하느냐?"

리디아는 고개를 내젓고는 웃으며 말했다.

"아버님 집에 아버님이 누군가를 들이신다는데 제가 어떻게 반대할 수 있겠어요? 아니에요. 다만 그 여자애에 대해 생각하고 있었답니다."

"그 애에 대해 생각하다니, 그게 무슨 말이냐?"

"그 애가 이곳에서 과연 행복할까 하고요."

시메온이 고개를 홱 돌렸다.

"그 애는 돈 한 푼 없는 신세다. 당연히 감사해야지."

리디아가 어깨를 으쓱해 보이자 시메온은 앨프리드에게 시선을 돌렸다.

"알겠지? 굉장한 크리스마스가 될 거다. 아이들 전부가 주위에 모일 거야. 내 아이들 모두가 말이다. 거기에, 앨프리드, 거기에 바로 힌트가 있단다. 이제 또 한 사람이 누구인지 맞혀 보렴."

앨프리드는 아버지를 물끄러미 응시했다.

"아이들 모두란다. 맞혀 보렴, 애야. 당연히 해리지. 네 동생 해리 말이다."

앨프리드의 안색이 창백해졌다. 그가 더듬거리며 말했다.

"해리, 해리는 안 돼요. 해리만은요."

"그래, 해리 말이다."

"우리는 걔가 죽은 줄 알았는데요."

"그 애는 죽지 않았어."

"그 애를 이곳에 데려오신다고요? 그 모든 일을 당하시고서도요?"

"돌아온 탕자 아니겠니? 네 말이 맞다. 그래, 살진 송아지다. 우리는 살진 송아지를 잡아야 한단다, 앨프리드! 그 애를 크게 환영해 주어야 해."

"해리는 아버지의 명예를, 우리 모두의 명예를 실추시켰어요. 그 애는……."

"해리가 저지른 죄를 열거할 필요는 없다. 길고 길겠지. 하지만 크리스마스 자체가 용서의 이유가 된다는 걸 기억해라. 우리는 집으로 돌아온 탕자를 환영하는 거다."

앨프리드가 자리에서 일어서며 중얼거렸다.

"이건 좀 충격적이군요. 전 해리가 이 집에 다시 들어오리라고는 꿈에도 생각해 본 적이 없습니다."

시메온이 앞으로 몸을 기울이며 부드럽게 물었다.

"넌 해리를 좋아한 적이 없지?"

"그 애가 아버지께 그런 행동을 한 이후에는요……."

시메온이 킬킬거리더니 말했다.

"아, 하지만 과거는 과거일 뿐이다. 그게 크리스마스 정신 아니겠니, 아가?"

리디아 역시 안색이 창백해지더니 건조하게 말했다.

"아버님께서는 올해 크리스마스를 위해 많은 걸 생각해 놓으셨군요."

"가족이 모두 모였으면 했다. 평화와 선의를 갖고. 이제 난 늙었다. 가는 거냐, 앨프리드?"

앨프리드가 서둘러 방을 나갔다. 리디아는 남편을 따라가려다가 걸음을 멈췄다.

시메온이 앨프리드의 뒷모습을 바라보며 고개를 끄덕였다.

"앨프리드가 마음이 상했군. 저 애와 해리는 한 번도 잘 지낸 적이 없었지. 해리가 앨프리드를 놀리곤 했으니까. 저 애를 거북이라고 부르곤 했단다."

리디아는 입을 벌려 무어라 말하려다가 노인의 얼굴에 떠오른 기대감을 보고는 그것을 참았다. 자신의 자제하는 태도에 노인이 실망했다는 것을 알아차린 리디아는 이렇게 말할 수 있었다.

"토끼와 거북이군요. 하긴, 거북이가 경기에서 이기잖아요."

"언제나 그런 건 아니란다. 언제나 그런 건 아니야, 아가."

리디아가 웃음을 거두지 않은 채 말했다.

"그만 가 볼게요. 앨프리드에게 가 봐야겠어요. 갑자기 흥분할 일이 생기면 그 사람은 언제나 심기가 불편해지거든요."

시메온이 킬킬거렸다.

"그래, 앨프리드는 변화를 좋아하지 않지. 그 애는 언제나 한결같이 근엄해."

"앨프리드는 아버님께 몹시 헌신적이에요."

"그게 넌 이상하다는 거냐?"

"때로는요."

리디아가 대답한 후 방을 나갔다. 시메온은 그녀의 뒷모습을 눈으로 좇았다.

노인은 조그맣게 웃더니 두 손바닥을 마주 대고 비볐다.

"정말 재미있군. 정말 재미있어. 올해 크리스마스는 정말 신나겠는걸."

그는 힘들여서 몸을 일으킨 다음 지팡이를 짚고 발을 질질 끌며 방을 가로질러 갔다. 그러고는 방 한쪽 구석에 놓여 있는 커다란 금고로 가서 비밀번호를 맞췄다. 금고 문이 열리자 그는 떨리는 손으로 안을 더듬어 작은 샤무아 가죽 주머니를 꺼내 열었다. 가공하지 않은 다이아몬드 원석 덩어리들이 손가락 사이로 쏟아져 나왔다.

"음, 내 아름다운 보석들. 여전히 한결같군. 여전히 나의 오랜 친구들이야. 좋은 시절이었지. 좋은 시절이었어……. 너희는 동강 나고 절단되어선 안 돼, 친구들아. 너희는 여자의 목에 걸리지도, 손가락이나 귀를 장식하지도 않을 거야. 너희는 내 것이니까. 내 오랜 친구들아, 너희들과 나만 아는 것들이 있지. 내가 늙고 병들었다고들 하지만 실제로는 그렇지 않아. 이 늙은 개의 몸속에는 아직 활기가 가득하고, 인생에서 얻어 낼 재미가 아직 남아 있다고. 재미가 남아 있어……."

12월 23일

I

벨이 울리자 트레실리언이 문을 열러 나갔다. 유난히 채근하는 듯한 벨소리였다. 그가 천천히 홀을 가로지르는 동안 또다시 벨이 울렸다.

트레실리언이 얼굴을 붉혔다. 훌륭한 저택을 찾아와 저렇게 예의도, 참을성도 없이 벨을 울려 대다니. 만약 찾아온 사람이 이번에도 캐롤을 부르는 성가대원들이라면 한마디 해 주리라.

성에 낀 현관문 위창을 통해 한 신사의 모습이 눈에 들어왔다. 챙이 늘어진 중절모를 쓴 키 큰 사내였다. 트레실리언은 문을 열면서 생각했다.

'천박하고 야한 뜨내기가 시끄럽기까지 하군. 양복 무늬가 고약해. 뭔가 달라고 청하는 주제에 경솔하기는.'

"이런, 트레실리언이잖아. 잘 지냈나, 트레실리언?"

낯선 사내가 알은체를 했다.

트레실리언은 사내를 물끄러미 응시하다가 깊은 숨을 한 차례 들이쉬고 다시 그를 바라보았다. 대담하고 오만한 턱, 높이 솟은 콧날, 까불거리는 눈빛. 그랬다, 오래전 본 적이 있는 모습이었다. 과거엔 그래도 저렇게 노골적이진 않았는데…….

트레실리언은 헉 하고 숨을 멈추었다.

"해리 도련님!"

해리 리가 웃음을 터뜨렸다.

"나 때문에 몹시 충격을 받은 것 같군. 왜 그러지? 원래 오기로 되어 있지 않았나?"

"물론 그렇습니다, 도련님. 그렇고말고요, 도련님."

"그런데 어째서 놀라는 건가?"

해리는 한두 걸음 뒤로 물러서서는 건물을 훑어보았다. 붉은 벽돌 건물은 멋은 없었지만 견고했다.

"변함없이 흉측하고 낡은 집이로군. 하지만 아직도 건재하다는 게 중요하지. 아버지는 어떠신가, 트레실리언?"

"운신이 자유롭지 못하십니다, 도련님. 줄곧 방에 계시고 많이 돌아다니진 못하십니다. 하지만 주인님은 음, 나이에 비해 건강하신 편입니다."

"죄 많은 노인네 같으니라고!"

해리 리가 집 안으로 들어섰다. 트레실리언이 그의 머플러와 연극에 쓰이는 소품 같은 챙 중절모를 받아 들었다.

"친애하는 앨프리드 형은 어떤가, 트레실리언?"

"아주 잘 지내십니다, 도련님."

해리가 씩 웃었다.

"형이 날 보고 싶어 할까? 어때?"

"그러실 겁니다, 도련님."

"그렇지 않을걸. 그 반대일 거야. 장담컨대 내가 나타나면 형은 무척 동요하겠지. 앨프리드 형과 나는 한 번도 사이가 좋은 적이 없었으니까. 여전히 성경 읽는 일에 열심인가, 트레실리언?"

"이런, 예, 도련님. 가끔 읽습니다, 도련님."

"탕자의 귀향 이야기 기억하나? 선한 형은 그의 귀환을 좋아하지 않지? 좋아하지 않고말고. 집을 떠난 적이 없었던 늙고 선한 앨프리드 형 역시 그럴 거라고 내 장담하지."

트레실리언은 고개를 숙인 채 말없이 서 있었다. 그의 뻣뻣해진 등이 조용히 항의하고 있었다. 해리가 그의 어깨를 두드렸다.

"앞장서게, 트레실리언. 살진 암소가 나를 기다리고 있지 않나. 나를 거기로 안내해 주게."

"이쪽이 응접실입니다, 도련님. 지금 다들 어디 계신지 모르겠습니다……. 나리가 언제 도착하실지 알 수 없어서 마중을 나갈 수 없었습니다, 도련님."

해리가 중얼거리는 트레실리언에게 고개를 끄덕였다. 그는 트레실리언을 따라 홀을 가로질러 가면서 고개를 돌려 주위를 살펴보았다.

"모든 물건이 예전 자리에 그대로 놓여 있군. 20년 전 내가 떠났던 때와 바뀐 게 아무것도 없는 것 같아."

그는 트레실리언을 따라 객실로 들어갔다.

"앨프리드 나리와 마님이 어디 계신지 찾아보겠습니다."

그렇게 중얼거린 트레실리언이 방을 나갔다.

해리 리는 성큼성큼 방으로 걸어 들어가다가 갑자기 걸음을 멈추고 창턱에 걸터앉은 사람을 물끄러미 응시했다. 그는 믿을 수 없다는 표정으로 상대의 검은 머리카락과 창백하고 이국적인 크림빛 얼굴을 뜯어보았다.

"맙소사, 당신이 우리 아버지의 일곱 번째 미인 아내인가요?"

필라르는 창턱에서 내려서서 그에게로 다가갔다.

"전 필라르 에스트라바도스예요. 그쪽이 어머니의 남동생이라는 해리 외삼촌인 것 같군요."

해리가 그녀에게서 눈을 떼지 못한 채 외쳤다.

"그러니까 바로 네가 제니퍼 누나의 딸이로군."

"어째서 제게 할아버지의 일곱 번째 아내냐고 물은 거죠? 할아버지에게 아내가 정말 여섯이나 있었나요?"

해리가 웃음을 터뜨렸다.

"아니. 아버지에겐 공식적으론 아내가 하나뿐이었어. 음, 필……네 이름이 뭐였더라?"

"필라르요."

"음, 필라르, 이 음침하고 커다란 영묘에서 너처럼 피어나는 존재를 보게 되다니 기대도 못 한 일인데.”

“영…… 뭐라고요?”

“박제된 멍청이들이 사는 이 박물관 말이야. 난 언제나 이 집을 불쾌한 곳이라고 생각해 왔지. 다시 와 보니 예전보다 훨씬 더 불쾌하네.”

필라르가 충격을 받은 듯한 어조로 말했다.

“아니에요. 이곳은 무척 멋진걸요. 가구들은 모두 훌륭하고, 두툼한 카펫이 사방에 깔려 있어요. 여기저기 장식들이 모두 훌륭하고 무척 값비싸 보여요.”

“그 점에선 네 말이 맞아.”

해리가 씩 웃으며 말했다. 그는 재미있어하는 듯한 눈길로 그녀를 바라보았다.

“말했지만, 널 보게 되어서 정말 재미있네. 게다가 이런…….”

리디아가 서둘러 방으로 들어오는 바람에 그는 말꼬리를 흐렸다. 리디아가 곧장 해리에게 다가갔다.

“안녕하세요, 해리 도련님? 리디아라고 해요. 앨프리드의 아내죠.”

“안녕하십니까, 형수님.”

해리는 날쌘 눈길로 리디아의 지적이면서도 감정이 풍부한 얼굴을 살폈다. 그는 악수를 하면서 그녀가 걷는 품새를 보고 속으로 고개를 끄덕였다. 그렇게 잘 움직이는 여자는 몇 없었다.

리디아도 몸을 돌리며 재빨리 그를 뜯어보았다.

‘놀라울 정도로 강건해. 매력적이야. 절대 신뢰는 할 수 없을 것

같지만······.'

리디아가 미소를 지어 보이며 말했다.

"오랜만에 오시니까 이 모든 게 어떻게 보이세요? 무척 다른가요, 아니면 예전과 똑같은가요?"

그가 주위를 둘러보았다.

"거의 그대로군요. 이 방은 새로 꾸민 것 같지만요."

"오, 여러 차례 새로 꾸몄죠."

"내 말은 형수님이 꾸몄다는 겁니다. 형수님은 이 방을 좀 다르게 만들었어요."

"네, 실제로 달라졌다면 좋겠네요."

해리는 그녀를 향해 씩 웃어 보였다. 위층에 있는 노인을 떠올리게 하는 갑작스럽고 장난기 서린 웃음이었다.

"전보다 더 품격이 있네요. 내 기억에 앨프리드 형이 정복왕 윌리엄 1세와 함께 이주해 온 가문의 여자와 결혼했다는 이야기를 들은 기억이 나는군요."

"우리 집안이 그런 것 같아요. 하지만 그 시절 이후에는 정착한 쪽이랍니다."

"앨프리드 형은 어떤가요? 여전히 우울하고 고루한 모습인가요?"

"글쎄요. 도련님이 형님이 바뀌었다고 여길지 전혀 모르겠군요."

"다른 사람들은요? 영국 전역에 흩어져 있나요?"

"아뇨, 모두들 크리스마스를 보내러 이곳에 올 거예요."

해리의 두 눈이 휘둥그레졌다.

"평범한 크리스마스 가족 모임이란 말인가요? 그 노인네한테 무슨 일이 있나요? 감상적인 일에 신경 쓰는 사람이 아니잖아요. 가족을 특별하게 여긴 기억도 없고요. 노인네가 변한 모양이군요."

"그럴지도 모르죠."

리디아의 목소리는 건조했다.

필라르가 커다란 두 눈을 휘둥그렇게 뜬 채 흥미롭게 그들을 지켜보고 있었다.

"조지 형은 어때요? 여전히 인색한가요? 어렸을 때 용돈 몇 푼 내놓을 일이 생기면 어찌나 징징거렸는지, 참!"

"조지 도련님은 국회 의원이에요. 웨스터링엄의 의원이죠."

"뭐라고요? 뽀빠이가 국회 의원이 되었다고요. 이런, 잘됐군요."

해리는 고개를 뒤로 젖히며 소리 내어 웃었다. 호탕하고 우렁찬 그 웃음소리는 사방이 벽으로 막힌 방 안에서 거칠고 야성적으로 들렸다. 필라르는 헉 하고 숨을 멈추었고, 리디아는 몸을 움찔거렸다.

뒤에서 기척이 느껴졌다. 해리는 웃음을 멈추고 날카롭게 뒤를 돌았다. 누군가 다가오는 소리를 듣지도 못했는데 앨프리드가 조용히 그곳에 서 있었다. 그는 얼굴에 이상한 표정을 띄우고 해리를 바라보고 있었다.

해리는 잠시 가만히 있었다. 이윽고 그의 입매에 천천히 미소가 퍼졌다. 그는 한 걸음 내딛으며 외쳤다.

"아니, 앨프리드 형이잖아!"

앨프리드가 고개를 끄덕였다.

“오랜만이다, 해리.”

그들은 선 채로 물끄러미 서로를 응시했다. 리디아는 숨을 멈추며 생각했다.

'우스꽝스럽네. 마치 두 마리 개처럼 서로 바라만 보고 있다니…….'

그 장면을 응시하던 필라르의 두 눈도 더욱 커졌다.

'저기 저렇게 서 있는 모습이라니 정말 괴상해……. 어째서 저 두 사람은 얼싸안지 않는 걸까? 그래, 물론 영국인들은 그렇게 하지 않지만 그래도 뭔가 말을 하긴 하잖아. 어째서 저 두 사람은 바라만 보고 있는 거지?'

마침내 해리가 침묵을 깼다.

“이런, 이런. 여기 다시 오니까 기분이 요상하군.”

“그러길 바란다. 그래, 그렇게 오랜 세월이 흐른 후니까 말이다.”

해리가 고개를 들었다. 그는 습관적으로 손가락 하나로 자신의 턱 가장자리를 쓸었다. 결전을 불사하겠다는 뜻이었다.

“그래, 돌아오니 기쁘군.”

그는 잠시 말을 멈추었다가 보다 강한 의미를 담아 한마디 덧붙였다.

“집에 돌아오니 말이야.”

"난 무척 고약한 놈이었던 것 같구나."

시메온 리는 의자에 기대앉은 채 턱을 쳐들고 회상에 잠겨 손가락 하나로 턱을 쓸고 있었다. 그의 앞에는 커다란 벽난로에서 불꽃이 너울거리며 붉게 타오르고 있었고, 그 옆에는 필라르가 작은 판지를 손에 들고 앉아 있었다. 그녀는 그것으로 흔들리는 불꽃을 가렸다. 때때로 손목을 가볍게 움직여 부채질을 하기도 했다. 시메온은 그녀를 만족스럽게 바라보았다.

노인은 말을 계속했다. 그것은 상대에게 하는 것이라기보다는 혼잣말에 가까웠는데, 자기 앞에 그녀가 있다는 사실에 고무된 듯했다.

"그래, 난 고약한 사람이었다. 뭐 할 말 없느냐, 필라르?"

필라르가 어깨를 으쓱해 보이고는 말했다.

"사람들은 누구나 사악하죠. 수녀님들이 그러시더군요. 바로 그렇기 때문에 그들을 위해 기도해야 하는 거라고요."

시메온이 웃음을 터뜨렸다.

"아, 하지만 나는 그 누구보다도 사악한 놈이었지. 난 그걸 후회하지 않는다. 그래, 난 아무것도 후회하지 않아. 난 삶을 즐겼어……. 매 순간을 말이야. 나이가 들면 후회할 일이 많아진다더구나. 쓸데없는 얘기야. 난 후회 같은 건 하지 않아. 조금 전에 말한 대로 난 대단한 일을 했지. 온갖 죄를 저질렀다고! 등쳐 먹고 훔치고 속였지……. 맙소사, 그래! 그리고 여자들…… 언제나 여자들이 있었지.

언젠가 누군가 말하기를 어느 아랍 추장은 자기 아들들로 40명의 호위대를 만들었다더군. 모두 비슷한 나이대로 말이야. 아하! 40명이라고! 난 40명까지는 못 되지만, 장담하건대 녀석들을 찾아 나서면 그런 대로 쓸 만한 경호대쯤은 만들 수 있을걸. 필라르, 이 점에 대해선 어떻게 생각하느냐? 충격적인가?"

필라르가 물끄러미 응시했다.

"아뇨, 왜 제가 충격을 받아야 하죠? 남자는 언제나 여자를 원하잖아요. 우리 아빠도 그랬어요. 바로 그런 이유 때문에 많은 아내들이 불행해져서 교회에 가서 기도를 하죠."

시메온 노인이 미간을 찌푸리고는 거의 혼잣말을 하듯이 목소리를 낮추었다.

"난 아델라이드를 불행하게 만들었지. 맙소사, 여자란 참! 결혼식 날에는 핑크빛과 하얀색으로 치장해 아름답지. 하지만 그 후엔? 줄곧 불평을 늘어놓고 징징대는 거야. 아내가 줄곧 징징대면 남자 속에선 악마가 깨어나는 법이야……. 그 여자에겐 배짱이란 게 없었어. 그게 아델라이드의 문제였지. 내게 당당히 맞섰더라면 좋았을 텐데. 하지만 그 여잔 그러지 않았어, 단 한 번도. 그녀와 결혼했을 때 나는 내가 정착해 가정을 꾸릴 수 있을 줄 알았어……. 과거의 생활을 청산하고 말이야……."

시메온의 목소리가 잦아들었다. 그는 타오르는 불꽃 한가운데를 물끄러미 응시했다. 화가 치민 그의 목소리가 갑자기 갈라져 나왔다.

"가정을 꾸리다니……. 맙소사, 얼마나 대단한 가정이길래! 저 녀석들을 좀 봐. 저 녀석들을 좀 보라고! 대를 이을 자식이 하나도 없어. 대체 무슨 문제가 있는 거지? 내 피를 한 방울도 이어받지 않은 건가? 적자든 서자든 간에 사내다운 놈이 한 녀석도 없어. 앨프리드를 예로 들어 볼까. 맙소사, 그 애는 얼마나 지루한지! 충실한 개 같은 눈으로 나를 바라보고 있어. 내가 원하는 건 뭐든지 할 채비를 갖추고서 말이야. 이런, 얼마나 멍청해 보이는지! 새아가 리디아를 볼까. 난 리디아가 마음에 들어. 그 애에겐 고집이 있지. 하지만 그 애는 날 좋아하지 않아. 그래, 그 애는 날 좋아하지 않지. 다만 그 멍청이 앨프리드를 위해 날 참아 주고 있는 거뿐이야."

그는 난로 곁에 앉아 있는 여자를 건너다보았다.

"필라르, 잊지 말거라. 헌신만큼 지루한 것도 없단다."

그녀는 노인에게 미소를 지어 보였다. 필라르의 젊음과 강한 여성성에 마음이 달뜬 노인은 말을 계속 이었다.

"조지? 조지는 어떠냐고? 등신이지! 꽉 막힌 멍청이라고! 머리도 배짱도 없는, 그저 잘난 체하는 수다쟁이에 불과해. 그리고 돈 쓰는 데도 인색하지. 데이비드? 데이비드는 언제나 바보였어. 바보인 데다가 몽상가지. 그리고 마마보이야. 데이비드는 항상 그랬지. 그 애가 한 일 중에 유일하게 잘한 일은 강건하고 푸근해 보이는 여자와 결혼한 거야."

그는 탁 소리를 내며 한 손을 의자 끝에 내려놓았다.

"해리가 그중 낫지! 가엾은 해리 녀석, 길을 잘못 들었어. 하지만 어쨌든 녀석은 팔팔하다고!"

필라르가 그의 말에 맞장구쳤다.

"예, 멋지더군요. 크게 소리를 내어 웃거나 고개를 뒤로 젖히곤 하는 게요. 그래요, 전 그 삼촌이 몹시 마음에 들어요."

"그래? 해리는 언제나 여자 다루는 데 능했지. 그 점에서도 날 닮았어."

그는 소리 내어 웃기 시작했다. 느리고 헐떡거리는 킬킬거림이었다.

"난 참 멋지게 살았어. 아주 괜찮은 삶이었지. 거의 모든 것을 손아귀에 움켜쥐었으니까."

"스페인에 이런 속담이 있어요. '신이 말씀하시기를 원하는 것을 취하면 그 값을 치러야 하는 법이다.'"

시메온은 흡족한 듯 한 손으로 의자 팔걸이를 쳤다.

"그거 좋군. 맞는 말이야. 원하는 것을 취하라……. 난 평생에 걸쳐…… 내가 원하는 것을 취했지……."

필라르가 말을 받았다. 그녀의 높고 명료한 목소리가 갑자기 열기를 띠었다.

"그리고 그 값을 치르셨나요?"

시메온이 웃음을 멈추었다. 그는 의자에 앉은 채 몸을 바로하고는 그녀를 응시하며 물었다.

"그게 무슨 말이냐?"

"그에 대한 대가를 지불하셨냐고 물었는데요, 할아버지?"

시메온 리가 느릿하게 대답했다.

"잘…… 모르겠다……."

그런 다음 그는 갑자기 분노에 사로잡혀 의자의 팔걸이를 주먹으로 내리치며 외쳤다.

"도대체 무엇 때문에 그런 걸 묻는 거냐, 얘야? 어떤 의도로 묻는 거지?"

"그냥…… 궁금해서요."

판지를 흔들던 필라르의 손이 멈추었다. 그녀의 두 눈은 깊고 신비로웠다. 고개를 뒤로 젖힌 채 자신의 존재감, 자신의 여성다움을 한껏 의식하며 앉아 있었다.

"이 악마 같은 자식……."

필라르가 부드럽게 말을 받았다.

"하지만 제가 마음에 드시지요, 할아버지? 할아버지는 제가 여기 옆에 앉아 있는 게 좋으신 거예요."

"그래, 좋구나. 이렇게 젊고 아름다운 존재를 대하는 게 얼마 만인지 까마득하단다. 나를 기분 좋게 해 주고 내 늙은 뼈를 데워 주는구나. 게다가 넌 내 혈육이지. 제니퍼에게 잘된 일이다. 그 애가 결국 형제 중의 최고란 게 입증된 셈이니 말이다."

필라르는 가만히 앉아서 웃고 있었다.

"잘 들어 둬라. 날 바보 취급하지 말아라. 나는 네가 왜 여기 참을성 있게 앉아서 지루한 내 얘기를 듣고 있는지 알고 있단다. 그 모두가 돈 때문이지…… . 그게 아니라면 왜 늙은 할아버지를 사랑하는 척하고 있겠니?"

"아뇨, 전 할아버질 사랑하지 않아요. 하지만 할아버지가 좋아요.

아주 마음에 든다고요. 그 말을 믿으셔야 해요. 왜냐하면 사실이니까요. 제 생각에 할아버지는 과거에 나쁜 사람이었던 것 같아요. 하지만 그것 역시 마음에 들어요. 할아버지는 이 집 안에 있는 다른 사람들보다 훨씬 생동감 있어요. 그리고 흥미진진한 얘깃거리를 갖고 계시죠. 할아버지는 여행을 했고 모험으로 가득 찬 삶을 개척했어요. 제가 남자였다면 저도 그렇게 살았을 거예요."

시메온이 고개를 끄덕였다.

"그래, 넌 그랬을 거다……. 우리 몸에는 집시의 피가 흐르고 있단다. 적어도 그런 말을 듣고는 살았지. 그런데 내 자식들은 그리 보이질 않는구나. 해리만 빼고 말이다. 하지만 네 속에는 그게 있는 것 같다. 필요하다면 나는 지독한 인내심을 가질 수 있다는 걸 명심해라. 언젠가는 나를 모욕한 사내에게 복수하기 위해 15년을 기다린 적도 있단다. 그게 리 집안의 또 다른 성격이다. 우리는 결코 잊지 않는다. 여러 해를 기다려야 한다 해도 잘못을 반드시 응징한단다. 어떤 사내가 날 속인 일이 있었지. 난 15년을 기다린 끝에 기회를 잡아서는…… 한 방에 날렸지. 난 그자를 파산시켰다. 완전히 빈털터리로 만들어버렸어."

그가 조그맣게 웃음을 터뜨렸다.

"남아프리카에서 있었던 일인가요?"

"그렇단다. 멋진 곳이지."

"그곳으로 돌아가신 적이 있죠, 그렇죠?"

"결혼한 지 5년 후에 그런 적이 있지. 그게 마지막이었지."

"그렇다면 그 전에는요? 그곳에 오랫동안 계셨나요?"

"그렇단다."

"그 얘기 좀 해주세요."

시메온이 말을 시작하자, 필라르는 얼굴을 가리고 귀를 기울였다. 문득 그의 목소리가 느리고 약해졌다.

"잠깐, 네게 보여 줄 게 있다."

시메온은 조심스럽게 몸을 일으켰다. 그러고는 지팡이에 의지해 천천히 절뚝거리며 방을 가로질렀다. 그는 커다란 금고를 열고 몸을 돌려 필라르를 손짓으로 불렀다.

"자, 이것들을 보렴. 이것들을 만져 보렴. 손가락 사이로 떨어지게 해 봐."

그는 그녀의 반신반의하는 얼굴을 바라보며 웃음을 터뜨렸다.

"이게 뭔지 아느냐? 다이아몬드란다. 애야, 다이아몬드야."

필라르의 두 눈이 휘둥그레졌다. 그녀가 몸을 앞으로 기울이며 말했다.

"그저 작은 돌멩이처럼 보이는데요."

시메온이 소리 내어 웃었다.

"세공하지 않은 다이아몬드란다. 보통 이런 상태로 발견되지."

필라르가 믿어지지 않는다는 듯 물었다.

"그럼 이것들을 세공하면 진짜 다이아몬드가 되는 건가요?"

"그렇고말고."

"광채가 나고 번쩍인다는 말이죠?"

“빛나고 번쩍거리지.”

필라르가 어린아이처럼 외쳤다.

“우, 믿어지지 않는걸요!”

그는 재미있어하는 듯했다.

“틀림없는 사실이란다.”

“이게 값이 나가나요?”

“상당한 값이 나가지. 세공을 하기 전에는 정확히 말하기 어렵단다. 어쨌든 이 작은 덩어리가 수천 파운드는 될 거다.”

필라르는 사이를 두어 한 마디 한 마디 발음했다.

“수…… 천…… 파운드……라고요?”

“9천이나 만 파운드 정도 될 거다……. 이것들은 보다시피 커다란 원석이니까.”

필라르가 눈이 휘둥그레진 채 물었다.

“그런데 왜 이걸 팔지 않으시나요?”

“왜냐하면 난 이것들이 여기 있는 게 좋으니까.”

“많은 돈이 되는데도요?”

“내겐 그 돈이 필요 없단다.”

“오, 이제 알겠어요.”

필라르는 크게 감명받은 듯했다. 그녀가 다시 물었다.

“그런데 이것들을 세공해서 아름답게 만들지 않는 이유가 뭐죠?”

“그건 이 상태가 더 좋기 때문이지.”

시메온의 얼굴이 험상궂게 굳어졌다. 그는 고개를 돌리고 중얼거리기 시작했다.

"이것들은 내게 되돌려 주지……. 손가락으로 만졌을 때의 촉감
과 느낌……. 이 모든 것이 나를 데려다줘. 태양과 초원과 소떼, 옛
친구 에브, 그 모든 사내들, 저녁……."

누군가 부드럽게 문을 두드리는 소리가 들렸다.

"이것들을 금고에 도로 넣고 탕 소리가 나게 문을 닫거라."

그런 다음 시메온은 큰소리로 대답했다.

"들어오게."

호버리가 존경 어린 태도로 들어와서 나긋하게 말했다.

"아래층에 차가 준비되었습니다."

III

"당신 여기 있었네. 사방으로 찾아다녔어. 이 방에서 나가자. 여긴
너무 추워."

데이비드는 잠시 힐다의 말에 대꾸가 없었다. 그는 의자 하나를
쳐다보며 서 있었다. 빛바랜 비단 천으로 된 낮은 의자였다. 그가 불
쑥 말했다.

"저게 어머니 의자야……. 어머니가 줄곧 앉아 계시던 의자라
고……. 그대로군……. 하나도 변하지 않았어. 물론 빛이 바래긴 했
지만 말이야."

힐다의 미간에 잡혀 있던 주름이 좀 더 깊어졌다.

"알았어. 이제 여기서 나가자, 데이비드. 정말 너무 춥다고."

데이비드는 들은 척도 하지 않고 주위를 돌아보며 말했다.

"어머니는 대개 여기 앉아 계셨어. 저기 저 걸상에 앉아 내게 책을 읽어 주실 때가 기억나. 『살인마 잭』이라는 책이었어. 맞아. 『살인마 잭』이었지. 그때 나는 여섯 살이었을 거야."

힐다가 힘을 주어 그의 팔짱을 끼었다.

"응접실로 돌아가, 여보. 이 방엔 난방이 없어."

데이비드는 순순히 몸을 돌렸지만, 힐다는 그가 가볍게 몸서리 치는 것을 느꼈다.

"똑같아. 아주 똑같다고. 마치 시간이 멈춰 버린 것 같아."

힐다는 걱정스러운 표정을 지으며 명랑하고 단호하게 물었다.

"다른 사람들은 어디 있을까? 티타임이 거의 된 것 같은데."

데이비드가 잡혀 있던 팔을 빼내고는 또 다른 문을 열었다.

"여기 피아노가 있었지……. 오, 그래, 여기 있군. 조율이 되었는지 모르겠네."

그는 자리에 앉아 피아노 뚜껑을 열고 두 손으로 가볍게 건반 위를 쓸어 보았다.

"그래, 계속 조율해 두었나 보군."

데이비드가 연주를 시작했다. 그의 솜씨는 훌륭했다. 그의 손가락 아래서 멜로디가 흘러나왔다.

"이게 무슨 곡이지? 아는 곡 같은데 제목이 정확하게 기억이 나질 않네."

"여러 해 동안 이 곡을 연주하지 않았어. 어머니가 연주하시곤 했지. 멘델스존의 「무언가」야."

달콤한, 지나치게 달콤한 멜로디가 방 안을 채웠다.

"모차르트 곡을 연주해 줘."

데이비드는 고개를 저었다. 그는 또 다른 멘델스존 곡을 연주하기 시작했다. 그러더니 갑자기 두 손으로 거칠게 건반을 아무렇게나 눌러 댔다. 그런 다음 그는 자리에서 일어섰다. 그의 온몸이 떨리고 있었다. 힐다가 그에게로 다가갔다.

"데이비드…… 데이비드."

"아무것도 아냐……. 아무것도 아니라고……."

IV

벨이 요란하게 울려 댔다. 식료품 저장실에 앉아 있던 트레실리언이 일어나 천천히 방을 나가서 현관문으로 다가갔다.

벨이 또다시 울렸다. 트레실리언은 미간을 찌푸렸다. 성에가 긴 현관문 유리창 밖으로 테가 늘어진 모자를 쓴 남자의 모습이 보였다.

트레실리언은 뭔가 걱정스러운 듯 한쪽 손으로 이마를 짚었다. 마치 모든 것이 반복해서 일어나고 있는 것 같았던 것이다.

'이건 분명히 전에도 있었던 일인데. 분명히…….'

그가 걸쇠를 풀고 문을 열었다.

이윽고 마법이 깨어졌다. 문 앞에 서 있던 남자가 말했다.

"여기가 시메온 리 씨의 집인가요?"

"예, 선생님."

"그분을 만나고 싶은데요."

희미한 기억이 트레실리언의 머릿속에서 떠올랐다. 그것은 과거 시메온 리가 처음 영국에 돌아왔던 시절에 들었던 억양이었다.

트레실리언은 반신반의하는 표정으로 고개를 저었다.

"주인 나리께서는 몸이 불편하십니다, 선생님. 요즘은 사람들을 별로 만나지 않으시죠. 혹시 성함이……."

낯선 이가 그의 말을 막으며 봉투 하나를 꺼내 집사에게 내밀었다.

"이걸 리 씨께 전해 주시죠."

"알겠습니다, 선생님."

V

시메온 리가 봉투를 받아 들고 그 안의 종이를 꺼냈다. 그는 놀란 듯 두 눈썹을 치켜올렸지만 이내 미소를 지어 보였다.

"모든 게 정말 안성맞춤이군."

그는 이렇게 중얼거리고는 집사에게 지시했다.

"파 씨를 이리로 안내하게, 트레실리언."

"예, 주인 나리."

시메온이 중얼거렸다.

"그렇잖아도 과거에 알고 지내던 에버니저 파를 생각하고 있었는데. 그는 킴벌리에서 내 동업자였지. 이제 여기 그의 아들이 오는군."

트레실리언이 다시 들어와 말했다.

"파 씨가 오셨습니다."

스티븐 파가 조금 신경이 곤두선 모습으로 방 안으로 들어섰다. 그는 조금 과장된 걸음으로 그런 감정을 숨기고는 입을 열었다. 스티븐 파의 남아프리카 억양은 평소보다 더욱 두드러지게 들렸다.

"리 선생님이신가요?"

"만나게 돼서 반갑군. 그러니까 자네가 에브의 아들인가?"

스티븐 파가 온순하게 씩 웃어 보이고는 대답했다.

"이번이 제 첫 모국 방문입니다. 아버지께서 언제나 영국에 가면 선생님을 찾아가 보라고 하셨죠."

"잘했네. 이쪽은 내 손녀 필라르 에스트라바도스라네."

"안녕하세요?"

필라르가 차분하게 인사했다.

스티븐 파가 일말의 감탄을 느끼며 생각했다.

'침착한 꼬마 악마로군. 날 보고 놀랐으면서도 잠깐 눈빛만 흔들렸을 뿐이야.'

그는 장중하게 말했다.

"이렇게 알게 돼서 영광입니다, 에스트라바도스 양."

“고맙습니다.”

“자리에 앉아 자네 이야기를 들려주게. 영국엔 오래 머물 건가?”

“이제 막 이곳에 왔으니까 서두르지 않을 생각입니다.”

그가 고개를 뒤로 젖히며 웃음을 터뜨렸다.

“잘됐군. 여기서 한동안 우리와 함께 머무르지 그러나.”

“선생님, 그렇게까지 방해하고 싶진 않습니다. 크리스마스 전에 떠날 생각입니다.”

“아니, 자네는 우리와 함께 크리스마스를 보내야 하네. 혹시 다른 계획이 없다면 말이야.”

“음, 아뇨. 그렇진 않습니다만 저로서는…….”

“그럼 그렇게 하기로 결정된 걸세.”

시메온이 고개를 돌렸다.

“필라르?”

“예, 할아버지.”

“리디아 숙모에게 가서 손님이 한 분 더 왔다고 알려 주렴. 숙모에게 내가 보잔다고 전해라.”

필라르가 방을 나갔다. 스티븐은 눈으로 그녀를 좇았다. 시메온은 재미있다는 듯 그 모습을 주목했다.

“남아프리카에서 바로 오는 길인가?”

“그런 셈입니다.”

그들은 남아프리카에 대해 이야기를 나누기 시작했다.

잠시 후 리디아가 들어오자 시메온이 설명했다.

"이쪽은 스티븐 파, 내 오랜 친구이자 동업자였던 에버니저 파의 아들이란다. 우리와 함께 크리스마스를 보낼 거야. 네가 그를 위해 방을 마련해 준다면 말이다."

"물론 마련해 드리죠."

미소를 지어 보인 리디아의 두 눈이 낯선 이의 얼굴에 머물렀다. 구릿빛 얼굴과 푸른 눈, 그리고 살짝 뒤로 기울인 고개에.

"이쪽은 내 며느리라네."

"좀 당황스럽군요……. 이런 가족 모임에 방해꾼이 되어서."

"우리에게 자네는 가족이나 마찬가지일세. 자네도 그렇게 생각하게나."

"정말 친절하시군요, 선생님."

필라르가 다시 방으로 들어왔다. 그녀는 난롯가에 조용히 앉아 판지를 집어 들고는 그것이 부채라도 되는 듯 손목을 움직여 바람을 일으켰다. 필라르의 눈빛은 새침하고 차분했다.

“정말 제가 이곳에 머물기를 바라세요, 아버지? 제가 벌집을 쑤시고 있는 것 같은데요.”

해리가 고개를 뒤로 살짝 기울이며 묻자, 시메온이 날카롭게 반문했다.

“그게 무슨 말이냐?”

“앨프리드 형 말이에요. 선한 아들 앨프리드요. 제가 여기 있겠다고 말하면, 형은 몹시 유감스러워할걸요.”

“그렇다면 그 애가 잘못하는 거다. 이 집의 주인은 나란 말이다.”

시메온이 딱딱하게 내뱉었다.

“그렇지만 아버지, 아버지는 앨프리드 형에 상당히 의지하고 계세요. 전 분란을 만들고 싶지…….”

“내 말대로 하게 될 거다.”

해리가 하품을 했다.

"제가 집 안에 틀어박혀 사는 생활에 적응할 수 있을지 잘 모르겠어요. 세상을 제집 삼아 살던 사람에게는 상당히 갑갑한 일이거든요."

"결혼해서 정착하는 편이 좋을 것 같다."

"제가 누구랑 결혼을 하겠어요? 조카와는 결혼할 수 없으니 유감이에요. 필라르는 정말 매력적이더군요."

"벌써 그것까지 알았단 말이냐?"

"정착 얘기가 나왔으니 말인데요. 뚱보 조지 형은 겉으로 보기에는 제대로 정착한 것 같더군요. 어떤 여자예요?"

"내가 어떻게 알겠냐? 조지는 그 여자를 패션쇼에서 만난 모양이다. 그 여자 말로는 아버지가 퇴역한 해군 장교라지."

"연안 증기선의 이등 항해사쯤 됐나 보군요. 조지 형이 조심하지 않으면 그 여자와 문제가 좀 있겠는데요."

"조지는 멍청이야."

"그 여자가 왜 조지 형과 결혼했을까요? 돈 때문에?"

시메온이 어깨를 으쓱해 보였다.

"음, 아버지가 이 문제에 대해 앨프리드 형이랑 이야기 좀 해 주실 수 있겠어요?"

"곧 자리가 잡힐 거다."

시메온이 냉담하게 말하며 옆 탁자에 놓여 있는 벨을 건드렸다. 호버리가 즉각 모습을 나타냈다.

"앨프리드에게 이리 오라고 이르게."

호버리가 밖으로 나가자 해리가 느릿하게 말했다.

"저 친구는 문간에서 방 안의 말을 엿듣고 있었어요."

"그랬겠지."

앨프리드가 서둘러 방 안으로 들어왔다. 동생을 보자 그의 얼굴이 찌푸려졌다. 해리의 존재를 무시하고 앨프리드가 단도직입적으로 물었다.

"부르셨어요, 아버지?"

"그렇단다. 앉아라. 난 이제 사태를 재정비해야겠다는 생각을 하고 있단다. 이 집에 두 사람이 더 살게 될 테니까 말이다."

"두 사람이라고요?"

"필라르는 당연히 이곳을 집으로 삼을 거다. 그리고 해리도 이제 계속 집에 있게 될 거다."

"해리가 이곳에서 산다고요?"

"안 될 게 뭐야, 형?"

앨프리드가 홱 하고 해리에게로 몸을 돌렸다.

"내 생각엔 네가 그 이유를 잘 알 것 같은데!"

"음, 미안하지만 난 모르겠는걸."

"그 모든 일을 저질러 놓고서도 말이냐? 네 파렴치한 행동 말이다. 그리고 그 추문들……. 아버지가 모든 걸 해 주셨는데도 넌 아버지에게 지독하게 굴었어."

해리가 대수로울 것 없다는 듯 손을 내저었다.

"이것 봐, 형. 그건 형이 상관할 일이 아니라 아버지가 신경 쓰실 일 같은데. 아버지가 기꺼이 그 일을 잊어 주시고 용서해 주신다면……."

"기꺼이 그리 하마. 해리는 어쨌거나 내 아들이잖니, 앨프리드."

"그렇죠. 하지만……. 전 마음이 풀리질 않아요. 아버지 입장을 생각하면."

시메온은 해리의 어깨에 부드럽게 한 손을 올렸다.

"해리는 여기 살 거다. 내가 그걸 원한다. 난 해리를 몹시 아낀단다."

앨프리드가 자리에서 일어나 방을 나갔다. 그의 얼굴은 창백했다. 해리 역시 일어나 소리 내어 웃으며 그를 따라 나갔다.

시메온은 자리에 앉은 채 혼자서 킬킬거렸다. 그런 다음 그는 흠칫 놀라 주위를 둘러보았다.

"도대체 누구지? 오, 자네였군, 호버리. 그런 식으로 살금살금 들어오지 말게."

"죄송합니다, 주인 나리."

"괜찮네. 잘 듣게. 자네에게 지시할 게 몇 가지 있네. 점심 식사 후에 모든 사람이 이곳에 모였으면 하네. 한 사람도 빼놓지 말고 말일세."

"예, 주인 나리."

"더 있네. 사람들이 올 때 자네도 함께 오게. 중간쯤 왔을 때 내가 들을 수 있도록 목소리를 높이게. 어떤 구실이든 대서 말일세. 알아듣겠나?"

"예, 주인 나리."

호버리가 아래층으로 내려가서 트레실리언에게 말했다.

"혹시 제 의견을 묻는다면, 우리는 즐거운 크리스마스를 보내게 될 거라고 말하겠습니다."

트레실리언이 날카로운 어조로 물었다.

"무슨 뜻으로 하는 말인가?"

"두고 보면 압니다, 집사님. 오늘은 크리스마스이브죠. 하지만 진정한 크리스마스 정신이 임한 것 같진 않군요."

II

사람들은 방 안으로 들어오다가 문간에서 걸음을 멈추었다.

시메온이 전화를 하고 있는 중이었다. 그는 그들에게 손짓을 해 보였다.

"앉거라, 모두. 금방 끝날 거다."

그는 전화에 대고 계속 말했다.

"찰턴, 호킨스 앤 브루스죠? 자넨가, 찰턴? 나 시메온 리일세. 그래, 그렇지? 그래⋯⋯. 아닐세, 나는 자네가 날 위해 새로운 유언장을 만들어 주었으면 한다네⋯⋯. 그렇다네. 내가 유언장을 만든 지도 꽤 되었지⋯⋯. 상황이 바뀌었다네⋯⋯. 오, 아닐세. 서두를 필요는 없네. 자네의 크리스마스를 망치고 싶진 않다네. 크리스마스 휴가가 끝나고 처음 출근한 날이나 그다음 날 이리 와 주게. 그때 내가 원하는 걸 말해 주겠네. 아닐세, 그러면 된다네. 아직 죽어 가는 건 아니니까 말일세.”

그는 수화기를 내려놓고 가족 여덟 명을 둘러본 후 킬킬거리며 말했다.

“모두들 뚱해 보이는구나. 무슨 일이냐?”

앨프리드가 말했다.

“아버님이 저희를 보자고 하셔서…….”

시메온이 재빨리 말을 받았다.

“오, 미안하다……. 엄숙한 얘길 하려는 게 아니란다. 이게 가족회의라고 생각했느냐? 아니다, 난 오늘 좀 피곤하구나. 그뿐이다. 너희들 중 아무도 저녁 식사 후에 여기 올 필요 없다. 난 일찍 잠자리에 들 생각이다. 기운찬 모습으로 크리스마스를 맞고 싶구나.”

그는 씩 웃어 보였다. 조지가 열심히 맞장구를 쳤다.

“예……, 당연히 그러셔야죠…….”

“크리스마스는 오래된 명절이지. 가족애를 고무시킨단다. 어떻게 생각하느냐, 맥덜린?”

맥덜린 리가 소스라쳐 놀랐다. 우둔해 보이는 작은 입이 벌어졌다가는 저절로 닫혔다.

“오…… 오, 그럼요!”

“보자, 넌 은퇴한 해군 장교와 함께 살았지.”

그는 잠시 말을 멈추었다.

“네 아버지 말이다. 대단한 크리스마스를 맞지는 않았겠구나. 그러려면 대가족이 필요하니까 말이다!”

“음, 음, 예, 그렇겠네요.”

시메온의 두 눈이 맥덜린을 비껴 지나갔다.

“올해 크리스마스에는 불쾌한 이야긴 하고 싶지 않다. 하지만 알다시피 조지, 네게 주는 돈을 조금 줄여야 할 것 같다. 이곳의 경비가 앞으로 좀 더 들 것 같아서 말이다.”

조지의 얼굴이 시뻘게졌다.

“하지만 아버지, 그러실 순 없어요.”

시메온이 부드럽게 응수했다.

“이런, 내가 그럴 수가 없다고!”

“전 이미 몹시 쪼들리고 있어요. 몹시요. 수입과 지출을 어떻게 맞추어야 할지 모르겠어요. 정말 굉장히 힘든 생활을 해야 할 거예요.”

“네 아내에게 좀 더 절약하라고 하렴. 여자는 그런 일에 유능한 법이다. 여자는 남자라면 생각도 못 하는 부분에서 절약할 여지를 찾아내곤 하지. 그리고 영리한 여자라면 자기 옷은 자기가 만들어 입는단다. 네 어머니는 바느질을 잘했지. 손대는 거마다 다 잘했어……. 훌륭한 여자였다. 하지만 지독하게 따분했지…….”

데이비드가 의자에서 튕겨진 듯 일어났다.

“앉아라, 데이비드. 그러다 뭔가에 부딪치겠구나.”

“어머니는…….”

“네 어머니의 머리는 벌레 수준이었어. 그리고 내가 보기엔 그 머리를 아이들에게 물려준 것 같구나.”

그는 앉은 채로 갑자기 몸을 일으켰다. 양쪽 뺨에 붉은 반점이 나타났고, 목소리가 높고 날카로워졌다.

"너희들은 한 푼의 가치도 없다. 너희들 모두 말이다. 난 너희들 모두에게 진절머리가 난다! 너희들은 사내가 아니야! 너희들은 약골들이다. 유약하기 짝이 없는 샌님들이라고. 필라르가 너희 중 둘을 합친 것보다 나아. 하늘에 장담하건대, 비록 너희들이 적자로 태어나긴 했지만, 이 세상 어딘가에는 너희들 모두보다 나은 내 아들이 있을 거다."

"아버지, 그만하세요."

해리가 소리치며 펄쩍 일어났다. 평소에 유쾌해 보이던 그의 얼굴이 찌푸려져 있었다.

시메온이 딱딱하게 말했다.

"너도 마찬가지다. 도대체 네가 이제까지 해 놓은 게 뭐냐? 세계 각처에서 돈을 보내 달라고 징징거린 게 다 아니냐. 정말이지 너희들 모두를 보는 게 진절머리가 난다! 모두 나가거라!"

그는 약간 헐떡거리며 의자에 몸을 기댔다.

가족들이 천천히 하나씩 방을 나갔다. 조지는 얼굴이 붉어진 채 화가 나 있었고, 맥덜린은 놀란 것 같았으며, 데이비드는 창백해져서 몸을 떨고 있었다. 해리는 방을 뛰쳐나갔다. 앨프리드는 꿈을 꾸고 있는 사람처럼 걸음을 옮겼고, 리디아는 고개를 꼿꼿이 든 채 그를 따랐다. 힐다만이 문간에서 걸음을 멈추고 천천히 방 안으로 걸어 들어갔다.

힐다는 걸음을 멈추었다. 눈을 든 시메온은 깜짝 놀랐다. 바로 앞에 그녀가 서 있었기 때문이다. 움직이지 않고 당당하게 버티고 서 있는 힐다의 태도에는 뭔가 위협적인 데가 있었다.

시메온이 짜증스럽다는 듯 물었다.

"뭐냐?"

"아버님 편지를 받았을 때, 저는 아버님이 크리스마스를 기해 가족들 모두가 한데 모이기를 바라시는 거라고 생각했어요. 그래서 데이비드를 설득해 이곳에 왔지요."

"그런데 어떻다는 거냐?"

힐다가 천천히 말했다.

"아버님은 가족을 불러 모으시긴 했지만 편지에서 말한 그런 목적에서가 아니네요. 아버님이 가족을 오게 한 건 자식들과 한바탕 싸움을 벌이시려는 것이었군요? 맙소사, 이건 몹쓸 장난이에요."

시메온이 킬킬거렸다.

"내 유머 감각이 조금 유별나기는 하지. 나는 다른 사람이 이 장난을 흡족하게 여길 거라고는 기대하지 않았다. 그저 나 자신만 즐기면 되는 거지."

힐다가 아무 말도 하지 않자 시메온 리는 막연한 불안에 사로잡혔다. 그가 날카롭게 물었다.

"무슨 생각을 하고 있는 거냐?"

힐다 리가 천천히 대답했다.

"전 그저 두려울 뿐이에요……."

"내가 두렵단 말이냐?"

"아니요. 제가 걱정하는 건 누군가 아버님을 해치는 일이 생기는 거예요."

선고를 내린 판사처럼 힐다는 몸을 돌렸다. 그녀는 천천히 묵직한 걸음으로 방을 나갔다.

시메온은 잠시 힐다가 나간 문을 응시하다가 일어서서 금고 쪽으로 가며 중얼거렸다.

"내 아름다운 보물들이나 한번 봐야지……."

III

7시 45분경 현관 벨이 울렸다.

트레실리언이 문을 열러 나갔다. 그가 식기실로 돌아와 호버리를 찾았다. 호버리는 쟁반에서 커피 잔을 집어 들어 그 위의 얼룩을 살펴보고 있었다.

"누가 왔나요?"

호버리가 물었다.

"경찰일세. 서즌 경정이라더군. 조심하게!"

호버리의 손에서 커피 잔이 떨어지면서 쨍그랑 소리를 냈다.

"저 하는 짓 좀 봐. 11년 동안 단 한 개도 깨뜨리지 않고 윤이 나게 닦아 왔는데, 자네가 자네 소관도 아닌 일에 손을 대 사고를 치는군."

트레실리언이 한탄했다. 얼굴이 땀으로 뒤덮인 호버리가 사과했다.

"죄송합니다, 집사님. 정말 죄송합니다. 어떻게 이런 일이 일어났는지 모르겠군요. 경정이 왔다고요?"

"그렇다네, 서즌 경정일세."

호버리가 핏기 없는 입술을 혀로 핥았다.

"도대체…… 도대체 무엇 때문에요?"

"경찰 고아원을 위한 모금 건일세."

호버리가 어깨를 펴고 한결 자연스럽게 말했다.

"오! 이 집에서도 기부를 했나요?"

"장부를 주인 나리께 갖다 드리자 나리가 경정님을 모시고 올라오고 탁자에는 셰리 주를 갖다 놓으라고 하셨다네."

"매년 이맘때는 뜯어 가려는 사람들뿐이군요. 주인 나리는 심술 궂지만 후한 편이시죠. 여러 가지 단점도 가지고 계시지만, 전 주인 나리 편이에요."

트레실리언이 권위 있는 어조로 말했다.

"주인 나리는 언제나 너그러운 신사셨지."

호버리가 고개를 끄덕였다.

"그 점이야말로 주인 나리의 가장 좋은 점이죠. 음, 그럼 이제 전 가 보겠습니다."

"영화 보러 가는 건가?"

"그렇게 될 것 같습니다. 그럼 가 보겠습니다, 집사님."

그는 하인 숙소로 통하는 문으로 나갔다.

트레실리언은 벽시계를 바라보았다. 그리고 식당으로 들어가 냅

킨에 링을 끼웠다. 모든 것이 제대로 되어 있음을 확인한 다음 홀의 종을 울렸다.

마지막 종소리가 잦아들었을 때, 경정이 층계를 내려왔다. 서즌 경정은 어깨가 떡 벌어진 잘생긴 사내였다. 몸에 꼭 맞는 푸른색 정복의 단추를 단정히 끼운 채 권위 있는 태도로 움직였다.

그가 상냥하게 말했다.

"오늘 밤엔 서리가 내릴 것 같습니다. 좋은 일이죠. 최근 날씨가 영 철에 맞질 않았으니까요."

트레실리언이 고개를 내저으며 대답했다.

"습기 때문에 저는 류머티즘 증세가 악화된답니다."

경정은 류머티즘은 고통스러운 골칫거리라고 말했고, 트레실리언은 그를 현관문 밖까지 배웅했다.

늙은 집사는 다시 빗장을 지르고 천천히 홀로 돌아왔다. 그는 한 손으로 두 눈을 문지르고는 한숨을 내쉬었다. 그런 다음 리디아가 객실로 들어가는 것을 보자 등을 바로 폈다. 조지 리가 막 층계를 내려오고 있었다.

트레실리언은 미리 손님을 맞을 준비를 해 두었다. 맥덜린을 마지막으로 모두 응접실로 들어오자 그가 직접 방 안으로 들어와 나직하게 말했다.

"저녁 식사가 준비되었습니다."

트레실리언은 나름대로 숙녀들의 의상에 감식안이 있었다. 포도주가 담긴 디캔터를 들고 식탁을 돌 때면 그는 언제나 마음속으로 숙녀들의 드레스를 평가하곤 했다.

리디아는 새로 맞춘 흑백 꽃무늬 태퍼터(광택이 있고 빳빳한 천—옮긴이) 드레스를 입고 있었다. 디자인이 대담하고 상당히 파격적인 그 옷을 그녀는 멋지게 소화해 냈다. 대부분의 숙녀들이라면 그렇지 못했으리라. 맥덜린이 입은 드레스는 최신 유행의 것임이 분명했다. 틀림없이 비싼 물건이리라. 조지가 어떻게 그런 돈을 냈는지 트레실리언은 의아했다. 조지는 예전부터 돈 쓰는 것을 좋아하지 않았다. 트레실리언은 이제 힐다를 보았다. 그녀는 훌륭한 숙녀였지만, 옷 입는 법 같은 것에 대해서는 전혀 아는 바가 없는 것 같았다. 그녀의 얼굴에는 무늬 없는 검정 벨벳 드레스가 가장 잘 어울릴 터였다. 무늬가 요란한, 그것도 진홍색 벨벳을 입은 것은 잘못된 선택이었다. 한편 필라르는 무엇을 입고 있는지가 문제되지 않았다. 그녀의 얼굴과 머리카락에는 무엇이든 잘 어울렸다. 얇은 싸구려 흰색 가운이라 하더라도 말이다. 시메온도 이내 그 사실을 알아채리라. 그 노인은 벌써 그녀에게 호감을 갖게 된 것 같았다. 신사가 나이 들면 그러기 마련이다. 노인들에게는 젊음만큼 아름다운 것이 없는 법이다.

"라인산 백포도주로 할까요, 보르도산 적포도주로 할까요?"

트레실리언이 조지의 귀에 대고 공손하고 나직하게 물었다. 그는 곁눈으로 하인 월터가 그레이비 소스도 나오기 전에 채소를 내는 것을 보았다. 그렇게 일렀건만!

트레실리언은 수플레를 들고 식탁을 돌았다. 숙녀들의 옷차림에 대한 관심이 잦아들고 월터의 실수에 대해서도 더 이상 신경이 쓰이지 않게 되자 오늘 밤엔 모두 지나치게 말이 없다는 생각이 그의 뇌리를 스쳤다. 엄밀하게 말해서 침묵이라고는 할 수 없었다. 해리는 꽤 말을 많이 하고 있었다. 아니, 아니었다. 말이 많은 사람은 해리 도련님이 아니라 남아프리카에서 온 신사였다. 다른 사람들 역시 이야기를 하긴 했지만, 금방 대화가 끊기곤 했다. 분위기에 기묘한 무엇인가가 서려 있었다.

예를 들어 앨프리드는 몹시 아픈 사람처럼 보였다. 무슨 충격이라도 받은 것 같았다. 어찌나 정신을 놓고 있는지 음식을 덜어 놓고는 먹을 생각조차 하지 않았다. 리디아가 남편을 걱정하고 있다는 것을 트레실리언은 알 수 있었다. 그녀는 남의 눈에 띄지 않도록 식탁 위로 눈을 내리깔고 줄곧 남편 쪽을 보고 있었다. 조지의 얼굴은 시뻘게져 있었다. 그는 음식을 음미하는 대신 게걸스레 넘기고 있었다. 주의하지 않으면, 저러다 언젠가 발작을 일으키리라. 맥덜린은 음식을 먹고 있지 않았다. 어쩌면 체중을 조절하는 중인지도 모른다. 필라르는 남아프리카에서 온 신사와 이야기를 나누고 웃음을 터뜨리며 즐겁게 식사를 하고 있었다. 그 신사는 그녀를 좋아하고 있음이 분명했다. 그들은 그 밖의 다른 생각은 하지 않은 듯했다.

데이비드는? 트레실리언은 데이비드가 걱정스러웠다. 그는 겉모습부터 돌아가신 마님과 똑같았다. 그리고 지금도 놀라울 정도로 젊어 보였다. 하지만 신경질적이었다. 지금도 그는 유리잔을 두들겨 대고 있었다.

트레실리언은 재빨리 잔을 들어 올려 줄곧 계속되는 그 동작을 노련하게 막았다. 이제 그 동작은 중단되었다. 데이비드는 자신의 행동을 눈치채지 못한 듯 그저 백지장 같은 얼굴로 앞을 응시하며 앉아 있었다.

백지장 같은 얼굴이라는 말이 나온 김에 하는 말인데, 경찰이 집에 왔다는 말을 들었을 때 식기실에서 호버리의 태도는 정말 괴상하지 않았던가……. 마치 그가 무슨…….

트레실리언의 생각은 소스라치는 바람에 중단되었다. 월터가 나르고 있던 접시를 떨어뜨렸던 것이다. 요즘 젊은 하인들은 아무 짝에도 쓸모가 없었다. 그들은 마구간 일에나 어울렸다.

트레실리언은 포트와인을 들고 식탁을 돌았다. 해리는 오늘밤 약간 넋이 나간 듯한 모습이었다. 그는 줄곧 앨프리드를 바라보고 있었다. 그 둘 사이에는 소년 시절에도 우애라는 것이 없었다. 아버지의 총애를 받던 해리는 앨프리드를 괴롭혔다. 시메온은 앨프리드를 그다지 귀여워한 적이 없었다. 앨프리드가 자기 아버지에게 언제나 그렇게 헌신적인 것을 생각하면 안타까운 일이었다.

그쯤에서 리디아가 일어나서 식탁을 닦았다. 태피터 드레스는 디자인이 무척 훌륭했고, 어깨 망토 또한 그녀에게 잘 어울렸다. 무척 우아한 숙녀였다.

트레실리언은 포트와인 잔을 들고 앉아 있는 신사들을 뒤로하고 식당 문을 닫고 식료품 저장고로 나왔다.

트레실리언은 커피 쟁반을 들고 응접실로 들어갔다. 숙녀 넷이 앉아 있었다. 그 모습이 좀 불편해 보인다고 그는 생각했다. 그들은 서로 대화를 나누지 않았다. 트레실리언은 침묵 속에서 커피를 돌렸다.

그는 다시 응접실을 나왔다. 트레실리언이 식료품 저장고로 들어갈 때 식당 문이 열리는 소리가 들려오더니, 데이비드 리가 방을 나와 응접실을 향해 홀을 따라 걸어가는 것이 보였다.

트레실리언은 식료품 저장고로 들어와 월터를 엄하게 꾸짖었다. 잘못을 저질러 놓고도 꽤 뻔뻔스럽지 않았던가!

혼자가 된 트레실리언은 식료품 저장고에 털썩 주저앉았다.

그는 우울해지는 것을 느꼈다. 크리스마스이브에 느끼기 마련인 이 모든 압박감과 긴장감……. 그는 그런 것이 마음에 들지 않았다.

그는 힘들여 몸을 일으켜 응접실로 가서 빈 커피 잔들을 쟁반에 담았다. 응접실에는 리디아뿐이었다. 그녀는 방 끝에 있는 창문 커튼으로 반쯤 몸을 가린 채 서서 어두운 창밖을 내다보고 있었다.

옆방에서 피아노 소리가 들려왔다.

데이비드가 연주하고 있었다. 순간, 트레실리언은 그가 연주하는 곡이 「장송 행진곡」인 줄 알았다. 아니, 착각이 아니라 사실이었다. 정말이지 사태가 무척 괴상하게 돌아가고 있었다.

그는 천천히 홀을 지나 식료품 저장고로 돌아왔다.

위층에서 들려오는 소리를 그가 처음으로 들은 것은 바로 그때였다. 도자기들이 깨지는 소리, 가구가 넘어지는 소리, 우지끈 쿵 하는 소리들이 들려왔다.

'맙소사, 주인 나리께서 뭘 하시는 거지? 저 위에서 무슨 일이 일어나고 있는 거야?'

다음 순간 명료하고 높은 비명이 들렸다. 울부짖는 듯한 무시무시한 고음의 비명은 헉 하고 숨을 멈추는 소리, 꿀꺽 하고 침을 넘기는 소리로 이어지더니 이윽고 잦아들었다.

트레실리언은 한순간 그 자리에 마비된 듯 서 있었다. 이윽고 그는 홀로 달려 나와 널찍한 층계를 올라가기 시작했다. 다른 사람들도 그와 함께였다. 비명이 온 집 안에 울려 퍼졌던 것이다.

그들은 층계를 뛰어올라 모퉁이를 돈 다음 허옇고 섬뜩하게 번쩍거리는 하얀 조각상들이 있는 벽감을 지나 시메온 리의 방으로 곧장 달려갔다. 스티븐 파와 리디아가 벌써 와 있었다. 리디아는 벽에 기대서 있었고, 파는 문손잡이를 비틀고 있었다.

"문이 잠겨 있습니다. 문이 잠겨 있다고요!"

해리 리가 그를 제치고 앞으로 나서서 손잡이를 잡고 이리저리 돌려 보았다.

"아버지, 아버지, 문 좀 여세요."

그가 소리치며 한 손을 들어 올리자 모두들 말없이 귀를 기울였다. 대답이 없었다. 문 저쪽에서는 아무 소리도 들리지 않았다.

현관 벨이 울렸지만 아무도 거기에는 관심을 기울이지 않았다.

"이 문을 부숴야 합니다. 그 방법밖에 없습니다."

스티븐 파의 제안에 해리가 말했다.

"그건 힘든 일입니다. 이 문은 아주 견고합니다. 어떻게 좀 해 봐,

앨프리드 형.”

　그들은 문을 들어 올려 잡아당기다가 결국 긴 참나무 의자를 가져와서는 그것을 망치 삼아 문을 쳤다. 마침내 문의 경첩이 쪼개지며 문이 문틀에서 흔들거리며 떨어져 나갔다.

　그들은 동작을 멈추고 모두 모여 방 안을 들여다보았다. 그 순간 눈앞에 펼쳐진 광경은 누구도 영원히 잊지 못하리라…….

　무시무시한 싸움이 있었던 게 분명했다. 육중한 가구들이 나동그라져 있었으며, 도기들은 바닥에 떨어져 산산조각이 나 있었다. 그리고 타오르는 난로 앞에 있는 깔개를 흠뻑 적신 피 웅덩이 속에 시메온 리가 쓰러져 있었다……. 사방으로 피가 튀어 있어 마치 도살장 같았다.

　부들부들 떨리는 긴 한숨에 이어 다음 두 사람의 목소리가 차례로 들려왔다. 그것은 기묘하게도 둘 다 인용구였다.

　데이비드 리가 말했다.

　“하느님의 맷돌은 더디지만 곱게 갈리나니.(‘천벌은 늦지만 확실히 온다’는 뜻의 속담 — 옮긴이)”

　리디아의 목소리가 떨리는 속삭임처럼 흘러나왔다.

　“노인 안에 이렇게 많은 피가 있으리라는 것을 누가 알았으리오?(셰익스피어의 『맥베스』에 나오는 대사 — 옮긴이)”

IV

서즌 경정은 세 번째로 벨을 눌렀다. 그래도 문이 열리지 않자 그는 조급해져서 노크용 쇠를 두드려 댔다.

마침내 월터가 나와 겁에 질린 얼굴로 문을 열었다. 그의 얼굴에 안도의 기색이 떠올랐다.

"이런, 그렇잖아도 경찰에 전화를 걸려고 했습니다."

서즌 경정이 날카로운 어조로 물었다.

"무슨 일인가? 무슨 일이라도 생겼나?"

월터가 속삭이듯 대답했다.

"주인 나리 일입니다. 사실은 나리께서……."

경정은 월터를 제치고 층계를 뛰어 올라갔다. 그는 방 안으로 들어갔지만 아무도 그가 들어왔다는 것을 의식하지 못한 듯했다. 그는 필라르가 앞으로 몸을 굽히고는 바닥에서 뭔가를 집어 드는 것을 보았다. 데이비드 리가 두 손으로 눈을 가린 채 서 있었다.

다른 사람들은 한데 몰려서 있었고, 앨프리드 리 혼자만이 아버지의 시신에 상당히 가까운 곳에 서서 아래를 내려다보고 있었다. 그의 얼굴에는 어떤 표정도 떠올라 있지 않았다.

조지 리가 엄숙하게 말했다.

"아무것도 만져서는 안 돼. 잊지 마, 아무것도 만지지 말아야 해. 경찰이 올 때까지는 말이야. 이게 가장 중요하다고!"

"실례합니다."

서즌이 숙녀들을 부드럽게 밀치고는 앞으로 나섰다.

앨프리드 리가 그를 알아보았다.

"아, 오셨군요, 서즌 경정님. 무척 빨리 도착하셨군요."

서즌 경정은 자신이 어떻게 그렇게 빨리 오게 되었는지 설명하는 일에 시간을 낭비하지 않았다.

"그렇습니다, 리 씨. 이 모든 게 어찌 된 일입니까?"

"아버님께서 돌아가셨습니다. 살해당하신 거지요……."

앨프리드 리의 목소리가 갈라져 나왔다.

갑자기 맥덜린이 신경질적으로 흐느끼기 시작했다,

서즌 경정은 공식적인 태도로 장중하게 한 손을 들어올리며 권위 있게 말했다.

"리 씨와 조지 리 씨를 제외한 모든 분은 이 방에서 나가 주시겠습니까……."

사람들이 마지못해 문을 향해 양 떼처럼 천천히 몸을 움직였다. 서즌 경정이 갑자기 필라르의 앞을 막고는 상냥한 어조로 말을 걸었다.

"실례합니다만, 아가씨. 아무것도 만지거나 흩뜨려서는 안 됩니다."

필라르가 물끄러미 그를 응시했다. 스티븐 파가 초조한 기색으로 끼어들었다.

"물론 그렇죠. 이분도 그걸 잘 알고 있습니다."

서즌 경정은 여전히 상냥한 태도였다.

"아가씨는 조금 전에 바닥에서 뭔가를 줍지 않으셨나요?"

필라르는 두 눈이 휘둥그레졌다. 그녀는 물끄러미 그를 바라보며 믿기지 않는다는 듯이 되물었다.

"제가요?"

서즌 경정은 여전히 상냥한 태도였지만 목소리만은 조금 엄격해졌다.

"예, 제가 보았습니다……."

"아!"

"그러니까 그걸 제게 주시지요. 지금 아가씨 손안에 있는 것 말입니다."

필라르가 천천히 손가락을 폈다. 거기에는 고무 조각 하나와 작은 나뭇조각 같은 것이 놓여 있었다. 서즌 경정은 그것을 집어 들어 봉투 안에 넣고는 그 봉투를 셔츠 주머니 속에 넣은 다음 말했다.

"고맙습니다."

그는 몸을 돌렸다. 한순간 스티븐 파의 두 눈에 깜짝 놀란 듯한 경의가 어렸다. 잘생기고 듬직한 경정의 자질을 과소평가했다는 생각이 든 모양이었다.

그들은 천천히 방을 나왔다. 그들 뒤로 경정이 사무적으로 말하는 소리가 들렸다.

"자, 이제 두 분께서는……."

"장작 난로만 한 게 없지."

존슨 대령은 그렇게 말하며 장작 하나를 불에 던진 다음 의자를 난로 쪽으로 가까이 당겼다.

"한잔 하게."

그는 손님 팔꿈치 근처에 있는 술병 진열대와 사이펀 병을 가리키며 붙임성 있게 관심을 환기시켰다.

손님은 거절의 뜻으로 예의 바르게 한 손을 들어 올린 뒤 조심스럽게 의자를 난로 쪽으로 끌어당겼다. 하지만 그는 무슨 중세의 고문처럼 발바닥을 데우는 것보다는 어깨 뒤에 늘어서 있는 차가운 액체 한 모금이 낫다는 의견에 동의하는 쪽이었다.

미들셔의 경찰서장 존슨 대령은 장작 난로에 비할 만한 것이 없다는 견해를 지지하는 쪽이었지만 에르퀼 푸아로는 중앙난방이 언제나 효과적이라고 생각했다.

대령이 회고조로 말하며 고개를 내저었다.

"카트라이트 사건은 정말 대단했지. 대단한 사람이었어. 훌륭한 매너에다 매력이 넘치고! 이런, 자네와 함께 이곳에 왔을 때, 그는 우리 모두를 먹여 살렸지. 앞으로 그런 사건은 다시는 만날 수 없을 걸세. 다행히 니코틴 독살은 드무니까 말일세."

"독살 사건은 어떤 것이든 영국적이지 않다고 생각하던 시절이 있었지. 외국인의 수법으로 치부되었어. 비겁한 방법이라는 거지."

"그렇게 말할 순 없을 것 같네. 비소 독살 사건은 꽤 많거든. 사람들이 예상하는 것보다 훨씬 많을 걸세."

"그럴지도 모르지."

"독살 사건은 언제나 골치 아프지. 전문가들의 증언이 서로 상충되거든. 게다가 의사들은 종종 지나치게 말을 사려서 한다네. 그래서 판결이 나기가 어려워. 그래, 살인 사건이 일어나야 한다면, (하늘이 허락하지 않으실 테지만) 좀 더 직접적인 사건이 좋겠네. 죽음의 원인이 모호하지 않은 그런 사건 말일세."

푸아로가 고개를 끄덕였다.

"총알이 관통한 상처, 칼로 절단된 목, 으스러진 두개골 같은 것 말인가? 자네가 선호하는 게 그런 건가?"

"오, 그런 걸 선호한다고 말하진 말아 주게, 친애하는 푸아로. 그렇다고 내가 살인 사건을 좋아하는 걸로 받아들이지 말란 말일세. 난 다시는 그런 사건이 생기지 않기를 바란다네. 어쨌든 자네가 여기 머무는 동안에는 아무 일 없을 테지만 말일세."

푸아로가 겸손하게 말을 시작했다.

"내 명성은……."

하지만 존슨이 앞서 하던 말을 이었다.

"크리스마스일세. 평화와 선의가 가득한……. 선의가 온 누리에 넘친다네."

에르퀼 푸아로는 의자에 몸을 기댔다. 그는 양쪽 손가락 끝을 마주 대고는 생각에 잠긴 표정으로 친구를 바라보며 중얼거렸다.

"그렇다면 자네 생각에는 크리스마스는 범죄에 적당한 때가 아니라는 건가?"

"그렇다네."

"어째서?"

"어째서라니? 음, 내가 조금 전에 말한 대로 즐겁고 유쾌한 때이니까."

"영국인들은 몹시 감상적이군."

존슨이 완강하게 응수했다.

"우리가 옛 방식, 전통적인 축제를 좋아한다는 게 뭐 어떻단 말인가? 그게 무슨 해라도 된단 말인가?"

"아무런 해도 없다네. 모든 게 너무나도 매력적이지. 하지만 잠시 '사실'을 검토해 보세나. 자네는 크리스마스 시즌이 유쾌한 시기라고 했네. 그 말은 흥청망청 먹고 마신다는 뜻 아니겠나? 실제로 그건 과식을 의미한다네. 과식에는 소화 불량이 따르기 마련이지! 소화 불량에는 조급증이 따르기 마련이고!"

"범죄가 그런 이유에서만 일어나는 건 아닐세."

"꼭 그렇다고는 할 수 없네. 다른 관점을 취해 보세. 크리스마스에는 선의의 정신이 있네. 그건 자네 말대로 '해야 할 일'일세. 해묵은 싸움이 수습되고, 의견이 갈렸던 이들이 다시 뜻을 모은다네. 일시적일 뿐이라 해도 말일세."

존슨이 고개를 끄덕였다.

"무기를 땅에 묻는다는 거지. 맞는 말일세."

푸아로가 자신의 견해를 밀고 나갔다.

"또 1년 내내 떨어져 살던 가족이 함께 모인다네. 이런 상황에서는 굉장한 긴장감이 생긴다는 걸 인정해야 한다네, 이 친구야. 실제로는 소원한 이들이 서로 사이가 좋은 것처럼 꾸미기 위해 자신들에게 엄청난 압박을 가하는 걸세. 크리스마스에는 가식이 많다네. 기념할 만한 가식이지. '푸르 르 봉 모티프, 세 엉텅뒤(물론 좋은 의도에서 나온 것이지만).' 어쨌든 가식은 가식 아닌가."

"음, 내 생각은 좀 다른데."

존슨 대령이 믿기지 않는 듯 응수했다.

푸아로가 빛나는 눈길로 그를 쏘아보았다.

"아니, 아닐세. 이건 자네 생각이 아니라 내 생각일세. 이런 조건, 그러니까 정신적 긴장과 신체적인 불편이 가중되는 이런 상황에서는 전에는 대단치 않았던 미움과 과거에는 사소했던 갈등이 갑자기 훨씬 심각해질 가능성이 높다는 말을 하고 있는 걸세. 실제 이상으로 너그럽고 다정하고 후덕한 척하는 것은 조만간 그 사람을 더욱 호전적이고 잔인하게, 실제 이상으로 심술궂게 행동하게 만든다네. 자연스러운 행동을 억압한다면 말일세. 몽 아미(이 친구야), 조만간 그 댐이 무너지고 대홍수가 일어나는 걸세."

존슨 대령은 여전히 그 말을 믿지 않아 하며 푸아로에게 투덜거렸다.

"진지하게 말하는 건지 날 놀리는 건지 도무지 알 수가 없군."

푸아로가 그에게 미소를 지어 보였다.

"진지하게 말하는 건 아닐세! 진지할 게 뭐 있겠나! 그렇지만 내 말은 사실일세. 인위적인 상황이 자연스럽게 그런 반응을 초래할 거란 말일세."

존슨 대령의 하인이 방으로 들어왔다.

"서즌 경정 전화입니다, 나리."

"알겠네. 가서 받지."

실례한다는 말과 함께 경찰서장은 방을 나갔다.

잠시 후 돌아온 그의 얼굴은 심각하고 혼란에 빠져 있었다.

"빌어먹을! 살인 사건일세. 크리스마스이브인데도 비켜 가질 않는구먼."

푸아로의 눈썹이 치켜 올라갔다.

"그러니까 진짜 살인 사건인가?"

"뭐라고? 오, 다른 가능성이 있을 수 없네. 분명한 사건일세. 살인 말일세. 그것도 잔인한 살인일세!"

"희생자는 누군가?"

"시메온 리라는 노인일세. 이 지방 최고 부자 중의 하나지. 남아프리카에서 돈을 벌었다더군. 금이라던가……. 아니, 다이아몬드인 모양이네. 그 노인은 광산 개발에 쓰는 특별한 장치를 만들어 내는 데 막대한 재산을 쏟아 부었네. 그가 직접 고안해 낸 기계였던 것 같네. 어쨌든 그 사업으로 크게 성공했네. 사람들 말로는 삼대가 먹고 놀아도 될 지경이라더군."

"사람들에게 호감을 산 인물이었나?"

"아무도 그를 좋아하지 않았던 것 같네. 좀 괴팍한 사람이었지. 최근 몇 년 동안은 무척 아파 항상 간병인을 옆에 둬야했다네. 개인적으로는 잘 아는 사람은 아니라네. 하지만 그는 이 지방 유지 중의 한 사람이었지."

"그렇다면 이 사건은 커다란 파란을 불러일으키겠군?"

"그렇지. 가능한 한 빨리 롱데일로 가 봐야겠네."

존슨은 손님을 바라보며 주저했다. 그가 차마 입 밖에 내지 못한 질문을 푸아로가 대신 던졌다.

"내가 함께 가길 원하나?"

존슨이 어색하게 대답했다.

"자네에게 그러자고 하는 게 좀 뭣하군. 하지만 음, 자넨 이런 일이 어떤 건지 잘 알잖나. 서즌 경정은 좋은 친구지만 그 이상은 아닐세. 부지런하고 주의 깊고 몹시 성실한 반면, 상상력이 있는 친구라고는 할 수 없네. 자네가 여기 있는 만큼 자네 도움을 받고 싶네."

존슨의 말끝에 망설이는 기색이 어려 있다. 푸아로가 재빨리 대답했다.

"그럴 수 있다면 나로선 정말 기쁘다네. 능력이 닿는 한 자네를 돕겠네. 하지만 사람 좋은 경정의 기분을 상하게 해서는 안 될 걸세. 이건 그의 사건이지 내 사건이 아니니 말일세. 난 다만 비공식적인 의논 상대일 뿐이지."

존슨 대령이 흐뭇한 표정으로 말했다.

"자넨 좋은 사람일세, 푸아로."

칭찬의 말을 끝으로 두 사람은 길을 나섰다.

VI

그들에게 현관문을 열어 준 사람은 순경이었다. 순경은 그들에게 인사를 했다. 그의 뒤를 따라 서즌 경정이 홀로 내려오며 말했다.

"어서 오십시오, 서장님. 왼쪽에 있는 리 씨의 서재로 들어갈까요? 중요한 요점을 대강 말씀드리고 싶습니다. 기묘한 사건입니다."

그는 두 사람을 현관 왼쪽에 있는 작은 방으로 안내했다. 그곳에는 전화기 한 대와 서류로 뒤덮인 커다란 책상이 있었다. 벽에는 책장이 늘어서 있었다.

"서즌, 이 분은 무슈 에르퀼 푸아로일세. 자네도 이름을 들어 봤을 걸세. 지금은 잠시 우리 집에 머물고 계시다네. 이쪽은 서즌 경정일세."

푸아로는 고개를 살짝 숙여 보인 다음 상대를 건너다보았다. 떡 벌어진 어깨에 매부리코, 호전적인 턱, 크고 숱이 많은 밤색 콧수염을 한 군인 같은 태도의 키 큰 사내가 서 있었다. 에르퀼 푸아로는 서즌 경정의 턱수염을 뚫어지게 바라보았다. 그 풍성함에 매혹된 것 같았다.

"선생님 명성은 들었습니다, 무슈 푸아로. 제 기억이 맞다면, 선생님께서는 몇 년 전 이쪽에 계셨지요. 바톨로뮤 스트레인지 경의 독살 사건 때 말입니다. 니코틴 독살이었지요. 제 구역에서 일어난 일은 아닙니다만, 그 모든 일을 들어 알고 있습니다."

존슨 대령이 초조한 듯이 말했다.

"자, 그럼 서즌, 사태를 파악해 보세. 자네는 이 사건이 분명하다고 했는데?"

"그렇습니다, 서장님. 이건 분명한 살인입니다……. 그 사실에는 의심의 여지가 없습니다. 리 씨의 목이 잘렸거든요. 경정맥이 절단되었다고 의사에게서 들었습니다. 그런데 이상한 점이 있습니다."

"이상한 점이라니……?"

"우선 제 말을 먼저 들어 보시는 게 좋겠습니다, 서장님. 정황은 이렇습니다. 오늘 오후 5시경 저는 애들스필드 경찰서에서 리 씨의 전화를 받았습니다. 전화기 너머의 목소리가 좀 이상하게 들리더군요……. 오늘 저녁 8시 정각에 자신을 방문해 달라고 했습니다. 시간을 특별히 강조하면서요. 게다가 집사에게는 경찰 자선 모금을 위한 서명을 받고 있는 중이라고 말하라고 하더군요."

경찰서장이 날카로운 눈길을 들어 올렸다.

"자네를 집 안에 들어오게 하기 위해 그럴 듯한 구실을 대라고 했다는 건가?"

"그렇습니다, 서장님. 음, 리 씨는 중요 인사인 만큼 저는 그의 요청대로 8시 조금 못 되어 이곳에 도착해서는 경찰 고아원을 위한 모금을 하고 있는 중이라고 이야기했습니다. 집사가 안으로 들어갔다가 돌아와서는 리 씨가 만나 보겠다고 했다고 전하더군요. 그런 다음 집사는 저를 식당 바로 위 2층에 있는 리 씨의 방으로 안내했습니다.”

서즌 경정은 잠시 말을 멈추고는 숨을 들이쉰 다음 다소 공식적인 태도로 보고를 계속했다.

“리 씨는 난로 옆 의자에 앉아 있었습니다. 실내복 차림이었지요. 집사가 방을 나가고 문이 닫히자 리 씨는 저에게 가까이 와서 앉으라고 말하더군요. 그런 다음 그는 약간 주저하는 태도로 도난 사건에 대해 이야기했습니다. 제가 무엇을 도난당했는지 묻자 그는 수천 파운드 가치가 있는 다이아몬드 원석(세공되기 이전의 원석을 말하는 것 같았습니다.)을 도난당한 것 같다고 대답했습니다.”

“다이아몬드라고?”

“그렇습니다, 서장님. 저는 그에게 몇 가지 의례적인 질문을 던졌습니다. 그의 태도는 몹시 애매했고 대답은 좀 모호했습니다. 결국엔 이렇게 말하더군요. ‘이해해 주시게, 경정. 어쩌면 내가 이 문제를 잘못 생각했을 수도 있다네.’ ‘저는 전혀 이해할 수가 없는데요, 리 씨. 다이아몬드가 없어졌다는 것인지, 없어지지 않았다는 것인지 말입니다. 어느 쪽이든 분명해야지요.’라고 하니까 이렇게 대답했습니다. ‘다이아몬드가 없어진 건 분명하네. 하지만 경정, 그게 단순히 어리석은 장난일 수도 있다네.’ 음, 그 말이 괴상하게 여겨졌지만, 저는 아무 말도 하지 않았습니다. ‘나로서는 자세한 설명을 하기가 어렵네. 하지만 요지는 대충 이렇다네. 내가 아는 한 원석을 가져갈 만한 사람은 둘뿐일세. 그중 한 사람은 장난으로 그랬을 수도 있네. 하지만 다른 한 사람이 그것을 가져갔다면, 그건 명백한 도둑질일세.' 제가 물었습니다. '제게 원하시는 게 정확히 어떤 겁니까, 선생님?' 그가 재빨리 대답하더군요. '난 말일세 경정, 자네가 한 시간 후에 이곳으로 다시 와 주면 좋겠네……. 아니 그보다 좀 더 후로 하게……. 그러니까 9시 15분경에 말일세. 그때가 되면 난 자네에게 내가 강도를 당한 건지 아닌지 분명하게 말해 줄 수 있을 걸세.' 저는 좀 혼란스러웠지만, 그렇게 하겠다고 하고 저택을 나왔습니다."

"흥미롭군……. 무척 흥미로워. 어떻게 생각하나, 푸아로?"

에르퀼 푸아로가 대답했다.

"경정님께서 어떤 결론을 내렸는지 말해주실 수 있겠습니까?"

경정은 턱을 쓰다듬으며 조심스럽게 대답했다.

"음, 여러 가지 생각이 머릿속에 떠올랐지만 전체적으로 이렇게 풀었습니다. 실제로 장난 같은 건 발붙일 여지가 없습니다. 다이아몬드는 분명히 도난당했습니다. 하지만 노인은 누가 그런 짓을 저질렀는지 확신할 수 없었지요. 제 생각에는 두 사람 중의 하나일 거라는 그의 말은 사실인 듯합니다. 그리고 그중 한 사람은 하인이고 나머지 한 사람은 가족 중의 하나입니다."

푸아로가 흡족하다는 듯 고개를 끄덕였다.

"트레 비엥(훌륭해). 그렇지, 그러니까 그가 보인 태도가 명확해지는군요."

"이제는 그가 왜 제게 나중에 다시 와 달라고 했는지 말해 보겠습니다. 그 사이에 그는 문제의 인물과 이야기를 해 볼 생각이었을 겁니다. 자신은 이미 그 문제에 대해 경찰에게 이야기를 했다고 말하려 했겠지요. 만약 다이아몬드가 제자리로 돌아왔다면, 그 문제를 덮어 두기로 하기로요."

"그런데 용의자가 고백하지 않았다면?"

"그런 경우 그는 우리에게 수사를 맡겼을 겁니다."

존슨 대령은 미간을 찌푸리고는 콧수염을 비틀었다. 그가 이의를 제기했다.

"그런데 어째서 자네를 부르기 전에 그런 절차를 밟지 않은 걸까?"

경정이 고개를 내저었다.

"아니, 그래선 안 됩니다, 서장님. 그가 그렇게 했다면 그건 단순히 을러대기에 지나지 않았을 겁니다. 그 정도로 확신이 있었던 건 아니었습니다. 그리고 문제의 인물은 속으로 생각했겠지요. '노인은 의심이 가도 경찰을 부르진 않을 거야!' 하지만 그 노신사가 그에게 이렇게 말했다고 가정해 보십시오. '난 이미 경찰에 이 이야기를 했다. 경정이 이제 막 나갔다.' 도둑은 집사에게 사실을 확인해 볼 것이고, 집사는, '그렇습니다, 경정이 저녁 식사 직전에 여기 왔었습니다.'라고 대답하겠지요. 그러면 도둑은 그 노신사의 말이 빈말이 아님을 깨닫고 원석을 돌려주지 않을 수 없겠지요."

"흠, 그렇군, 알겠네. 그 '가족 중의 한 사람'이 누군지에 대해 아는 거 없나, 서즌?"

"없습니다, 서장님."

"누군가를 암시하는 말 같은 것도 없었나?"

"전혀 없었습니다."

존슨은 고개를 내젓고는 말했다.

"그럼 다음으로 넘어가세."

서즌 경정이 특유의 공식적인 태도를 회복했다.

"저는 정확히 9시 15분에 저택으로 돌아왔습니다, 서장님. 제가 막 현관 벨을 누르려는 순간, 저택 안에서 날카로운 비명이 들려왔고, 이어서 여러 명이 크게 외치는 소리와 소동이 벌어지는 소리가 들려왔습니다. 저는 여러 차례 벨을 눌렀고, 노크용 쇠까지 두드려 댔습니다. 3, 4분 후에야 문이 열리더군요. 하인이 문을 열었을 때 저는 뭔가 중대한 일이 일어났음을 알 수 있었습니다. 하인은 온몸을 부들부들 떨고 있었고, 당장이라도 기절할 것 같았습니다. 그는 숨을 헐떡거리며 리 씨가 살해되었다고 하더군요. 저는 서둘러 층계를 달려 올라갔습니다. 리 씨의 방이 아수라장이 되어 있더군요. 그곳에서 지독한 격투가 벌어진 게 분명했습니다. 리 씨는 난로 앞 피 웅덩이 속에 목이 잘린 채 쓰러져 있었습니다."

서장이 날카로운 어조로 물었다.

"자살일 가능성은?"

서즌이 고개를 흔들었다.

"불가능합니다, 서장님. 의자와 탁자가 나동그라져 있었고, 도자기와 장식품이 깨져 있었습니다. 그리고 범죄에 쓰인 칼이나 면도날 같은 것은 찾아볼 수 없었습니다."

서장이 생각에 잠긴 어조로 답했다.

"알았네, 그게 결정적인 것 같군. 방 안에 누가 있던가?"

"가족 대부분이 있었습니다, 서장님. 둥글게 모여 서 있더군요."

존슨 대령이 날카롭게 물었다.

"뭔가 짚이는 데 없나, 서즌?"

경정이 느릿하게 대답했다.

"이건 고약한 일입니다, 서장님. 제가 보기에는 그들 중 한 사람이 그런 짓을 한 게 분명한 것 같습니다. 외부에서 누가 들어왔다면 시간에 맞추어 나갈 수 없었을 겁니다."

"창문은 잠겨 있었나, 열려 있었나?"

"그 방에는 창문이 두 개 있는데 하나는 잠겨 있고, 다른 하나는 바닥에서 몇 센티미터 가량 열려 있었습니다. 하지만 조사해 보니 도난 방지용 나사못으로 아주 단단히 고정되어 있었습니다. 여러 해 동안 열리지 않은 게 분명합니다. 또 바깥벽이 몹시 매끄럽고 부서진 데가 없었습니다. 담쟁이덩굴 같은 것도 없었습니다. 누군가 그곳으로 달아날 수는 없었을 겁니다."

"문은 몇 개 있나?"

"하나뿐입니다. 그 방은 통로 끝에 있습니다. 안에서 잠겨 있었답니다. 싸우는 소리와 노인이 죽어 가며 지르는 비명을 듣고 사람들이 위층으로 올라와 그 문을 부숴서 열었다고 합니다."

존슨이 날카로운 어조로 물었다.

"그러면 방 안에는 누가 있었나?"

서즌 경정이 심각하게 대답했다.

“방 안에는 아무도 없었답니다, 서장님. 살해당한 그 노인 외에는요.”

VII

존슨 대령은 잠시 동안 서즌을 물끄러미 쳐다본 다음 서둘러 말했다.

“그러니까 자네 말은 이 사건이 추리 소설에서나 등장하는, 잠겨진 방 안에서 한 사람이 어떤 초자연적인 힘에 의해 살해당한 그런 고약한 사건이라는 건가?”

아주 희미한 미소가 심각하게 말하는 경정의 콧수염을 어지럽혔다.

“그 정도로 고약한 것 같지는 않습니다, 서장님.”

“자살이군. 이건 틀림없는 자살이야.”

“그렇다면 흉기가 피해자 옆에 있어야 하는데 없지 않습니까. 아닙니다, 서상님. 자살일 리가 없습니다.”

“그렇다면 살인범이 어떻게 탈출했단 말인가? 창문으로?”

서즌이 고개를 내저었다.

“맹세코 그럴 리 없습니다.”

“하지만 문이 안으로 잠겨 있었다고 했잖나.”

경정이 고개를 끄덕였다. 그는 주머니에서 열쇠 하나를 꺼내 탁자 위에 놓았다.

"지문은 없습니다. 하지만 이 열쇠를 좀 보십시오, 서장님. 저기 돋보기가 있습니다."

푸아로가 몸을 앞으로 기울였다. 그와 존슨은 함께 그 열쇠를 살펴보았다. 서장이 감탄사를 발했다.

"그렇군, 자네가 무슨 말을 하는지 알겠네. 이 몸통 끝에 희미하게 긁힌 자국이 있군. 자네도 보이나, 푸아로?"

"그래, 나도 보인다네. 그렇다면 이 열쇠를 문 바깥쪽에서 넣어 돌렸다는 거군. 열쇠 구멍에 넣은 다음 도구를 동원해 문을 잠근 거야. 보통 펜치로도 할 수 있을 걸세."

경정이 고개를 끄덕였다.

"충분히 할 수 있을 겁니다."

"문이 잠겨 있고, 방 안에 아무도 없었다면 그 죽음을 자살로 위장하려고 한 걸까요?"

"바로 그렇습니다, 무슈 푸아로. 그 점에는 한 점 의혹도 없다고 장담합니다."

푸아로는 믿기지 않는다는 듯이 고개를 저었다.

"하지만 방 안이 난장판이었잖습니까! 경정님께서 말씀한 대로라면 그 사실 자체가 자살이라는 가정을 무효로 만듭니다. 그랬다면 살인자는 분명히 무엇보다도 먼저 방 안을 정돈해 놓았을 겁니다."

"하지만 그자에겐 시간이 없었습니다, 무슈 푸아로. 그뿐입니다. 그에게는 시간이 없었던 겁니다. 그자가 노신사 몰래 습격할 생각이었다고 합시다. 음, 그 일은 성공하지 못했습니다. 싸움이 일어났지요……. 싸우는 소리가 아래층까지 뚜렷하게 들렸고, 게다가 노신사는 소리쳐 도움을 청했지요. 모두들 달려 올라갔습니다. 살인자에게는 급히 방을 빠져나와 밖에서 열쇠를 돌릴 여유밖에는 없었던 겁니다."

"맞는 말입니다. 경정님 말대로 살인자가 서투른 짓을 했을 수도 있습니다. 하지만 어째서, 어째서 그는 흉기를 남겨 두지 않은 걸까요? 무기가 없다면 자살일 수가 없지 않습니까. 그건 정말이지 심각한 실수입니다."

서즌 경정이 그의 말을 제대로 알아듣지 못한 듯 무신경하게 응수했다.

"범죄자들은 종종 실수를 저지르곤 한답니다. 경험으로 알 수 있지요."

푸아로가 가볍게 한숨을 내쉬며 중얼거렸다.

"하지만 실수를 저질렀다고 해도 이 범죄자는 탈출했습니다."

"꼭 탈출했다고 볼 수도 없습니다."

"경정님 말씀은 그자가 아직도 이 집 안에 있단 말입니까?"

"달리 어디 있겠습니까. 이건 내부인의 소행입니다."

"하지만 '투 드 멤(어쨌든)' 그자는 이 정도로도 일단은 탈출한 셈입니다. 경정님께서는 그자의 정체를 모르고 있으니 말입니다."

푸아로가 부드럽게 지적했다.

서즌 경정이 부드럽지만 엄한 어조로 말을 받았다.

"곧 알아낼 수 있을 거라고 생각합니다. 아직 집안 식구들을 한 명도 심문하지 않았으니까요."

존슨 대령이 끼어들었다.

"이것 보게 서즌, 한 가지 떠오르는 게 있군. 밖에서 열쇠를 돌린 사람이 누구든 간에 그는 이런 일에 어느 정도 지식이 있는 자인 것 같네. 그자에게 아마도 전과가 있을 거라는 뜻이지. 이런 도구는 쉽게 다룰 수 있는 게 아니거든."

"그럼 이게 프로의 솜씨란 말입니까, 서장님?"

"그렇다네."

"그렇게 볼 수도 있을 겁니다. 그런 가정을 따르자면 하인 중에 전문 도둑이 있다고 생각할 수 있습니다. 그렇게 되면 다이아몬드의 도난이 설명되고, 논리적으로 살인이라는 결과가 따라올 겁니다."

"그런데 그 추리에 뭔가 잘못된 점이라도 있나?"

"저도 처음에 그렇게 생각했습니다. 하지만 그러긴 어렵습니다. 이 집에는 하인이 여덟 명 있습니다. 그중 여섯 명은 여자이고, 그중 다섯은 4년 이상 이곳에서 근무했습니다. 그리고 집사와 남자 하인이 있는데, 집사는 이곳에서 거의 40년을 지냈습니다. 대단한 기록이라고 할 수 있지요. 정원사의 아들인 남자 하인은 이곳 출신으로 이 집에서 성장했지요. 그가 어떻게 전문적인 도둑이 될 수 있었는지 설명되지 않습니다. 유일하게 남은 사람은 리 씨의 몸종입니다. 그는 다른 하인들에 비해 이곳에 온 지 얼마 되지 않습니다만 그 시간에 집 밖에 있었습니다. 8시가 되기 직전 외출했답니다."

"정확히 누가 집 안에 있었는지 명단을 갖고 있나?"

"네, 서장님. 집사에게서 하인 명단을 입수해 놓았습니다. 읽어 드릴까요?"

그는 노트를 꺼냈다.

"그래 주게, 서즌."

"앨프리드 리 씨 부부, 조지 리 의원과 그의 아내, 해리 리 씨, 데이비드 리 씨 부부……."

경정은 잠시 말을 끊었다가 조심스럽게 말했다. 그는 그 단어가 무슨 건축물 이름이라도 되는 것처럼 발음했다.

"필라르…… 에스트라바도스, 스티븐 파 씨. 그리고 하인 넷이 있습니다. 집사인 에드워드 트레실리언, 하인 월터 챔피언, 요리사 에밀리 리브스, 부엌 담당 퀴니 존스, 가정부 글래디스 스펜트, 부 가정부 그레이스 베스트, 또 다른 하녀 비어트리스 모스콤브, 허드렛일을 하는 하녀 조안 켄치, 그리고 몸종인 시드니 호버리입니다."

"그게 전부인가?"

"그렇습니다, 서장님."

"살인이 벌어진 시각에 모두들 어디에 있었는지 알고 있나?"

"대충만 알 뿐입니다. 앞서 말한 대로 아직 아무도 심문하지 않았습니다. 트레실리언의 말에 따르면 신사들은 계속 식당에 남아 있었고, 숙녀들은 응접실로 갔답니다. 트레실리언이 식기실로 돌아왔을 때, 위층에서 시끄러운 소리가 들렸다더군요. 그런 다음 비명이 이어졌습니다. 그는 다른 사람들을 쫓아 층계를 달려 올라갔다더군요."

“이 집에 사는 가족은 몇 명이고, 이곳에 머무는 사람은 정확히 누구인가?”

“앨프리드 리 씨 부부는 여기 사십니다. 다른 사람들은 잠시 들렀을 뿐이죠.”

존슨이 고개를 끄덕였다.

“그들은 모두 어디 있나?”

“제가 진술을 들을 준비를 마칠 때까지 응접실에서 기다려 달라고 했습니다.”

“알겠네. 그럼 우린 위층으로 올라가 현장을 둘러보는 편이 좋겠네.”

경정이 앞장서서 널찍한 층계를 올라 복도를 따라 걸었다.

범죄가 벌어진 방에 들어서는 순간 존슨은 크게 숨을 들이쉬었다. 그가 한마디 했다.

“정말 무시무시하군.”

존슨은 한동안 서서 나동그라진 의자들과 박살난 도자기들, 여기저기 튄 핏방울 자국들을 살펴보았다.

시신 곁에서 무릎을 꿇고 앉아 있던 몸집이 여윈 노인이 일어서서 목례를 했다.

“잘 있었나, 존슨. 난장판 아닌가?”

“그렇다고 하지 않을 수 없군요. 우리에게 도움이 될 만한 거라도 찾으셨나요, 선생님?”

의사는 어깨를 으쓱해 보이고는 씩 하고 웃었다.

"전문 용어는 검시에서나 쓰겠네. 아주 단순한 사건일세. 돼지처럼 목이 잘린 거라네. 죽을 때까지 시간이 얼마 걸리지 않았을 것이네. 흉기의 흔적은 보이지 않네."

푸아로는 방을 가로질러 창문으로 다가갔다. 경정이 말한 대로 한쪽 창문은 닫힌 채 빗장이 질러져 있었다. 다른 쪽 창문은 아래에서 10센티미터 정도 열려 있었다. 여러 해 전에 방범용 나사로 명성을 떨쳤던 두툼한 특수 나사가 창문을 그 상태로 단단하게 지지해 주고 있었다.

서즌이 말했다.

"집사의 말에 따르면, 그 창문은 비가 오든 해가 나든 간에 닫힌 적이 없답니다. 비가 들이칠 경우에 대비해 그 아래에는 리놀륨 매트를 깔아 놓았지만, 돌출된 지붕에 가려서 빗물이 많이 들이치지는 않는답니다."

푸아로가 고개를 끄덕이고는 시신이 있는 곳으로 돌아가 죽은 노인을 물끄러미 내려다보았다.

입술은 타래처럼 보이는 핏기 없는 입속으로 말려 들어가 있었고, 손가락들은 매의 발톱처럼 오그라들어 있었다.

"튼튼한 사람은 아니었던 것 같군요."

의사가 대답했다.

"상당히 강단이 있었던 것 같네. 보통 사람이라면 죽고도 남았을 여러 가지 심각한 병을 앓으면서도 살아남았으니까."

"제 말은 그런 뜻이 아닙니다. 이 사람은 키가 크지도 신체적으로 강하지도 않은 사람이라는 뜻입니다."

"그래, 체력은 상당히 약했지."

푸아로는 죽은 노인에게서 눈길을 돌렸다. 그는 몸을 앞으로 굽혀 바닥에 나동그라진 의자를 조사했다. 마호가니로 된 커다란 의자였다. 그 옆에는 마호가니 원탁이 있었고, 대형 도자기 등잔의 파편들이 흩어져 있었다. 작은 의자 두 개가 근처에 나동그라져 있었고, 디캔터와 유리잔 두 개가 부서져 흩어져 있었다. 묵직한 유리 문진은 깨어지지 않았고, 몇 권의 책들, 산산조각 난 일본식 대형 꽃병, 그리고 여인의 나신을 묘사한 청동상이 있었다.

푸아로는 몸을 굽혀 이 모든 것을 진지하게 살펴보았지만 만지지는 않았다. 그는 혼란스럽다는 듯이 미간에 주름을 잡았다.

"뭔가 머리에 떠오르는 것이라도 있나, 푸아로?"

에르퀼 푸아로는 한숨을 내쉬고는 서장에게 나직하게 대답했다.

"저런 약하고 쪼그라든 노인이……. 이런 난리가 있나."

존슨은 어리둥절한 기색이었다. 그는 몸을 돌려서는 자기 일에 바쁜 경관에게 말했다.

"지문은 어떤가?"

"많습니다, 서장님. 방 안 곳곳에 널려 있어요."

"금고에는?"

"도움이 안 됩니다. 거기에는 노신사의 지문뿐이에요."

존슨이 의사에게 몸을 돌렸다.

"핏자국은 어떤가요? 누가 그를 죽였든 간에 그의 피가 묻어 있겠지요."

의사가 확신할 수 없다는 듯 말했다.

"꼭 그렇지는 않네. 피는 거의 전부가 경정맥에서 나온 것일세. 피가 동맥처럼 내뿜어지지는 않는다네."

"그래, 그렇습니다. 하지만 사방에 핏자국이 많은 것 같습니다."

푸아로가 존슨에 이어서 말했다.

"그렇지, 핏자국이 많죠. 그게 인상적입니다. 유혈이 낭자한 광경입니다."

서즌 경정이 존경 어린 어조로 물었다.

"그러니까 그 점이 시사하는 바가 있다는 말인가요, 푸아로 씨?"

푸아로는 그를 바라보며 혼란스럽다는 듯이 고개를 내젓고 말했다.

"여기서 뭔가, 뭔가 폭력적인 일이 벌어졌습니다……."

그는 잠시 말을 끊었다가 이었다.

"그렇습니다, 폭력적입니다……. 그리고 피……. 피에 대한 집착……. 어떻게 말하면 좋을까요? 피가 너무 많습니다. 의자에도 탁자에도 카펫에도……. 피의 제사인가요? 희생제의 피인가요? 그런 것일까요? 그럴지도 모르겠습니다. 저렇게 오그라들고 여윈 노인이 죽으면서 저렇게 많은 피를 흘리다니……."

푸아로의 목소리가 잦아들었다. 서즌 경정이 깜짝 놀란 듯한 눈빛으로 그를 응시하다가 경외감이 서린 목소리로 말했다.

"우습군요. 그 여자도 바로 그런 말을 했는데……. 숙녀분이……."

푸아로가 날카롭게 물었다.

"어떤 숙녀 말입니까? 무슨 말을 했다는 건가요?"

"리 부인, 그러니까 리디아 앨프리드 말입니다. 저기 문 옆에 서서 거의 속삭이듯이 말하더군요. 저는 얼토당토않은 말이라고 생각했습니다."

"뭐라고 했습니까?"

"노인의 몸 안에 그렇게 많은 피가 들어 있을 줄 누가 알았겠느냐는 내용이었습니다."

푸아로가 부드러운 어조로 말을 받았다.

"'노인 안에 이렇게 많은 피가 있으리라는 것을 누가 알았으리오?' 이건 레이디 맥베스의 대사입니다. 그녀가 그걸 인용했다니……. 아, 이거 흥미로운걸요……."

VIII

앨프리드 리와 리디아가 푸아로와 서즌과 서장이 서서 기다리고 있는 작은 서재로 들어왔다. 존슨 대령이 앞으로 나섰다.

"안녕하십니까, 리 씨? 한 번도 만난 적이 없지만, 아시다시피 전 이곳 서장입니다. 이름은 존슨이고요. 이 일로 얼마나 상심이 크실지 무어라 드릴 말씀이 없습니다."

앨프리드가 고통받는 개의 눈 같은 갈색 눈을 들어올리며 쉰 목소리로 말했다.

"고맙습니다. 이건 끔찍한, 정말이지 끔찍한 일입니다. 여긴……
제 아내입니다."

리디아가 평소의 차분한 목소리로 말했다.

"이 일은 제 남편에게 커다란 충격이었어요……. 우리 모두에게
도 그렇지만, 특히 남편에게는요."

그녀가 손을 남편의 어깨에 올렸다. 존슨 대령이 말했다.

"앉으시지요, 리 부인. 무슈 에르퀼 푸아로를 소개하게 해 주십
시오."

에르퀼 푸아로가 인사했다. 그의 눈길이 흥미롭다는 듯 남편에게
서 아내로 옮겨 갔다.

리디아의 두 손이 부드럽게 앨프리드의 어깨를 눌렀다.

"앉아, 여보."

앨프리드는 자리에 앉아 중얼거렸다.

"에르퀼 푸아로라. 이런, 누구…… 누구신지……?"

그는 꿈꾸는 듯한 동작으로 한 손으로 이마를 쓸었다. 리디아가
말했다.

"존슨 대령님이 당신에게 물어보고 싶은 게 많으실 거야, 여보."

서장은 그렇다는 뜻으로 고개를 끄덕이며 그녀를 바라보았다. 그
는 리디아가 지각 있고 유능한 여자라는 사실에 고마움을 느끼고
있었다.

앨프리드가 말했다.

"물론, 당연히 그러시겠지……."

존슨이 생각했다.

'충격 때문에 이 사람은 완전히 나가떨어진 것 같군. 빨리 정신을 수습할 수 있었으면 좋겠는데.'

그가 소리 내어 말했다.

"여기 오늘 밤 집 안에 있었던 모든 사람의 명단이 있습니다. 이게 맞는지 확인해 주십시오, 리 씨."

그가 서즌에게 살짝 손짓을 하자, 서즌이 노트를 꺼내서 다시 한 번 명단을 읽었다.

그 사무적인 절차로 인해 앨프리드 리는 평소의 모습을 회복한 듯했다. 그는 스스로 통제력을 되찾았다. 그의 두 눈은 더 이상 몽롱하지도 멍하지도 않았다. 서즌이 다 읽자 앨프리드가 고개를 끄덕이며 말했다.

"맞습니다."

"손님들에 대해 좀 더 말씀해 주시겠습니까? 조지 리 부부와 데이비드 리 부부는 친척인가요?"

"그들은 제 남동생 내외들입니다."

"여기 잠깐 머무는 건가요?"

"그렇습니다. 크리스마스를 보내러 왔지요."

"해리 리 씨 역시 동생입니까?"

"그렇습니다."

"그러면 다른 두 명은요? 에스트라바도스 양과 파 씨라고 했나요?"

"에스트라바도스는 제 조카입니다. 파 씨는 남아프리카에서 한때 아버지의 동업자였던 사람의 아들이구요."

"아, 옛 친구로군요."

리디아가 끼어들었다.

"아닙니다. 사실 우리는 이번에 그를 처음 만났어요."

"알겠습니다. 여러분께서 크리스마스를 보내자고 그를 초대했군요?"

앨프리드가 망설이다가 아내를 바라보았다. 리디아가 명료하게 말했다.

"파 씨는 어제 전혀 예기치 않게 등장했어요. 이 근처에 올 일이 있어 아버님을 만나러 왔다더군요. 아버님은 그가 자신의 옛 친구이자 동업자의 아들이라는 것을 알고는 우리와 함께 크리스마스를 보내자고 고집을 부리셨죠."

"알겠습니다. 가족에 대한 설명은 됐습니다. 리디아 씨, 하인들은 모두 신뢰할 만합니까?"

리디아는 잠시 생각에 잠겼다. 이윽고 그녀가 말했다.

"예, 저는 그들 모두가 믿을 만하다고 확신해요. 그들은 대부분 여러 해 동안 함께 지낸 사람들이에요. 집사인 트레실리언은 제 남편이 어린아이일 때부터 이 집에 있었어요. 새로 온 사람은 허드렛일을 하는 하녀인 조안과 아버님의 시중을 들던 간호사 겸 몸종뿐이에요."

"그들은 어떤 사람들인가요?"

"조안은 좀 멍청한 아이예요. 아무리 나쁘게 말해도 그 애에 대해

할 말은 이 정도예요. 호버리에 대해서는 거의 아는 게 없답니다. 그는 1년 남짓 이곳에 있었어요. 그는 몹시 유능해서 아버님은 만족하시는 것 같았어요."

푸아로가 빈틈없는 어조로 물었다.

"하지만 당신은, 마담, 당신은 그다지 만족하지 않으셨죠?"

리디아는 가볍게 어깨를 으쓱해 보였다.

"이건 저와 상관없는 일이에요."

"하지만 당신은 이 집의 안주인입니다, 마담. 하인들은 당신 소관이 아닌가요?"

"오, 예, 물론이죠. 하지만 호버리는 아버님의 개인 몸종이었어요. 그는 제 권한 밖에 있었어요."

"알겠습니다."

존슨 대령이 말했다.

"이제 오늘 밤의 사건으로 들어갑시다. 당신에게는 고통스럽겠지만, 리 씨, 무슨 일이 일어났는지 자세히 말씀해 주셨으면 합니다."

앨프리드가 나직하게 말했다.

"물론이죠."

존슨 대령이 설득하는 투로 물었다.

"예를 들어 당신이 아버지를 마지막으로 본 것은 언제입니까?"

한줄기 고통의 경련이 나지막한 목소리로 대답하는 앨프리드의 얼굴을 스쳤다.

"차를 마신 다음이었습니다. 저는 아버지와 잠깐 시간을 가졌습니다. 그런 다음 안녕히 주무시라고 인사를 하고 방을 나왔지요. 보자, 그때가 5시 45분경이었을 겁니다."

푸아로가 지적했다.

"아버지에게 안녕히 주무시라고 인사를 하셨다고요? 그렇다면 저녁에 다시 그를 보지 않을 거라고 생각하셨단 말입니까?"

"예, 아버지는 언제나 7시에 가벼운 것으로 방에서 저녁을 드십니다. 식사를 하신 다음에는 일찍 잠자리에 드시거나 의자에 앉아 계시곤 하지요. 하지만 특별히 부른 사람이 아니라면 가족 중 누구도 보시려 들지 않았습니다.

"아버님은 자주 가족들을 부르셨나요?"

"가끔 마음이 내킬 때면 부르셨습니다."

"일상적인 일은 아니었군요?"

"예."

"계속하십시오, 리 씨."

"우리는 8시 정각에 저녁 식사를 했습니다. 저녁 식사가 끝나자 아내와 다른 숙녀들은 응접실로 갔습니다."

앨프리드의 목소리가 멈칫거렸다. 그의 두 눈이 다시 멍해졌다.

"우리는 거기…… 탁자에…… 앉아 있었습니다. 갑자기 머리 위에서 깜짝 놀랄 만한 소리가 들리더군요. 의자들이 나동그라지고, 가구가 부서지고 유리와 도기가 깨지는 소리가 들리더니…… 오, 맙소사."

그는 부르르 몸을 떨었다.

"아직도 그 소리가 들리는 것 같습니다. 아버지의 비명……. 겁에 질려 오래 이어지는 비명, 죽음의 고통에 처한 인간이 내지르는 비명 말입니다……."

앨프리드는 떨리는 두 손을 들어 올려 얼굴을 감쌌다. 리디아가 한 손을 뻗어 남편의 소매를 만졌다. 존슨 대령이 부드럽게 물었다.

"그다음에는요?"

앨프리드가 갈라진 목소리로 말했다.

"한순간 우리는 어리벙벙해 있었던 것 같습니다. 그런 다음 튕겨진 듯 일어나서 문밖으로 나가 아버지의 방으로 통하는 층계를 올라갔지요. 방문이 잠겨 있어서 들어갈 수가 없었습니다. 문을 부숴야만 했습니다. 방 안으로 들어간 우리 눈에는……."

그의 목소리가 잦아들었다.

존슨이 재빨리 물었다.

"그 부분은 말씀하실 필요 없습니다, 리 씨. 그 전으로, 여러분이 식당에 계실 때로 돌아갑시다. 비명이 들려왔을 때 그곳에 함께 있었던 사람은 누구였습니까?"

"누가 있었냐고요? 이런, 우리 모두가 있었습니다. 아니, 보자, 제 동생이 있었습니다. 제 동생 해리 말입니다."

"그 밖의 다른 사람들은 없었나요?"

"아무도 없었습니다."

"다른 신사분들은 어디 계셨나요?"

앨프리드는 한숨을 내쉬고는 기억하려 애쓰는 듯 미간을 찌푸렸다.

“보자, 마치 오래전 일 같군요. 그래요, 몇 년은 된 것 같습니다. 어떻게 되었더라? 오, 조지는 전화를 걸러 갔습니다. 그런 다음 우리는 가족 문제를 이야기하기 시작했는데, 우리가 논쟁을 벌이리라는 것을 눈치챈 스티븐 파가 아주 노련하고 자연스럽게 자리를 피해 주더군요.”

“그럼 동생 데이비드 씨는요?”

앨프리드가 얼굴을 찌푸렸다.

“데이비드요? 그 애가 거기 없었나? 그래요, 그 애는 거기 없었습니다. 그 애가 언제 나갔는지는 정확히 모르겠네요.”

푸아로가 부드럽게 물었다.

“그러니까 토론해야 할 가족 문제가 있었던 거군요?”

“어…… 그렇습니다.”

“다시 말해서 두 분은 가족 중의 한 사람과 토론할 일이 있었던 거군요?”

리디아가 물었다.

“무슨 뜻으로 하시는 말씀인가요, 무슈 푸아로?”

푸아로는 재빨리 그녀에게로 몸을 돌렸다.

“마담, 파 씨가 자리를 피한 게 가족끼리 토론해야 할 집안 문제가 있다는 것을 알아챘기 때문이라고 남편께서 말씀하셨습니다. 하지만 그것은 ‘콩세유 드 파미유(집안일)’이 아니었습니다. 데이비드 씨와 조지 씨가 그곳에 없었으니까요. 그러니까 그것은 집안 식구들 중 오직 두 사람에게만 해당되는 토론이었던 겁니다.”

"해리 도련님은 여러 해 동안 외국에 나가 계셨어요. 도련님과 남편이 이야기할 거리가 있는 게 당연하죠."

"아! 알겠습니다. 그런 거였군요."

리디아는 재빨리 그를 쏘아본 다음 눈길을 돌렸다.

존슨이 말했다.

"음, 꽤 분명해진 것 같군요. 당신이 아버지의 방으로 달려 올라갈 때 누군가 다른 사람을 보지 못했습니까?"

"전…… 정말 모르겠습니다. 그런 것 같습니다. 우리는 모두 다른 방향에서 왔습니다. 하지만 전 제대로 보지 못한 것 같습니다……. 당시 전 너무나도 놀란 상태였거든요. 공포에 질린 그 비명이……."

존슨 대령은 재빨리 다른 주제로 옮겨 갔다.

"고맙습니다, 리 씨. 이제 다른 문제로 넘어갑시다. 당신 아버지는 귀한 다이아몬드를 갖고 계셨던 걸로 압니다."

앨프리드는 좀 놀란 것 같았다.

"예, 그렇습니다."

"그는 그것을 어디에 보관했나요?"

"당신 방의 금고에요."

"그것들이 어떤 건지 묘사해 주실 수 있습니까?"

"그것들은 거친 다이아몬드입니다. 다시 말해 세공하지 않은 원석이죠."

"어째서 당신 아버지는 그것을 거기 두셨을까요?"

"아버지의 기벽이었습니다. 남아프리카에서 가져온 원석들인데

아버지는 결코 그것을 세공하지 않았습니다. 그냥 갖고 계시는 걸 좋아하셨습니다. 조금 전 말한 대로 그건 아버지의 기벽이었지요."

"알겠습니다."

어조로 보아 서장이 사실은 그런 기벽을 이해할 수 없다는 것을 알 수 있었다. 그가 말을 계속했다.

"그것들은 값이 많이 나갑니까?"

"아버지는 만 파운드 정도 나간다고 추산하셨습니다."

"그러니까 실제로 고가의 원석들이었군요?"

"그렇습니다."

"그런 원석을 침실 금고에 보관하다니 정말 괴상하군요."

리디아가 끼어들었다.

"서장님, 제 아버님은 좀 괴팍한 분이셨습니다. 상식적인 것과는 거리가 멀었지요. 그 원석들을 매만지시면서 아버님은 기뻐하셨던 게 분명합니다."

"그것들은 아마 아버님께 옛날 일을 상기시켜 주었을 겁니다."

푸아로가 말을 받았다.

리디아는 그에게 재빨리 인성하는 듯한 눈길을 보냈다.

"그래요. 그랬을 거예요."

"그것들은 보험에 들어 있었나요?"

서장이 물었다.

"아닐 겁니다."

존슨은 앞으로 몸을 기울였다. 그가 차분하게 물었다.

“리 씨, 혹시 그 원석들이 도둑맞았다는 사실을 아십니까?”

“뭐라고요?”

앨프리드 리가 그를 응시했다.

“아버지께서 그것들이 사라진 것에 대해 아무런 언급도 하지 않으셨나요?”

“한마디도 못 들었습니다.”

“아버지께서 이곳으로 서즌 경정을 불러서 보석이 없어졌다는 사실을 이야기했다는 걸 모르고 계셨군요?”

“전 그런 건 꿈에도 몰랐습니다!”

서장은 지긋한 눈길을 옮겼다.

“부인께서는 어떻습니까?”

리디아가 고개를 저었다.

“저도 그 부분에 대해서는 아무 말도 듣지 못했어요.”

“그렇다면 원석들이 지금도 금고 안에 있다고 생각하시는 거군요?”

“그렇습니다.”

그녀는 망설이더니 이윽고 물었다.

“그게 아버님이 살해당한 이유인가요? 그 원석들 때문에요?”

존슨 대령이 대답했다.

“그게 바로 우리가 밝혀 내야 할 문제죠. 누가 그런 도둑질을 했을지 혹시 짐작 가는 사람 있으십니까, 부인?”

리디아는 고개를 내저었다.

“물론 모릅니다. 하인들은 모두 정직하다고 확신해요. 그들이 금고에 접근하기란 몹시 어렵거든요. 아버님은 언제나 당신 방을 떠나지 않으셨어요. 아래층으로 내려오시는 법이 없었죠.”

“그 방 시중은 누가 들었나요?”

“호버리입니다. 그가 침대를 정돈하고 먼지를 털어 냈지요. 보조 하녀가 매일 아침 방으로 가서 벽난로를 청소하고 불을 지피는 것 외에는 호버리가 모든 일을 다 했어요.”

푸아로가 물었다.

“그렇다면 호버리가 가장 좋은 기회를 포착할 수 있었던 인물이 군요?”

“예.”

“그렇다면 그가 그 다이아몬드를 훔쳤다고 생각하십니까?”

“그럴 수도 있지요. 그에게는…… 그에겐 기회가 충분히 있었어요. 오! 어떻게 생각해야 할지 모르겠군요.”

존슨 대령이 말했다.

“남편분께서는 저희에게 오늘 저녁에 있었던 이야기를 해주셨습니다. 당신도 같은 얘기를 해 주시겠습니까, 부인? 시아버지를 마지막으로 보신 게 언제였나요?”

“오늘 오후 우리는 모두 아버님 방으로 올라갔어요. 차를 마시기 전에요. 그때 마지막으로 뵀었습니다.”

“그 후 아버님께 가서 안녕히 주무시라는 인사를 하지 않으셨습니까?”

“예, 하지 않았어요.”

푸아로가 말했다.

"보통 때는 밤 인사를 하시나요?"

리디아가 날카롭게 대답했다.

"아뇨."

서장이 이어나갔다.

"범죄가 일어났을 때 어디 계셨습니까?"

"응접실에요."

"싸우는 소리를 들으셨습니까?"

"뭔가 무거운 것이 넘어지는 소리를 들은 것 같아요. 물론 아버님의 방은 응접실이 아니라 식당 위에 있기 때문에 그렇게 많은 소리가 들리진 않았어요."

"하지만 비명은 들으셨겠죠?"

리디아가 부르르 몸을 떨었다.

"예, 그 소리는 들었어요……. 정말 무시무시하더군요. 마치…… 마치 지옥의 망령이 내는 소리 같았어요. 전 즉각 뭔가 끔찍한 일이 일어났다는 것을 알았어요. 그래서 서둘러 방 밖으로 나와 남편과 해리 서방님을 따라 층계를 올라갔어요."

"당시 응접실에는 또 누가 있었습니까?"

리디아가 미간을 찌푸렸다.

"사실…… 기억을 못 하겠어요. 데이비드 서방님은 옆방 음악실에서 멘델스존의 곡을 연주하고 있었어요. 힐다 동서가 서방님에게 간 것 같아요."

"그러면 다른 두 분들은요?"

리디아가 천천히 대답했다.

"맥덜린 동서는 전화를 걸러 갔어요. 응접실로 돌아왔는지 어땠는지 기억나지 않는군요. 필라르는 어디에 있었는지 모르겠어요."

푸아로가 부드럽게 물었다.

"실제로 당신은 응접실에 혼자 계셨을 수도 있군요?"

"예, 그래요……. 사실 관계를 따지자면 그랬던 것 같아요."

존슨 대령이 말했다.

"다이아몬드에 관해서도 분명히 해 둘 점이 있는 것 같습니다. 아버님의 금고 비밀번호를 아시나요, 부인? 그 금고는 좀 구식 제품인 것 같던데요."

"아버님이 실내복 주머니에 넣어 가지고 다니시는 작은 수첩에 씌어 있을 거예요."

"잘됐군요. 즉각 가서 찾아보지요. 어쩌면 다른 식구들에 대한 심문을 먼저 하는 편이 좋을지도 모르겠습니다. 숙녀분들이 잠자리에 들고 싶어 하실 테니까요."

리디아가 일어서며 남편에게 말했다.

"자, 앨프리드."

그녀가 다른 이들에게로 몸을 돌렸다.

"다른 사람들을 이리로 들여보낼까요?"

"괜찮으시다면 한 사람씩 들여보내 주십시오, 리 부인."

"물론이죠."

리디아는 문을 향해 걸음을 옮겼다. 앨프리드가 뒤를 따랐다.

마지막 순간에 갑자기 그가 빙그르르 몸을 돌렸다.

앨프리드는 재빨리 푸아로에게로 돌아갔다. 그는 나지막하지만 흥분된 어조로 빠르게 말을 이었다.

"당신이 에르퀼 푸아로시군요! 정신이 도대체 어디 가 있었는지 모르겠습니다. 즉각 알아봤어야 했는데. 당신이 이곳에 오시다니 정말이지 하늘이 주신 선물입니다. 당신은 틀림없이 진실을 밝혀내실 겁니다, 무슈 푸아로. 비용을 아끼지 마십시오. 얼마든 제가 책임지겠습니다. 다만 범인을 밝혀내 주세요. 가엾은 아버지가, 살해당하다니……. 그것도 더없이 잔인하게 살해되시다니. 찾아내 주셔야 합니다, 무슈 푸아로. 아버지의 한을 풀어 드려야 해요."

푸아로가 차분하게 대답했다.

"분명히 말씀드리지만, 무슈 리. 존슨 대령님과 서즌 경정님을 돕는 일에 최선을 다할 준비가 되어 있습니다."

"저는 당신이 절 위해 일해 주셨으면 하는 겁니다. 아버지의 한을 풀어 드려야 합니다."

그는 세차게 몸을 떨기 시작했다. 리디아가 돌아와 앨프리드에게 팔짱을 끼었다.

"자, 앨프리드. 다른 사람들을 데려와야 해."

리디아의 두 눈이 푸아로의 눈과 마주쳤다. 각각의 비밀을 간직하고 있는 눈이었다. 두 사람의 눈빛에는 아무런 동요도 없었다.

푸아로가 부드럽게 말했다.

"노인 안에 이렇게 많은 피가……."

리디아가 그의 말허리를 잘랐다.

"그만! 그만하세요!"

"당신께서 인용한 구절입니다, 마담."

그녀는 가볍게 숨을 헐떡거렸다.

"나도 알아요……. 기억나요……. 그건 너무나도 끔찍했어요."

리디아는 남편과 함께 불쑥 방을 나가 버렸다.

IX

조지 리의 태도는 엄숙하고 단정했다. 그가 고개를 저으며 말했다.

"무시무시한 일입니다. 정말이지, 정말이지 무시무시한 일입니다. 저로서는 이 일이…… 미친놈의 소행이라고밖에는 볼 수 없습니다."

존슨 대령이 예의 바르게 물었다.

"그게 의원님께서 생각하는 가정인가요?"

"그렇습니다, 물론입니다. 살인광 말입니다. 아마 근처 정신 병원에서 탈출했을 겁니다."

서즌 경정이 끼어들었다.

"그런데 그…… 그 미치광이가 어떻게 집 안으로 들어올 수 있었을까요, 리 씨? 그리고 어떻게 집을 빠져나갔을까요?"

조지가 고개를 내젓고는 힘주어 대답했다.

"그게 경찰이 밝혀내야 할 사항입니다."

"우리는 즉각 집 주변을 살펴보았습니다. 모든 창문은 닫힌 채 빗장이 질러져 있었습니다. 옆문은 잠겨 있었고, 현관문도 그랬습니다. 부엌에 있는 하인들의 눈에 띄지 않고는 부엌문으로는 아무도 나갈 수 없습니다."

"하지만 그건 말도 안 되는 소리입니다. 그렇다면 우리 아버지가 살해당한 게 아니란 말입니까?"

"아버님은 분명히 살해당하셨습니다. 그 점에는 의심의 여지가 없습니다."

서장이 헛기침을 하고는 서즌 경정의 뒤를 이어서 심문을 이었다.

"범죄가 일어난 시각에 어디에 계셨습니까, 리 씨?"

"난 식당에 있었습니다. 저녁 식사를 막 끝낸 참이었거든요. 아니, 이 방에 있었던 것 같군요. 전화를 걸던 중이었습니다."

"전화를 걸고 계셨다고요?"

"그렇습니다, 내 선거구인 웨스터링엄 보수당의 선거 운동 출납 담당자와 통화를 했습니다. 긴급한 문제로 말입니다."

"그렇다면 그 후에 비명을 들으셨나요?"

조지 리는 가볍게 몸서리를 쳤다.

"예, 몹시 혐오스러웠습니다. 그건…… 그러니까 등골이 서늘해지더군요. 그런 다음 비명이 잦아들고 숨 막히는 소리나 숨넘어가는 소리 같은 게 났습니다."

그는 손수건을 꺼내 이마에 맺힌 땀을 닦았다.

"끔찍한 일입니다."

"그런 다음 의원님께서는 서둘러 층계를 올라갔나요?"

"그렇습니다."

"다른 형제들을 보셨습니까, 앨프리드 씨와 해리 씨 말입니다."

"아니었습니다, 두 사람은 나보다 조금 먼저 올라간 것 같습니다."

"아버지를 마지막으로 보신 게 언제인가요, 리 씨?"

"오늘 오후입니다. 우리 모두 올라갔었습니다."

"그 이후 아버지를 보지 못하셨습니까?"

"그렇습니다."

서장은 잠시 말을 끊었다가 이었다.

"아버님께서 값비싼 다이아몬드 원석을 침실 금고에 넣어 두고 계셨다는 사실을 알고 계셨습니까?"

조지 리가 고개를 끄덕이고는 오만한 투로 말했다.

"정말이지 어리석은 일입니다. 난 종종 아버지께 그렇게 말씀드리곤 했습니다. 아버지는 그것 때문에 살해당하셨는지도 모릅니다. 그러니까 내 말은……."

존슨 대령이 그의 말허리를 잘랐다.

"당신은 그 원석들이 없어졌다는 것을 알고 계셨습니까?"

조지가 턱을 떨어뜨렸다. 그의 튀어나온 두 눈이 멍해졌다.

"그러니까 정말 아버지가 그것 때문에 살해당한 겁니까?"

서장이 천천히 대답했다.

"아버님은 보석이 없어졌다는 것을 아시고 죽기 몇 시간 전에 그 사실을 경찰에 신고하셨습니다.”

“하지만 그렇다면 나로서는…… 이해할 수가…….”

에르퀼 푸아로가 부드럽게 말했다.

“저희 역시 마찬가지 처지입니다…….”

X

해리 리가 거들먹거리면서 방 안으로 들어왔다. 한순간 푸아로는 미간에 주름을 잡은 채 그를 물끄러미 응시했다. 전에 본 적이 있는 듯한 느낌이 들었던 것이다. 그는 상대의 이목구비를 뜯어보았다. 높은 콧마루, 오만한 고개와 자세, 턱선. 이윽고 푸아로는 해리가 시메온보다 키가 크다는 점만 빼면 두 사람이 몹시 닮았다는 사실을 깨달았다.

또 다른 사실 역시 알 수 있었다. 거들먹대는 태도와는 다르게 해리 리는 신경이 곤두서 있었다. 그는 활기차게 몸을 흔들어댔지만 그 아래 불안함이 자리 잡고 있었다.

“음, 여러분, 제가 뭐 한 가지 말씀드려도 될까요?”

존슨 대령이 말했다.

“오늘 저녁에 발생한 사건의 단서가 될 만한 걸 알려 주시면 기쁘겠습니다.”

해리 리가 고개를 저었다.

"저는 아무것도 모릅니다. 이건 무시무시한 일이고, 정말이지 예상치 못했던 일입니다."

푸아로가 말했다.

"최근 외국에서 귀국하신 걸로 알고 있는데요, 리 씨?"

해리가 재빨리 그에게로 몸을 돌렸다

"예, 일주일 전에 영국에 들어왔죠."

"오랫동안 외국에 나가 계셨나요?"

해리 리가 턱을 들어 올리며 웃음을 터뜨렸다.

"솔직하게 말씀드리죠. 조만간 누군가 이야기를 할 테니까요. 전탕자랍니다, 여러분! 이 집에 마지막으로 발을 들여놓은 게 거의 20년이 되어갑니다."

"하지만 이제 당신은 돌아오셨습니다. 그 이유를 말해 주시겠습니까?"

조금 전과 같은 솔직한 태도로 해리는 순순히 대답했다.

"역시 옛말과 같답니다. 돼지들이 먹는다는, 아니 돼지들도 먹지 않는다는 옥수수 껍데기에 신물이 나서죠. 살진 암소가 환영의 선물일 것이라고 생각했지요. 집으로 돌아오는 게 어떠냐는 아버지의 편지를 받았습니다. 저는 그 호출을 받고 집으로 돌아왔습니다. 그뿐입니다."

"그렇다면 잠시 방문차 오신 건가요, 아니면 오래 머무실 작정으로 오신 건가요?"

"저는 집에 돌아온 겁니다……. 완전히 말입니다."

"아버지께서 좋아하셨나요?"

그가 다시 웃음을 터뜨렸다. 눈꼬리에 매력적인 주름이 잡혔다.

"노인네는 기뻐하셨지요. 노인네로서는 앨프리드 형과 함께 여기 사시는 게 꽤 지루하셨던 모양입니다. 앨프리드 형은 우둔한 숙맥이에요. 아주 성실하긴 하지만 같이 지내기는 괴롭죠. 아버지는 전성기 때 한가락 하신 분입니다. 나와 함께 사는 것에 기대를 걸고 계셨어요."

"그러면 형님과 형수님은 당신이 이곳에 사시기로 한 걸 기뻐하셨나요?"

푸아로가 눈썹을 살짝 치켜올리며 질문을 던졌다.

"앨프리드 형이오? 앨프리드 형은 분노로 얼굴이 납빛이 되더군요. 형수는 어떻게 생각했는지 모르겠습니다. 형수는 아마도 형을 대변하는 데 짜증이 나 있었을 겁니다. 형수는 분명 결국에는 좋아했을 거예요. 전 형수가 좋아요. 유쾌한 여자죠. 형수와는 잘해 나갈 수 있을 겁니다. 하지만 앨프리드 형은 전혀 다르답니다."

그가 다시 웃음을 터뜨렸다.

"형은 줄곧 절 몹시 질투했어요. 형은 항상 본분을 다하며 집에 붙어 있는 아들이었죠. 그런 그가 그 대가로 무엇을 얻게 될까요? 어떤 집안의 선한 아들이 언제나 받게 되는 그런 거죠……. 뜻밖에도 모진 대접을 받게 될 뿐입니다. 제 말 믿으세요, 여러분. 미덕으로는 보답을 받을 수 없답니다."

해리는 한 사람 한 사람의 얼굴을 차례로 바라보았다.

"제 솔직한 말에 충격을 받지 않았기를 바랍니다. 하지만 결국 여러분이 찾고자 하는 건 진실 아닙니까. 여러분은 결국 이 집안의 수치를 백일하에 끌어내시겠죠. 저는 제 수치를 솔직하게 말하고 있는 겁니다. 저는 아버지의 죽음에 특별히 마음이 아프지 않습니다. 저는 소년 시절 이후로 그 사악한 노인네를 본 적이 없답니다. 하지만 그는 제 아버지이고 살해당했어요. 저는 살인자에게 복수하기 위해 최선을 다할 겁니다."

그는 턱을 쓸면서 사람들을 지켜보았다.

"우리 집안의 복수는 좀 화끈하죠. 리 가문 사람은 쉽사리 잊어버리지 않는답니다. 제 말은 아버지의 살인범은 반드시 잡혀서 교수형을 당할 거라는 말입니다."

"그 점에서 우리가 최선을 다할 거라고 믿으셔도 좋습니다, 리 씨."

서즌이 말했다.

"그렇게 되지 않는다면 제가 직접 처단할 겁니다."

해리 리가 응수했다.

서장이 날카로운 어조로 물었다.

"그렇다면 살인범의 신원에 대해 뭔가 아는 게 있습니까, 리 씨?"

해리가 고개를 내젓고는 천천히 대답했다.

"아뇨, 아뇨, 모르겠습니다. 이건 좀 뜻밖의 일입니다. 왜냐하면 이 문제를 줄곧 생각하고 있는데……. 이 일이 외부인의 소행이 아닐 것 같아서……."

"아."

서즌이 고개를 끄덕였다. 해리가 말을 이었다.

"그렇다면 집안의 누군가가 아버지를 죽였다는 건데……. 하지만 어느 사악한 자가 그런 짓을 하겠습니까? 하인들을 의심할 수는 없습니다. 트레실리언은 오래전부터 여기 살았습니다. 그 얼뜨기 하인이오? 결단코 아닙니다. 그리고 호버리는 냉정한 녀석이지만, 트레실리언의 말에 따르면 그는 영화를 보러 나갔다더군요. 그러면 누가 있을까요? 스티븐 파는 넘어갑시다. 도대체 스티븐 파가 먼 남아프리카에서 와서 처음 보는 사람을 살해할 이유가 없으니까요. 남은 건 가족뿐입니다. 그런데 제 인생을 걸고 말씀드립니다만, 우리 중의 누군가가 그런 짓을 했다고는 생각할 수 없습니다. 앨프리드 형이오? 형은 아버지를 사랑했습니다. 조지 형이오? 형에겐 그럴 만한 배짱이 없어요. 데이비드 형이오? 데이비드 형은 언제나 몽상가였습니다. 자기 손가락에 피가 흐르는 것만 봐도 기절할 겁니다. 형수들이오? 여자들은 냉정하게 사내의 목을 베지 않지요. 그렇다면 누가 그런 짓을 했단 말입니까? 정말 알고 싶습니다. 지독히 혼란스러울 뿐입니다."

존슨 대령이 헛기침을 했다. 그의 버릇이었다.

"오늘 저녁 아버지를 마지막으로 보신 게 언제인가요?"

"차를 마시고 난 다음입니다. 아버지는 앨프리드 형과 말다툼을 하셨죠. '겸손한 종' 때문에 말입니다. 노인네는 몹시 즐거워하셨어요. 언제나 문제를 일으키는 걸 좋아했지요. 바로 그런 이유에서 아버지는 내가 도착한다는 걸 다른 식구들에게 비밀로 해 두신 것 같아요. 내가 나타났을 때, 대소동이 일어나는 걸 보고 싶었던 거죠. 아버지가 유언장의 내용을 바꾸겠다고 한 것도 그런 이유에서 나온 겁니다."

푸아로가 가볍게 동요했다.

"그러니까 아버님께서 유언장에 대한 이야기를 하셨단 말인가요?"

"예……. 모두 앞에서요. 우리가 어떻게 행동할지 고양이처럼 지켜보면서 말이죠. 크리스마스가 지나고 나면 변호사가 와서 그 문제로 자신을 만날 거라는 말만 하셨어요."

"유언장을 어떻게 바꾸려는 생각이었을까요?"

해리 리가 씩 웃었다.

"아버지는 우리에게 그런 이야긴 하지 않으셨답니다. 여우같은 노인네! 하지만 유언장을 바꾼다면 비천한 종에게 유리한 것이어야 하지 않겠습니까. 이전의 유언장들에서 나는 제외되었습니다만, 이번에 다시 작성하려던 유언장에는 내 이름이 올랐을 거예요. 다른 형제들에게는 기분 나쁜 일일 겁니다. 필라르도 나와 마찬가지고요. 아버지는 그녀를 좋아하셨지요. 그녀에게는 뭔가 좋은 일이 생길 참이었습니다. 아직 그녀를 보시 못하셨죠? 제 스페인인 조카 말입니다. 무척 미인입니다. 필라르, 남국의 사랑스러운 열정과 그 무자비함. 제가 그 애의 삼촌이 아니었다면 좋으련만!"

"당신 말은 아버지가 그녀에게 반하셨다는 건가요?"

해리가 고개를 끄덕였다.

"그 애는 노인을 어떻게 다루어야 하는지 알고 있었습니다. 곁에 앉아서 오랜 시간을 함께 보냈죠. 장담컨대 그 애는 그렇게 하면 무엇을 얻을지를 알고 있었던 겁니다. 이제 노인은 죽었습니다. 유언장은 필라르에게 유리하게 고쳐지지 않을 겁니다. 제게도 그렇고요. 불운한 일이죠."

그는 미간에 주름을 잡고는 잠시 말을 끊었다가 어조를 바꾸어 이야기를 이었다.

"요점을 벗어난 것 같군요. 제가 아버지를 마지막으로 본 게 언제인지 알고 싶어 하셨죠? 앞서 말한 대로 차를 마신 다음입니다……. 아마 6시가 조금 지났을 때일 거예요. 그때 노인네는 원기 왕성했습니다. 조금 피곤해 보인 것 같긴 하군요. 호버리와 함께 그의 방을 나왔습니다. 그게 마지막이었죠."

"아버님이 돌아가시던 때에 어디 계셨나요?"

"앨프리드 형과 식당에 있었습니다. 만찬 뒤풀이치고는 그렇게 화목했다곤 할 수 없었죠. 우리가 상당히 격앙되어 말싸움을 벌이고 있을 때 머리 위에서 시끄러운 소리가 들려왔습니다. 열 명 정도 되는 사람이 레슬링이라도 하고 있는 것 같은 소리였습니다. 그런 다음 늙은 아버지가 가엾게도 비명을 지르더군요. 마치 돼지를 잡는 것 같았습니다. 그 소리에 앨프리드 형은 몸이 굳었는지 자리에 앉은 채 턱을 툭 떨구더군요. 나는 형을 한참 흔들어 정신을 차리게 한 다음 위층으로 올라갔습니다. 방문은 안으로 잠겨 있었습니다. 부숴서 열어야 했지요. 힘들었습니다. 도대체 어떻게 문이 잠겨 있을 수 있는 건지 나로서는 알 수가 없습니다. 방에는 아버지 말고는 아무도 없었습니다. 누군가 창문을 통해 빠져나갈 수 있었다면 내 손에 장을 지질 겁니다."

서즌 경정이 말했다.

"그 문은 밖에서 잠긴 겁니다."

"뭐라고요? 하지만 맹세코 열쇠는 안에 있었는데요."

해리가 눈을 동그랗게 떴다.

푸아로가 나직하게 말했다.

"그러니까 당신은 그것을 눈여겨보셨군요?"

해리는 날가로운 눈길로 이 사람 저 사람의 얼굴을 바라보았다.

"난 여러 가지에 주의를 기울인답니다. 버릇이죠. 그 밖에 더 알고 싶은 게 있으신가요, 여러분?"

존슨이 고개를 저었다.

"고맙습니다, 리 씨. 지금으로선 없습니다. 다음 가족분에게 오라고 해 주시겠습니까?"

"당연히 그러지요."

그는 문 쪽으로 걸어가서는 뒤를 돌아보지 않고 방 밖으로 나갔다. 남은 세 사람은 서로를 마주 보았다.

존슨 대령이 말했다.

"어떻게 생각하나, 서즌?"

경정은 확신할 수 없다는 듯이 고개를 내저었다.

"저 사람은 뭔가를 두려워하고 있습니다. 하지만 도무지 그 이유를……."

XI

맥덜린 리는 문간에서 잠시 걸음을 멈추었다. 그러고는 길고 날씬한 한쪽 손으로 머리카락의 윤기 나는 부분을 매만졌다. 입고 있는 황록색 벨벳 드레스는 그녀의 섬세한 몸매를 그대로 드러냈다. 맥덜린은 무척 젊어 보였는데 약간 겁에 질려 있었다.

세 사람은 잠시간 그녀에게 사로잡혔다. 존슨의 두 눈에는 놀라움 섞인 찬탄의 빛이 떠올랐다. 서즌 경정은 얼른 자신의 일에 착수하고 싶어 하는 듯한 조바심 외에는 아무런 동요도 드러내지 않았다. 에르퀼 푸아로의 두 눈은 깊은 감동에 차 있었지만, 그 감동은 맥덜린의 아름다움 때문이 아니라 그녀가 그것을 효과적으로 사용할 줄 아는 데 대한 것이었다. 그녀는 푸아로가 속으로 이렇게 생각한다는 것을 알지 못했다.

'졸리 마네캥, 라 프티트. 메 엘 아 레 지외 뒤르(저 아가씬 예쁜 마네킹 같군. 하지만 눈빛이 우둔한걸).'

존슨 대령은 이렇게 생각했다.

'지독히도 아름다운 여자군. 조지 리가 조심하지 않는다면 아내 때문에 골치 좀 썩겠는걸. 남자들의 시선을 사로잡으니.'

서즌 경정은 이렇게 생각했다.

'머리는 비고 허영심이 강한 여자야. 빨리 심문을 끝내야겠어.'

"앉으시겠습니까, 리 부인? 보자, 당신은……."

"맥덜린 리예요."

맥덜린은 감사의 미소를 온화하게 띠며 권해 준 의자에 앉았다. 그녀의 시선은 이렇게 말하고 있는 듯했다.

'당신이 남자이고 경찰이긴 하지만, 어쨌든 그렇게 무시무시한 존재는 아니군.'

그 미소의 울타리 끝에는 푸아로도 포함되어 있었다. 외국인들은 여자와 관계된 일에서는 무척 민감하게 반응하지 않는가. 그녀는 서즌 경정에 대해서는 그다지 걱정하지 않았다.

맥덜린은 짐짓 어여쁘게 수심 어린 표정을 지어 보이고는 두 손을 모아 비틀며 나직하게 말했다.

"이건 정말 끔찍한 일이에요. 전 정말 놀랐답니다."

존슨 대령이 친절하면서도 기민하게 말했다.

"자, 자, 리 부인. 충격을 받으셨다는 건 저도 알지만 이제 다 끝난 일입니다. 우리는 그저 오늘 저녁 무슨 일이 일어났는지를 부인에게 듣고 싶을 뿐입니다."

"하지만 저는 그 사건에 대해서는 아무것도 모르는걸요. 정말 모른다고요."

한순간 서장의 미간이 좁혀졌다. 그가 부드럽게 말했다.

"그럼요, 물론 모르시겠지요."

"우리는 겨우 어제 이곳에 도착했어요. 조지가 크리스마스를 보낸다고 저를 이곳에 데려왔지요. 저는 오고 싶지 않았어요. 이런 느낌은 정말 처음이에요."

"무척 흥분하셨군요……. 그래요."

"저는 조지의 가족을 거의 몰라요. 아버님은 한두 번 뵈었을 뿐이에요. 결혼식 때와 그 뒤에 한 번 말이에요. 물론 앨프리드 아주버님과 리디아 형님은 좀 더 자주 본 적이 있지만, 그들은 사실 제게는 낯선 사람들이에요."

맥덜린은 또다시 놀란 어린아이처럼 두 눈을 휘둥그레 떴다. 에르퀼 푸아로의 눈에 다시 한 번 찬탄의 표정이 떠올랐다. 그리고 그는 또다시 생각했다.

'엘 주 트레 비엥 라 코메디, 세트 프티트(이 여잔 연기가 뛰어난 걸)…….'

"예, 예. 이제 당신이 시아버님, 그러니까 살아 있는 리 씨를 마지막으로 본 게 언제인지만 말해 주십시오."

"오, 그거요! 그건 오늘 오후예요. 무시무시했어요."

존슨이 재빨리 물었다.

"무시무시했다니, 왜죠?"

"사람들은 몹시 화가 나 있었어요."

"누가 화가 나 있었다는 겁니까?"

"오, 모두들 말이에요……. 제 말은 조지를 뺀 나머지 사람들이라는 말이에요. 아버님은 조지에게는 아무 말도 하지 않았어요. 하지만 다른 사람들은 마구 나무라셨죠."

"정확히 어떤 일이 있었습니까?"

"음, 아버님이 우리 모두를 불러 모았다고 해서 가 보니까. 아버님은 유언장 문제에 대해 변호사와 전화를 하고 계셨어요. 그런 다음에는 앨프리드 시아주버님께 몹시 우울해 보인다고 했어요. 제 생각에 그건 해리 도련님이 아주 살러 집에 왔기 때문인 것 같아요. 앨프리드 아주버님은 그 일로 몹시 마음이 상해 있었던 것 같아요. 다들 알다시피 해리 도련님은 상당히 고약한 짓을 저질렀으니까요. 그런 다음 아버님은 어머님에 대해 뭔가 이야기를 했어요……. 어머님은 아주 오래전에 돌아가셨지요. 어머님 머리가 벌레 수준이었다고 말씀하시자 데이비드 서방님이 튕겨지듯 일어나서는 죽일 듯이 아버님을 노려봤어요……. 오!"

맥딜린은 문득 발을 멈추었다. 그녀의 두 눈에 경계심이 떠올랐다.

"제 말은 그런 뜻이 아니에요. 절대로 그런 뜻이 아니라고요."

존슨 대령이 달래듯이 말했다.

"그럼요, 그렇고말고요. 말이 그런 것뿐이죠."

"데이비드 서방님의 아내인 힐다 형님이 서방님을 진정시켰어요……. 음, 그게 다인 것 같아요. 아버님은 오늘 저녁 아무도 다시 보고 싶지 않노라고 하셨어요. 그래서 우리는 모두 방을 나왔어요."

"그러면 그게 당신이 그를 마지막으로 본 건가요?"

"예. 나중에는…… 나중에는……."

그녀가 부르르 몸을 떨었다.

"예, 그렇군요. 이제 범죄가 일어난 시각에 어디 있었는지 말해 주시겠습니까?"

"오…… 보자, 응접실에 있었던 것 같아요."

"분명한가요?"

맥덜린의 눈빛이 살짝 번득이더니 눈꺼풀이 눈을 덮었다.

"이런! 이렇게 어리석다니……. 전 전화를 걸러 갔었어요. 헷갈리는군요."

"당신 말은 전화를 걸고 계셨다는 거군요. 이 방에서요?"

"그래요. 위층 시아버님 방 외에 이게 이 집의 유일한 전화기니까요."

서즌 경정이 물었다.

"이 방에 당신과 누군가가 함께 있었습니까?"

맥덜린의 두 눈이 휘둥그레졌다.

"오, 아니오, 저 혼자였어요."

"여기 얼마나 오래 계셨나요?"

"음, 잠시 동안이에요. 저녁에 전화가 연결되려면 시간이 좀 걸리니까요."

"그건 그렇다면 장거리 전화였겠군요?"

"예, 웨스터링엄으로요."

"알겠습니다."

"그다음에는요?"

"그다음에는 끔찍한 비명이 들려왔어요……. 그래서 모두 달려갔어요……. 그런데 방문이 잠겨 있어서 부숴 넘어뜨렸죠. 악몽이었어요! 결코 잊지 못할 거예요!"

"아니, 괜찮아질 겁니다."

존슨 대령은 기계적으로 친절하게 말을 이어 나갔다.

"당신은 시아버지가 상당히 값나가는 다이아몬드를 금고에 두고 있었다는 걸 알고 있었나요?"

"아뇨, 그러셨나요? 진짜 다이아몬드인가요?"

그녀의 어조에는 솔직한 전율이 담겨 있었다.

에르퀼 푸아로가 끼어들었다.

"만 파운드 가치가 있는 다이아몬드입니다."

헉 하고 숨을 멈추는 소리가 나직하게 들려왔다. 여자로서 탐욕을 느끼는 소리였다. 존슨 대령이 말했다.

"음, 지금으로서는 다 된 것 같군요. 더 부인을 번거롭게 할 필요가 없을 것 같습니다."

"오, 고맙습니다."

그녀는 자리에서 일어나 처음에는 존슨에게, 이어 푸아로에게 미소를 지어 보였다. 호의에 감사하는 젊은 여자의 미소였다. 그런 다음 고개를 꼿꼿이 세우고 손바닥을 살짝 밖으로 젖힌 채 문을 향해 걸었다.

"시아주버님인 데이비드 리 씨를 이리 오라고 해 주시겠습니까?"

매덜린이 나간 후 방문을 닫고 존슨이 박자로 돌아왔다.

"음, 어떻게 생각하나? 이제 좀 알겠군! 한 가지 사실은 눈치챘을 걸세. 조지 리도 전화를 걸고 있다가 비명을 들었다고 했고 그의 아내도 전화를 걸고 있다가 그 소리를 들었다고 했네. 그건 들어맞질 않아……. 도대체 들어맞질 않는다고. 어떻게 생각하나, 서즌?"

"나쁘게 말하고 싶지는 않습니다만, 저 여자는 신사에게서 돈을 긁어 내는 데에는 일류일 겁니다. 하지만 신사의 목을 따는 그런 종류의 여자는 아닌 것 같습니다. 그건 저 여자의 성향과 전혀 어울리지 않습니다.”

“아, 하지만 사람 속은 모르는 법입니다, 몽 비외(친구여).”

푸아로가 나직이 말하자 서장이 그에게로 몸을 돌렸다.

“그럼 푸아로 자네는 어떻게 생각하나?”

에르퀼 푸아로는 앞으로 몸을 기울였다. 그는 앞에 있는 사건 기록장을 똑바로 놓고 촛대에서 먼지 한 점을 털어 낸 다음 대답했다.

“고 시메온 리 씨의 성격이 우리에게 드러나기 시작했다고 말하고 싶네. 내 생각에 이 사건의 가장 중요한 점은 고인의 성격에 있는 것 같네.”

서즌 경정이 어리둥절한 얼굴을 그에게로 돌렸다.

“무슨 말씀인지 잘 모르겠습니다, 푸아로 씨. 죽은 이의 성격이 정확히 어떻게 그의 살인과 관계가 있다는 겁니까?”

푸아로가 꿈꾸듯이 말했다.

“희생자가 여자든 남자든 간에 죽음은 언제나 성격과 관계가 있는 법입니다. 『오셀로』에서 데스데모나가 죽은 직접적인 이유는 솔직하고 의심할 줄 모르는 성격 때문이었습니다. 좀 더 의심을 품는 성격이었다면, 이아고의 간계를 알아차려 미리 그것을 피할 수 있었을 겁니다. 또한 프랑스 대혁명 당시 마라는 외설적인 성격 때문에 욕조에서 죽음을 맞은 셈이고요. 『로미오와 줄리엣』에서 머큐쇼는 노기 때문에 칼끝에 죽게 됐죠.”

존슨 대령이 자신의 턱수염을 잡아당겼다.

"자네 말은 정확히 뭘 암시하는 건가, 푸아로?"

"나는 지금 시메온 리가 특이한 사람이었다는 것, 그가 유난히 권력을 휘둘러 왔는데, 그 권력이 결국 그의 죽음을 불러왔다는 얘길 하는 걸세."

"그렇다면 자네 말은 이 살인이 다이아몬드와는 아무런 상관이 없다는 건가?"

숨길 수 없는 혼란에 빠져든 존슨의 얼굴을 보고 푸아로가 미소를 지었다.

"몽 셰르(이 친구야), 만 파운드에 달하는 다이아몬드 원석을 자기 금고에 줄곧 넣어 두고 있었던 것도 시메온 리의 괴상한 성격 때문이 아니었겠나. 보통 사람이었다면 그러지 않았을 걸세."

마침내 상대가 뜻하는 바를 알아들었다는 듯 고개를 끄덕이며 서즌 경정이 대답했다.

"정말 그렇군요, 푸아로 씨. 리 씨는 좀 괴상한 사람이었습니다. 그는 그 원석을 거기 넣어 두고는 그것들을 꺼내 보며 과거를 회상하곤 했지요. 그것에 의지했던 겁니다. 그래서 그가 그것을 가공하지 않은 겁니다."

푸아로가 세차게 고개를 끄덕였다.

"정확합니다. 바로 그겁니다. 통찰력이 대단하시군요, 경정님."

경정은 그러한 칭찬에 약간 의아해하는 듯했다. 그때 존슨 대령이 끼어들었다.

"뭔가 있군, 푸아로. 그게 자네 머리에 떠올랐는지 아닌지 모르지만 말일세……."

"몽 아미(이 친구야), 자네가 무슨 말을 하는지 알고 있네. 조지 리 부인은 말하려는 것보다 훨씬 많은 비밀을 무심결에 누설했네! 그녀 덕택에 우리는 마지막 가족 모임이 어떤 것이었는지 상당히 감을 잡게 되었네. 앨프리드가 자기 아버지에 대해 몹시 화가 났었고, 데이비드가 그를 죽이기라도 할 것 같았다고 암시한 거 기억나나? 어찌나 순진하게 말하던지. 그 두 가지 진술 모두 사실일 걸세. 하지만 우리는 그 말을 재구성해야 한다네. 시메온 리는 왜 가족을 불러 모은 것일까? 어째서 그들이 도착했을 때 때맞추어 변호사와 통화한 것일까? '파르블뢰(아마도)' 그건 우연이 아닐 걸세. 그는 그들이 그 전화 내용을 듣기를 원했던 걸세. 의자에 앉아 지내야 했던 그 딱한 노인은 기분을 전환할 거리가 없었네. 그래서 그는 자신을 위해 새로운 오락거리를 생각해 낸 거네. 그는 인간 본성의 탐욕과 호기심을 갖고 놀면서 즐거워하지……. 그렇다네, 그런 감정과 열정을 자극하면서 즐긴 거지. 거기에서 진전된 추리를 할 수 있다네. 자식들의 탐욕과 감정을 자극하는 게임에서 그는 아무도 빠뜨리지 않았네. 분명히 노인이 조지 리에게도 다른 사람들과 마찬가지로 빈정거리는 말을 했을 거라는 것이 논리적일세. 그의 아내는 조심스럽게 그 점에 대해서는 입을 다물었지. 그리고 그녀에게도 독살스러운 말을 한두 마디쯤 했겠지. 시메온 리가 조지 리와 그의 아내에 대해 무슨 말을 했는지는 다른 사람들을 통해 알아볼 수 있을 것 같네."

그가 말을 끊었다. 문이 열리고 데이비드 리가 들어왔다.

XII

데이비드 리는 자신을 잘 통제하고 있었다. 그의 태도는 차분하다 못해 부자연스러울 정도였다. 그는 세 사람에게 다가와 의자를 하나 끌어내 앉고 존슨 대령에게 진지하게 묻는 듯한 시선을 던졌다.

전등 불빛이 그의 이마를 덮은 머리카락 꼭대기쯤에 내리쬐어 감성적인 턱뼈의 양감이 드러났다. 그는 위층에 죽어 누워 있는 쪼그라든 노인의 아들이라고 하기에는 터무니없을 정도로 젊어 보였다.

"예, 여러분. 제가 무슨 말씀을 해드릴까요?"

존슨 대령이 물었다.

"리 씨, 오늘 오후에 당신 아버님 방에서 가족 모임 같은 것이 있었다고 알고 있는데요?"

"그렇습니다. 하지만 그건 상당히 비공식적인 것이었습니다. 제 말은, 가족회의 같은 것과는 전혀 달랐다는 겁니다."

"거기서 무슨 일이 있었나요?"

데이비드 리가 차분하게 대답했다.

"아버지는 신경이 날카로운 상태였습니다. 물론 노인인 데다 몸도 불편하시니 이해해야 할 부분도 있습니다. 하지만 아버지는 우리를…… 그러니까…… 화풀이하려고 우리를 불러 모은 것 같았습니다.”

“아버지가 무슨 말을 했는지 기억하실 수 있겠습니까?”

데이비드가 조용히 대답했다.

“전부 한심한 말이었습니다. 아버지는 우리가 아무짝에도 쓸모가 없다, 우리 중에는 사내다운 사내가 하나도 없다고 말하더군요! 그리고 필라르가, 제 스페인인 조카가 우리 중 두 사람을 합친 것보다 낫다고 했습니다.”

푸아로가 말했다.

“부탁합니다, 리 씨, 가능하면 정확하게 말씀해 주십시오.”

데이비드가 마지못해 말했다.

“아버지는 좀 야비하게 말했습니다. 이 세상 어딘가에 좀 더 나은 자기 아들이 있기를 바란다고요. 사생아라 해도 말입니다.”

자신이 전하는 말에 대한 혐오감이 예민해 보이는 그의 얼굴에 떠올랐다. 서즌 경정이 갑자기 경계하는 태도를 보이며 눈길을 들었다. 앞으로 몸을 기울이며 그가 물었다.

“당신 아버지가 당신 형인 조지 리 씨에게 특별히 무슨 말씀을 하신 게 있나요?”

“조지 형에게요? 기억나지 않는데요. 아, 그래요. 앞으로는 나가는 돈을 줄여야 한다고 했습니다. 그래서 형에게 주는 용돈을 줄이지 않을 수 없다고요. 조지 형은 크게 흥분해서 얼굴이 시뻘게졌어요. 형은 입에 거품을 물고 그보다 적은 돈으로는 도저히 생활할 수 없다고 하더군요. 아버지는 아주 냉정하게 그러지 않을 수 없노라고 했지요. 형수의 도움을 받아 절약하라고요. 좀 야비한 빈정거림이었죠……. 조지 형은 언제나 검약하는 사람이었거든요. 형은 한 푼이라도 아끼는 스타일입니다. 제가 생각하기에 맥덜린 형수가 좀 돈을 낭비하는 것 같아요. 취향이 무척 사치스럽거든요."

"그러면 형수님 역시 짜증스러워했나요?"

"예. 게다가 아버지는 다른 말까지 좀 잔인하게 했어요. 형수가 해군 장교와 살았던 일 말이에요. 물론 아버지는 그 사람이 형수의 아버지라는 말을 믿는 것처럼 말했지만, 그 말이 좀 미심쩍게 들렸어요. 맥덜린 형수 얼굴이 새빨개지더군요. 저로서는 형수를 비난할 수가 없어요."

"아버님께서 죽은 자기 아내, 그러니까 어머님도 언급하셨나요?"

데이비드의 관자놀이 혈관이 불끈 하고 움직였다. 탁자 앞에 깍지를 끼고 있던 두 손이 가볍게 떨렸다.

그가 감정을 억제하며 나지막하게 말했다.

"예, 그랬지요. 아버진 어머니를 모욕했어요."

존슨 대령이 물었다.

"뭐라고 말씀하셨습니까?"

"기억나지 않아요. 그저 잠깐 언급했을 뿐입니다."

푸아로가 부드럽게 물었다.

"어머니께서는 언제 돌아가셨습니까?"

"어머니는 제가 어렸을 때 돌아가셨습니다."

"어머니께서는 여기서의 삶이 그다지 행복하지 않으셨던가 보지요?"

데이비드가 경멸조로 소리 내어 웃었다.

"아버지 같은 사람과 함께 살면서 어느 누가 행복할 수 있겠습니까? 어머니는 성녀셨습니다. 그런데 몹시 상처 입고 괴로워하시다가 돌아가셨죠."

"아버님께서는 어머님의 죽음에 몹시 슬퍼하셨나요?"

"저는 모릅니다. 집을 나가 있었으니까요."

그는 잠시 말을 끊었다가 다시 이었다.

"제가 거의 20년 동안 아버지를 보지 않고 지내다가 이렇게 방문한 것을 혹시 모르고 계실 수도 있으시겠군요. 저는 아버지의 버릇이 어떤 건지, 어떤 원수를 갖고 있는지, 이곳에서 무슨 일이 일어났는지에 대해서는 그다지 드릴 말씀이 없답니다."

존슨 대령이 물었다.

"아버지께서 침실 금고에 값비싼 다이아몬드 원석을 여러 개 보관하고 계셨다는 사실을 아십니까?"

데이비드가 관심 없다는 듯이 대답했다.

"그랬나요? 바보 같은 행동이군요."

"일이 일어났을 당시의 행적을 간단히 설명해 주시겠습니까?"

"제 행적이오? 오, 저는 저녁 식사 자리를 재빨리 빠져나왔지요. 둥글게 둘러앉아 포트와인을 기울이는 일이 지루했거든요. 게다가 앨프리드 형과 해리 형은 곧 싸움을 벌일 태세였습니다. 저는 다툼이 싫습니다. 저는 음악실로 가서 피아노를 연주했지요."

푸아로가 물었다.

"음악실이라면 응접실 옆방 아닙니까?"

"예, 저는 한동안 연주를 했습니다. 그러니까…… 그 일이 일어나기 전까지 말입니다."

"정확히 무슨 소리를 들으셨죠?"

"오! 위층 어딘가에서 가구들이 넘어지는 소리가 멀리서 들려왔습니다. 그러더니 상당히 괴기스런 비명이 들리더군요. 지옥에서 들려오는 소리 같았습니다. 맙소사, 정말 무시무시하더군요."

데이비드는 다시 두 손을 깍지 끼었다.

존슨이 말했다.

"음악실에 혼자 계셨습니까?"

"예? 아뇨, 제 아내 힐다도 함께 있었습니다. 아내는 응접실에 있다가 왔어요. 우리는…… 우리는 다른 사람들과 함께 위층으로 올라갔습니다."

그는 재빨리 신경질적으로 덧붙였다.

"제가 거기서 무엇을 보았는지 묘사할 필요는 없겠지요?"

"예, 그러실 필요는 없습니다. 고맙습니다, 리 씨. 이제 됐습니다. 혹시 누가 당신 아버지를 살해하고자 했는지 짐작 가는 사람이라도 있습니까?"

데이비드 리가 앞뒤 재지 않고 내뱉었다.

"제 생각에는…… 한두 명이 아닐 겁니다. 꼭 집어서 누군지는 모르겠습니다만."

그는 빠르게 방을 나가서는 방문을 소리 나게 닫았다.

XIII

존슨 대령은 목을 가다듬을 여유조차 없었다. 문이 다시 열리고 힐다 리가 들어왔던 것이다.

에르퀼 푸아로는 그녀를 바라보았다. 그는 리 가문 남자들의 배우자들이 흥미로운 연구 대상임을 인정하지 않을 수 없었다. 리디아는 날랜 지성과 그레이하운드 같은 우아함을 소유했고, 맥덜린은 천박한 태도와 매력을 지녔으며, 이제 들어온 힐다는 탄탄하고 편안한 힘이 넘쳤다. 유행에 뒤떨어진 머리 모양과 촌스러운 옷차림 때문에 나이가 있어 보였지만 실제로는 그보다 젊을 것이다. 그녀의 회갈색 머리카락에는 새치 하나 없었고, 약간 통통한 얼굴에 자리 잡은 차분한 담갈색 눈은 온화하게 빛났다. 힐다는 좋은 여자였다.

존슨 대령은 자신이 할 수 있는 가장 친절한 어조로 말했다.

"여러분 모두에게 힘든 시간이겠군요. 남편분으로부터 이번에 고스턴 홀에 처음 오셨다는 이야기를 들었습니다만?"

그녀가 고개를 끄덕였다.

"전에 시메온 리 씨를 만난 적이 있으신가요?"

힐다가 기분 좋은 목소리로 대답했다.

"아뇨, 우리는 데이비드가 집을 나온 직후에 결혼했답니다. 데이비드는 줄곧 집과 아무런 관련을 맺지 않으려 했어요. 사실 여기 오기 전까지 우리는 데이비드 가족 중 누구와도 만난 적이 없어요."

"그렇다면 이번 방문은 어떻게 하신 겁니까?"

"시아버님이 데이비드에게 편지를 보내셨어요. 아버님은 자신이 나이 들었다는 것, 이번 크리스마스에 자식들이 빠짐없이 모여 함께 지냈으면 좋겠다는 소망을 강조하셨어요."

"그래서 남편께서는 그 호소에 응하신 건가요?"

"제가 그러라고 했기 때문에 제안을 받아들인 것 같아요. 저는 상황을 잘 몰랐거든요."

푸아로가 끼어들었다.

"좀 더 명확하게 말씀해 주시겠습니까, 마담? 제 생각에는 그게 저희에겐 무척 귀중한 도움이 될 것 같습니다."

그녀는 즉각 푸아로에게 몸을 돌리고 말했다.

"당시 저는 시아버님을 한 번도 뵌 적이 없었어요. 저는 아버님이 우리를 부르신 진짜 이유에 대해 전혀 몰랐답니다. 그저 아버님이 나이 들고 외로우셔서 진정으로 자식들 모두와 화해하고 싶어 하신 줄 알았어요."

힐다는 한순간 망설이고는 천천히 말을 이었다.

"그런데 아버님께서 정말로 원하셨던 것은 평화가 아니라 싸움을 일으키는 거였어요."

"어떤 식으로 말입니까?"

"아버님은 그게 재미있으셨던 거예요. 그러니까 인간 본성에 있는 최악의 본능을 자극하는 거 말이에요. 아버님한테는, 뭐랄까, 악마적인 면이 있었어요. 그는 가족 구성원 각각을 서로 다투게 만드셨어요."

존슨이 날카로운 어조로 물었다.

"그래서 성공하셨나요?"

"오, 예, 물론이죠."

푸아로가 말했다.

"저희가 듣기론 오늘 오후에 싸움이 있었다더군요."

그녀가 고개를 끄덕였다.

"그 싸움이 어떤 것이었는지 말씀해 주시겠습니까. 가능한 한 사실에 가깝게 말입니다."

힐다는 한순간 기억을 떠올리는 듯했다.

"우리가 방으로 들어갔을 때 아버님은 통화 중이셨어요."

"그의 변호사와 말입니까?"

"예, 아버님은 찰턴인가 하는 사람에게, 이름이 잘 기억나지 않는군요, 와 달라고 말씀하시던 중이었어요. 새로운 유언장을 작성하고 싶다면서요. 아버님 말씀에 따르면 전의 것은 이제 시효가 다 되었다더군요."

"잘 생각해 보십시오, 마담. 마담의 생각에는 시아버님이 여러분이 그 대화를 엿듣도록 일부러 손을 쓰신 것 같습니까, 아니면 그저 우연히 그 대화를 듣게 된 걸까요?"

"아버님이 일부러 엿듣게 하셨을 거라고 확신해요."

"여러분 사이에 의심과 의혹을 조장할 목적으로 말이죠?"

"예."

"그렇다면 아버님은 실제로는 유언장을 바꾸지 않으실 생각이셨군요?"

"아뇨, 그 부분은 사실이었던 것 같아요. 아버님은 정말로 새로운 유언장을 만들고자 하신 것 같아요. 다만 그 사실을 강조하면서 반응을 즐기신 거죠."

"마담, 제겐 공식적인 자격 같은 건 전혀 없으므로, 제가 여쭐 내용은 영국의 법정에서 나올 질문과는 다를 겁니다. 저는 그 유언장이 어떤 형태의 것일지에 대해 마담의 생각을 무척 알고 싶습니다. 그러니까 제가 묻고 있는 건 지식이 아닙니다. 다만 스스로 판단했을 때 그 내용을 어떻게 짐작하시느냐 하는 겁니다. 레 팜므(여자들)는 어떤 사태에 대해 즉각적으로 판단하곤 하니까요. 디외 메르시(얼마나 다행인지요)."

힐다가 살짝 미소를 지어 보였다.

"제 생각을 말씀드려도 상관없어요. 제 시누이 제니퍼는 후안 에스트라바도스라는 스페인 남자와 결혼했어요. 그녀의 딸 필라르는 이곳에 막 도착했고요. 필라르는 아주 사랑스러운 아가씨예요. 그리고 이 집안의 유일한 손주이기도 하고요. 아버님은 그녀를 보고 몹시 기뻐하셨어요. 아주 좋아하셨지요. 제 생각에 아버님은 새로운 유언장에서 필라르에게 상당한 재산을 남겨 주실 생각이었을 거예요. 아마도 이전 유언장에서는 그녀의 몫이 아주 적거나 전혀 없었을 거예요."

"당신은 시누이를 만난 적이 없습니까?"

"예, 한 번도 본 적 없어요. 그녀의 스페인인 남편은 결혼 직후 비극적으로 죽은 모양이더군요. 제니퍼 자신은 1년 전에 죽었고요. 필라르는 고아로 남겨졌어요. 그런 이유에서 아버님은 그녀를 영국으로 오게 해서 함께 살자고 하신 거죠."

"그러면 다른 가족들은 필라르가 오는 걸 환영했습니까?"

"가족들 모두 필라르를 좋아했던 것 같아요. 집 안에 젊고 생기 있는 사람이 있는 건 기분 좋은 일이니까요."

"그러면 그녀 자신은 이곳에 있는 걸 좋아하는 것 같았나요?"

"잘 모르겠어요. 남쪽 나라, 그러니까 스페인에서 성장한 처녀에게는 좀 차갑고 기묘한 면이 있는 것 같아요."

존슨이 말했다.

"지금 같은 내전 시기에 스페인에 있는 건 그리 유쾌한 일일 수가 없겠죠. 자, 부인. 이제 오늘 오후에 나눈 대화를 어떻게 생각하는지 당신의 견해를 듣고 싶습니다."

푸아로가 중얼거리듯 말했다.

"미안하네. 내가 곁가지로 빠졌구먼."

"전화 통화를 끝내신 후 아버님은 우리를 둘러보고 웃음을 터뜨리더니 모두가 몹시 우울해 보인다고 하시더군요. 그런 다음 피곤해서 일찍 잠자리에 들어야겠다고 하셨어요. 그날 저녁에는 아무도 자신을 보러 올라올 필요가 없다면서요. 좋은 컨디션으로 크리스마스를 맞고 싶다던가, 그 비슷한 말씀을 하셨어요. 그다음……."

기억을 더듬느라 힐다의 두 눈썹이 찌푸려졌다.

"제 생각에 아버님은 크리스마스를 제대로 음미하기 위해서는 대가족의 일원이 될 필요가 있다는 식의 말씀을 하신 다음 돈 문제로 옮겨 가셨어요. 앞으로는 이 집을 유지하는 데 돈이 더 들 거라면서요. 그는 조지 아주버님과 맥덜린 형님에게 절약을 해야 한다고 하셨어요. 맥덜린 형님에게는 옷을 직접 지어 입으라고 하셨지요. 제 생각에 그건 좀 구식인 것 같아요. 그 말에 형님은 분명 짜증스러웠을 거예요. 그러면서 아버님은 어머님께서는 바느질을 무척 잘했다고 하셨지요."

푸아로가 부드럽게 물었다.

"그게 그가 자기 아내에 대해 말한 전부입니까?"

힐다의 얼굴이 붉어졌다.

"아버님은 어머님이 머리가 나빴다고 한두 마디 하셨어요. 제 남편은 어머니에 대해 몹시 헌신적인지라 그 말에 몹시 마음이 상했지요. 그러더니 갑자기 아버님은 우리 모두를 향해 고함을 질러대기 시작했어요. 몹시 흥분하셨지요. 물론 아버님의 기분도 이해는 하지만……."

푸아로가 그녀의 말허리를 자르며 부드럽게 물었다.

"그의 느낌이 어땠을 거라고 생각하십니까?"

그녀는 차분한 눈길로 푸아로를 바라보았다.

"아버님은 당연히 실망하셨을 거예요. 손자가 하나도 없으니까요. 제 말은 리 집안을 이어갈 자손 말이에요. 그 사실이 오랫동안 아버님을 괴롭혀 왔던 것 같아요. 그러다가 갑자기 더 참을 수 없게 되어 아들들에게 분노를 쏟아 놓으신 거죠. 유약한 노파들 같다고 말씀하시면서 말이죠. 그때 전 아버님이 안됐다고 생각했어요. 그 일로 그의 자존심이 얼마나 상처를 받았는지 깨달았거든요.”

“그러고는요?”

“그러고는 모두 뿔뿔이 흩어졌어요.”

“그게 당신이 마지막으로 아버님을 본 건가요?”

그녀가 고개를 끄덕였다.

“범죄가 일어났을 때 어디 계셨습니까?”

“저는 남편과 함께 음악실에 있었어요. 그가 제게 음악을 연주해 주었지요.”

“그런 다음에는요?”

“위층에서 탁자와 의자들이 나동그라지는 소리가 들려오더니 도자기들이 부서지더군요. 무시무시한 싸움이 벌어지고 있는 듯했어요. 그러더니 목을 잘리면서 내는 끔찍한 비명이…….”

“그것이 그렇게 무시무시한 비명이었습니까? 마치…….”

푸아로는 잠시 말을 끊었다가 이었다.

“지옥의 망령이 내지르는 것처럼 말인가요?”

“그것보다 더 심했어요!”

“그게 무슨 말씀이십니까, 마담?”

“그건 영혼이 없는 자의 비명 같았어요. 그건 짐승의 소리처럼 비인간적이었어요…….”

푸아로가 심각하게 말했다.

“그러니까 그게 시아버님에 대한 당신의 판단인가요, 마담?”

힐다는 갑자기 고통에 휩싸인 듯 한 손을 들어 올렸다. 그리고 눈 길을 떨구고는 물끄러미 바닥을 응시했다.

XIV

필라르는 덫을 경계하는 동물처럼 조심스럽게 방으로 들어섰다. 그녀는 재빨리 이쪽에서 저쪽으로 눈길을 돌렸다. 크게 수상쩍을 만큼 불안한 기색은 아니었다.

존슨 대령이 일어나 그녀에게 의자를 권하며 물었다.

"영어를 하실 줄 아는 걸로 들었습니다만, 에스트라바도스 양?"

필라르의 두 눈이 휘둥그레졌다.

"물론이죠. 제 어머니는 영국인이셨어요. 저 역시 당연히 진짜 영국인이고요."

존슨 대령이 입가에 희미한 미소를 띠며 필라르의 윤기 나는 검은 머리카락과 자부심 넘치는 검은 두 눈, 그리고 비죽거리는 붉은 입술을 바라보았다. 진짜 영국인이라! 필라르 에스트라바도스에게는 전혀 어울리지 않는 단어였다.

"리 씨는 당신의 할아버지였습니다. 그는 당신을 스페인에서 불렀지요. 그리고 당신은 며칠 전에 도착했고요. 맞습니까?"

필라르가 고개를 끄덕였다.

"맞습니다. 저는…… 스페인을 빠져나오기 위해 많은 모험을 겪었어요. 하늘에서 폭탄이 날아와서 운전수가 죽었죠. 머리가 있던 자리에는 핏덩이만 남아 있었어요. 그런데 저는 운전을 할 줄 몰라서 먼 길을 걸어야 했어요. 그 때문에 전 걷는 게 싫어요. 앞으로는 절대 걸어 다니지 않을 거예요. 두 발이 욱신거리고…… 상처가 나고……."

존슨 대령이 미소를 지어 보였다.

"어쨌든 당신은 이곳에 왔습니다. 어머니가 할아버지에 대해 많은 이야기를 해 주셨나요?"

필라르가 쾌활하게 고개를 끄덕였다.

"오, 예. 어머니는 할아버지가 못된 늙은이라고 하셨어요."

에르퀼 푸아로가 미소를 짓고 말했다.

"그리고 당신은 이곳에 와서 할아버지를 보고 어떤 인상을 받았나요, 마드무아젤?"

"당연한 말이지만 정말 너무나도 늙으셨더군요. 할아버지는 온종일 의자에 앉아 있어야 했어요. 얼굴은 온통 쪼그라들었고요. 하지만 어쨌든 전 할아버지가 좋았어요. 젊었을 때는 분명히 멋진, 아주 멋진 모습이었을 거예요. 당신처럼 말이에요."

필라르가 서즌 경정에게 말했다. 그녀는 어린아이 같은 즐거움이 담긴 눈길로 경정의 잘생긴 얼굴을 바라보았다. 경정은 그만 얼굴이 빨개졌다.

존슨 대령이 터져 나오려는 웃음을 참았다. 그 둔감한 경정이 흠칫 하고 놀라는 건 자주 있는 일이 아니었다.

"하지만 물론 할아버지는 당신처럼 키가 크지는 않으셨겠지요."

필라르가 유감스럽다는 듯이 말을 이었다.

에르퀼 푸아로가 한숨을 내쉬며 물었다.

"당신은 그러니까 키 큰 남자를 좋아하시는군요, 세뇨리타?"

필라르가 열광적으로 동의했다.

"오, 그래요. 전 키가 훌쩍 크고 어깨가 넓은 강한 남자가 좋아요."

존슨 대령이 날카롭게 물었다.

"이곳에 와서 할아버지를 오랫동안 뵈었나요?"

"오, 그럼요. 저는 할아버지 곁에 앉아 시간을 보냈어요. 할아버지는 제게 여러 가지 이야기를 해 주셨지요. 자신이 무척 나쁜 사람이었다는 것, 그리고 자신이 남아프리카에서 한 일들을요."

"자기 방 금고에 있는 다이아몬드에 대해서도 들려준 적이 있습니까?"

"예, 할아버지는 제게 다이아몬드를 보여 주셨어요. 하지만 그것들은 다이아몬드가 아니었어요. 그저 자갈 같았어요. 전혀 아름답지 않더군요. 정말 보잘것없었어요."

서즌 경정이 짤막하게 물었다.

"그러니까 그가 당신에게 그것들을 보여 주었다는 거군요?"

"예."

"그가 당신에게 그중 하나를 주지는 않았나요?"

필라르가 고개를 내저었다.

"아뇨, 그러시지 않았어요. 언젠가는 그러실지도 모른다고 생각했어요……. 제가 할아버지께 잘해 드리고 종종 가서 말동무가 되어 드린다면요. 왜냐하면 노인들은 젊은 여자를 좋아하는 법이니까요."

존슨 대령이 물었다.

"당신은 그 다이아몬드가 도난당했다는 것을 알고 있었습니까?"

필라르의 두 눈이 휘둥그레졌다.

"도난당했다고요?"

"그렇습니다. 누가 그것을 가져갔을지 짐작 가는 사람이 있습니까?"

필라르가 고개를 끄덕였다.

"오, 그럼요. 아마 호버리일 거예요."

"호버리라고요? 리 씨의 몸종 말인가요?"

"예."

"어째서 그렇게 생각하시죠?"

"왜냐하면 그 사람의 얼굴이 도둑같이 생겼거든요. 눈도 그렇고 요. 게다가 그 사람은 이쪽저쪽으로 살금살금 걸어 다니면서 방 안 소리를 엿듣는답니다. 마치 고양이 같아요. 그리고 모든 고양이들은 도둑이지요."

"흠, 알아보도록 하지요. 그런데 오늘 오후 가족 모두가 리 씨의 방에 올라갔었고, 몇 마디 성난 말들이 오간 걸로 알고 있습니다 만……."

필라르가 고개를 끄덕이고는 미소를 지어 보였다.

"예, 무척 재미있었어요. 할아버지는 가족들을 몹시 화나게 만드 셨죠."

"당신은 그게 재미있었던 모양이군요?"

"예, 저는 사람들이 화내는 걸 구경하는 게 좋아요. 무척 재미있어요. 하지만 이곳 영국 사람들은 스페인 사람들만큼 열을 받지 않더군요. 스페인에서는 사람들이 칼을 꺼내고 욕설을 내뱉고 고함을 치죠. 영국인들은 아무런 행동도 하지 않아요. 그저 얼굴이 시뻘게져서는 입을 꽉 다물 뿐이죠."

"무슨 말이 오갔는지 기억합니까?"

"확실히는 기억나지 않아요. 할아버지는 그들이 한심하다고 하셨어요. 자식이 없다면서요. 그는 제가 그들 누구보다 낫다고 하셨어요. 저를 몹시 좋아하시는 것 같았어요."

"그가 돈이나 유언장에 대해 뭔가 말했습니까?"

"유언장이라……. 아뇨, 그런 것 같진 않아요. 기억에 없어요."

"그리고 무슨 일이 일어났습니까?"

"사람들이 모두 흩어졌어요. 힐다 숙모만 빼고요. 그 뚱뚱한 숙모는 뒤에 남았어요."

"오, 그녀가 남아 있었다고요?"

"예, 데이비드 삼촌은 부적 우스꽝스러워 보였어요. 삼촌은 몸을 벌벌 떨고 있었고, 이런! 얼굴이 백지장이었어요. 마치 어디가 아픈 사람 같더군요."

"그리고 무슨 일이 있었지요?"

"방을 나오니 스티븐이 있더군요. 우리는 축음기 소리에 맞추어 춤을 추었지요."

"스티븐 파 말인가요?"

"예, 그는 남아프리카에서 왔어요. 할아버지와 동업하신 분의 아들이라더군요. 그 역시 무척 잘생긴 남자예요. 갈색 피부에 멋진 눈을 가졌지요."

"범죄가 일어났을 때 어디 계셨습니까?"

"제가 어디 있었는지 물으시는 건가요?"

"그렇습니다."

"저는 리디아 숙모와 응접실로 갔어요. 그런 다음 제 방으로 가서 화장을 했지요. 스티븐과 다시 춤을 출 생각이었어요. 그런데 멀리서 비명이 들리고 모두들 달려 올라가는 소리가 들려서 저도 달려갔어요. 사람들은 할아버지 방문을 부숴야 했어요. 해리 삼촌이 스티븐과 함께 문을 밀어 열었죠. 둘 다 모두 건장한 남자들이거든요."

"그래서요?"

"우지끈 소리를 내며 문이 부서지자 우리 모두 방 안을 들여다보았죠. 오! 얼마나 끔찍한 광경이던지……. 모든 것이 부서지고 나동그라져 있었고, 할아버지는 피 웅덩이 속에 누워 있었는데, 목이 잘려 있더군요. 이렇게 귀 바로 아래쪽이오."

그녀는 자신의 목에 대고 극적이고 생생한 동작을 해 보였다. 그러고는 그 말이 가져온 효과를 즐기는 듯 잠시 말을 멈추었다.

"피를 보고 속이 울렁거리지는 않았나요?"

필라르는 물끄러미 그를 바라보았다.

"아뇨, 어째서 그래야 하죠? 사람이 죽을 때는 대개 피를 보이는 법이잖아요. 사방이 온통 피었어요."

푸아로가 물었다.

"누군가 무슨 말을 했습니까?"

"데이비드 삼촌이 무척 재미있는 말씀을 하시더군요……. 뭐였더라? 오, 그래요. 하느님의 맷돌은……. 삼촌은 이렇게 말했어요."

그녀는 단어 하나하나를 힘주어 반복했다.

"하느님의…… 맷돌은……. 그런데 이게 무슨 뜻이죠? 맷돌이란 곡식을 가루 내는 기구 아닌가요?"

존슨 대령이 말을 받았다.

"음, 지금으로서는 더 이상 물을 말이 없을 것 같군요, 에스트라바도스 양."

필라르는 순순히 자리에서 일어나 매력적인 미소를 사람들 각각에게 차례로 던졌다.

"그럼 전 가 볼게요."

그녀가 방을 나간 후, 존슨 대령이 말했다.

"하느님의 맷돌은 더디지만 곱게 갈리나니. 그러니까 데이비드리가 이렇게 말했다는 거군!"

XV

다시 한 번 문이 열리자 존슨 대령은 눈길을 들었다. 한순간 그는 방으로 들어서는 사람이 해리 리라고 생각했다. 하지만 스티븐 파가 방 가운데로 걸어 들어왔을 때 그는 자신이 잘못 보았음을 깨달았다.

"앉으시지요, 파 씨."

스티븐이 자리에 앉았다. 그는 냉정하고 지적인 두 눈으로 세 사람을 차례로 바라보고는 입을 열었다.

"제가 크게 도움이 될 것 같진 않지만 어쨌든 도움이 될 만한 거라면 무엇이든 물어보십시오. 우선 제가 누구인지 설명하는 게 좋을 것 같군요. 제 부친인 에버니저 파는 과거 남아프리카에서 시메온 리 씨의 동업자였습니다. 그러니까 40여 년 전에 말입니다."

그는 잠시 말을 끊었다.

"아버지는 제게 시메온 리 씨에 대해 많은 이야기를 들려주셨습니다……. 그가 어떤 사람인지에 대해서 말이죠. 시메온 씨와 아버지는 함께 큰돈을 벌었지요. 시메온 리 씨는 그 재산을 가지고 고향으로 돌아갔고, 제 아버지는 안타깝게도 그러지 않으셨지요. 아버지는 언제나 영국에 가면 리 씨를 찾아가 보라고 말씀하셨지요. 아주 오래전 나를 알아보지 못할 거라고 말했더니 아버지는 웃어 넘기면서 이렇게 말씀하시더군요. '시메온과 내가 겪은 걸 함께 겪은 사내들은 서로를 잊을 수 없는 법이다.' 그런데 제 부친은 몇 년 전 돌아가셨습니다. 올해 저는 처음으로 영국에 왔는데, 아버지의 충고를 따라 리 씨를 만나 봐야겠다고 생각했지요."

엷은 미소를 띠며 그가 계속 말했다.

"이곳에 올 때 저는 좀 신경이 곤두서 있었지만 그럴 필요가 없더군요. 리 씨는 저를 따뜻하게 맞아 주셨고, 크리스마스 연휴 동안 가족과 함께 이곳에 머물러야 한다고 고집을 부리셨죠. 저는 방해가 되지 않을까 염려스러웠지만, 그분은 사양하는 말 같은 건 들으려고 하지 않으시더군요."

스티븐은 조금 부끄러워하며 덧붙였다.

"사람들은 모두 제게 친절하게 대해 주셨습니다. 앨프리드 부부는 더할 나위 없이 잘해 주셨지요. 이런 일이 그들에게 일어나다니 정말이지 유감스럽습니다."

"이곳에는 얼마나 계셨습니까, 파 씨?"

"어제부터입니다."

"오늘은 리 씨를 한 번도 보지 못하셨나요?"

"아뇨, 아침에 그분과 이야기를 나누었습니다. 그분은 원기 왕성했고, 그곳 사람들과 도시에 대해 많은 이야기를 듣고 싶어 하셨지요."

"그게 당신이 그를 마지막으로 본 건가요?"

"그렇습니다."

"그가 자기 금고에 상당량의 다이아몬드 원석을 쌓고 있다는 이야기를 했나요?"

"아뇨."

스티븐은 상대가 묻기 전에 덧붙였다.

"그러니까 이 사건은 강도 살인입니까?"

"아직 확실한 건 아닙니다. 이제 오늘 저녁 사건으로 넘어가지요.

무엇을 하고 계셨는지 직접 말해 주시겠습니까?"

"물론이죠. 숙녀분들이 응접실로 간 뒤 저는 자리에 앉아서 포트 와인을 마시고 있었죠. 그러다가 신사분들이 집안일로 토론할 것이 있어 보여서 그곳에 제가 있는 것이 방해가 된다는 걸 깨달았지요. 그래서 실례하겠다고 하고 방을 나왔습니다."

"그런 다음 무엇을 하셨습니까?"

스티븐 파는 의자에 앉은 채 몸을 뒤로 기댔다. 그는 엄지손가락으로 턱을 쓸었다. 그는 약간 부자연스럽게 말했다.

"저는…… 그러니까…… 모자이크 마루가 깔린 큰 방으로 갔습니다. 무도장 같더군요. 그곳에 축음기와 춤곡 레코드가 있더군요. 저는 레코드 몇 장을 걸었습니다."

푸아로가 말했다.

"누군가가 당신에게 합류했을 수도 있겠군요?"

희미한 미소가 스티븐 파의 입매에 떠올랐다.

"그럴 수도 있었겠죠, 맞습니다. 사람은 언제나 그런 일을 바라는 법이죠."

그런 다음 스티븐은 터놓고 씩 웃었다.

푸아로가 말했다.

"세뇨리타 에스트라바도스는 무척 미인입니다."

"그녀는 제가 영국에 와서 본 것 중 가장 멋진 존재입니다."

존슨 대령이 물었다.

"에스트라바도스 양이 그곳으로 당신을 만나러 왔나요?"

스티븐이 고개를 내저었다.

"거기 있는 동안 저는 싸움이 벌어지는 소리를 들었습니다. 저는 홀로 나와서 무슨 일인지 알아보기 위해 전속력으로 달려갔지요. 저는 해리 리 씨를 도와 방문을 밀어 열었습니다."

"그게 말씀해 주실 수 있는 전부인가요?"

"더 이상은 없는 것 같습니다."

에르퀼 푸아로가 앞으로 몸을 기울이고는 부드럽게 말했다.

"하지만 제 생각에는요, 무슈 파. 원하신다면 우리에게 말해 주실 게 많을 것 같은데요."

파가 날카롭게 반문했다.

"무슨 뜻으로 하시는 말씀입니까?"

"무슈께서는 이 사건에서 아주 중요한 것을 저희에게 말해 주실 수 있습니다. 리 씨의 성격 말입니다. 아버님이 리 씨에 대해 많은 이야기를 했다고 하셨지요. 아버님이 묘사하신 그는 어떤 사람이었습니까?"

스티븐 파가 느릿하게 대답했다.

"무슨 말씀을 하시는지 알겠습니다. 시메온 리 씨가 젊었을 때 어떤 사람이었느냐 하는 거죠? 음…… 솔직한 대답을 바라시는 거 같은데?"

"부디 말해 주시지요."

"음, 우선 시메온 리 씨는 사회적으로 고매한 도덕관념을 갖고 있었던 것 같지는 않습니다. 꼭 집어서 악한이었다는 것은 아니지만,

아슬아슬하게 법망을 피해 갔지요. 어쨌든 그의 도덕관념은 자랑할 만한 게 전혀 아니었습니다. 하지만 무척 매력적인 사내였습니다. 그리고 놀랄 정도로 후했지요. 불운에 처한 사람이 도움을 청하면 거절하는 법이 없었습니다. 술은 좀 마셨지만 지나치지는 않았고, 여자들에게 인기가 있었으며 유머 감각이 뛰어났지요. 그렇지만 괴상하게도 마음속에 앙심을 품는 경향이 있었습니다. '코끼리들은 결코 잊지 않는다'라는 말을 리 씨에게도 적용할 수 있겠지요. 아버지 말씀이 그가 자신을 곤경에 빠뜨린 사람에게 여러 해를 기다렸다가 보복한 경우가 몇 건 있었다더군요."

서즌 경정이 말했다.

"게임은 두 사람이 하는 겁니다. 제삼자는 그 내용을 모르는 법이죠. 파 씨, 그곳에 시메온 리 씨로 인해 피해를 본 사람이 있을까요? 과거의 사건 중에서 오늘 저녁 이곳에서 벌어진 범죄를 설명해 줄 만한 게 있을까요?"

스티븐 리가 고개를 내저었다.

"당연히 그에겐 적이 있었을 겁니다. 그런 삶을 살았으니 당연하겠죠. 하지만 저로서는 특별한 경우를 모르겠군요. 게다가……."

그의 미간이 좁혀졌다.

"오늘 저녁 이 집 근처에는 낯선 사람이 없었던 걸로 아는데요. 제가 트레실리언에게 물어보았습니다."

에르퀼 푸아로가 말했다.

"당신을 제외하면 말입니다, 무슈 파."

스티븐 파가 그에게로 휙 몸을 돌렸다.

"오, 그러니까 그런 말씀이셨군요? 의심스러운 이방인이 집 안에 있었다고요. 음, 하지만 그런 사실은 찾아내실 수 없을 겁니다. 시메온 리가 에버니저 파를 속여 넘겨서 에브의 아들이 아버지의 복수를 위해 왔다는 뒷얘기 같은 건 없습니다. 없고말고요."

그는 고개를 내저었다.

"시메온과 에버니저는 서로 맞설 일이 없었습니다. 앞서도 말씀 드렸지만 제가 여기에 온 건 순수한 호기심에서입니다. 게다가 제 생각에는 축음기가 다른 것들만큼이나 훌륭한 알리바이가 되어 줄 것 같군요. 저는 줄곧 레코드를 갈아 끼웠으니 누군가가 분명히 들었을 겁니다. 레코드 한 장이 돌아갈 시간 동안 제가 위층으로 올라가서 노인의 목을 베고 피를 씻고 다른 사람들이 들이닥치기 전에 다시 돌아올 수는 없으니까요. 어쨌든 저 복도는 엄청 길고도 기니까 말이죠. 이건 터무니없는 이야기입니다."

존슨 대령이 말했다.

"우리는 당신이 범인이라는 그 어떤 암시도 하지 않았습니다, 파 씨."

"저도 에르퀼 푸아로 씨의 말에 담긴 의미에는 그게 신경 쓰시 않았습니다."

"그거 안타까운 일이군요."

에르퀼 푸아로가 말하고는 상대에게 온화한 미소를 지어 보였다.

스티븐 파는 그에게 화가 난 듯했다.

존슨 대령이 재빨리 끼어들었다.

"고맙습니다, 파 씨. 지금으로서는 더 여쭤볼 게 없습니다. 물론 이 집을 떠나지 마십시오."

스티븐 파는 고개를 끄덕이고는 자유롭고 당당한 걸음걸이로 방을 나갔다.

그가 나가고 방문이 닫히자 존슨이 말했다.

"미지수 X가 있군. 저 친구의 이야기는 꽤 솔직한 것 같아. 하지만 저 친구는 분명 다크호스야. 저 친구가 다이아몬드를 훔쳤을지도 몰라. 집 안으로 들어와도 좋다는 허락을 얻기 위해 거짓 이야기로 무장하고 이곳에 왔을 수도 있어. 저 친구의 지문을 채취해서 전과가 있는지 알아보는 게 좋겠네, 서즌."

"이미 채취해 놓았습니다."

경정이 건조한 미소를 지어 보이며 대답했다.

"훌륭하군. 자넨 놓치는 게 거의 없군. 내 생각에 자네는 이미 순서에 맞춰 모든 일을 진행하고 있는 것 같은데."

서즌 경정이 손가락을 꼽아 가며 점검했다.

"전화 통화 사실을 시간과 함께 점검하기, 호버리에 대해 조사하기, 그가 몇 시에 나갔는지, 그가 나가는 걸 본 사람이 있는지, 출입문을 빠짐없이 점검하기, 가족 구성원들의 재정 상태 점검하기, 변호사에게 연락해 유언장 내용 살펴보기, 집 안을 수색해 무기와 의복에 묻은 핏자국 찾아내기……. 또한 다이아몬드가 어딘가에 숨겨져 있지 않은지 찾아보기 등입니다."

"빠진 게 없는 것 같군. 뭔가 할 말 있나, 무슈 푸아로?"

존슨 대령이 흡족한 듯 말하자 푸아로가 고개를 내저었다.

"경정께서 놀라울 정도로 철저한 것 같군."

서즌이 울적한 어조로 말했다.

"없어진 다이아몬드를 찾기 위해 이 집 안을 수색하는 일이 녹록치 않을 겁니다. 이렇게 장식물과 잡동사니가 많은 집은 처음 봅니다."

"물건을 숨길 만한 곳이 분명히 많은 것 같습니다."

푸아로가 맞장구쳤다.

"그렇다면 정말로 더 할 말이 없다는 건가, 푸아로?"

서장은 조금 실망한 기색이었다. 그는 사기 개가 재주 부리기를 거부하는 것을 본 주인 같았다.

"내가 독자적으로 조사하는 것을 허락해 주겠나?"

"물론이지, 좋고말고."

존슨이 대답하는 순간 서즌 경정이 못 미더워하는 듯한 어조로 물었다.

"어떤 식으로 말씀인가요?"

"저는 집안 식구들과 대화를 자주 나누고 싶습니다."

"자네 말은 또다시 사람들을 심문하겠다는 건가?"

약간 어리둥절해하며 대령이 물었다.

"아닐세, 그렇지 않네. 심문이 아니라 대화를 하겠다는 걸세!"

"이유가 뭡니까?"

서즌이 묻자 에르퀼 푸아로가 힘을 실어 한 손을 내저었다.

"대화를 하다 보면 중요한 점들이 모습을 드러내는 법입니다. 말을 많이 하면서 진실을 감추기란 불가능합니다."

"그렇다면 선생님께서는 누군가 거짓말을 하고 있다고 생각하시는군요?"

푸아로가 한숨을 내쉬었다.

"몽 셰르, 모두들 거짓말을 하고 있습니다. 상한 달걀과 싱싱한 달걀이 섞여 있는 것처럼 말입니다. 그중에서 악의 없는 거짓말을 가려내는 것이 도움이 될 겁니다."

존슨 대령이 날카로운 어조로 말했다.

"어쨌든 믿기지 않는 일이야. 여기서 벌어진 건 유난히 잔인하고 야만적인 살인 사건이라고. 누구를 용의자로 삼을 수 있을까? 앨프리드 리와 그의 아내는 둘 다 매력적이고 가정 교육을 잘 받고 자란 차분한 사람들일세. 조지 리는 국회 의원이자 존경받는 인물이지. 그의 아내? 그 여자는 그저 평범한 요즘 여자일 뿐이야. 데이비드 리는 온순한 사람처럼 보이고, 형인 해리의 말에 따르면 피를 쳐다보는 것조차 꺼릴 인물이지. 그의 아내는 훌륭하고 지각 있는 여성으로 상당히 평범해. 스페인인 조카와 남아프리카에서 온 사내가 남는군. 스페인 미인들은 기질적으로 다혈질이지만, 그 매력적인 아가씨가 냉정하게 노인의 목을 자른 것 같진 않아. 특히 그녀에겐 노인이 줄곧 살아 있어 줘야 할 온갖 이유가 있잖아. 적어도 노인이 새로운 유언장에 서명할 때까지는 말이지. 스티븐 파는 가능성이 있어. 그러니까 그가 전문 사기꾼으로 다이아몬드 때문에 이곳에 왔을 수도 있다는 거지. 노인이 다이아몬드가 없어진 것을 알아

채자 파는 입을 다물게 하기 위해 노인의 목을 벴을 수도 있어. 가
능성이 있는 일이야. 죽음기 알리바이도 그렇게 확실하지는 않고."
　푸아로가 고개를 내저었다.
　"친애하는 친구, 스티븐 파 씨와 시메온 리 노인의 체격을 비교해
보게. 파가 노인을 죽이려고 마음먹었다면 단번에 그럴 수 있었을
걸세. 시메온 리는 그와 싸움 상대가 되지 않네. 약해 빠진 노인과
건강한 남자의 표본 같은 그 청년이 의자를 뒤엎고 도기를 깨뜨리
며 한동안 싸움을 벌였다고? 그런 일은 상상조차 안 된다네."
　존슨 대령이 미간을 좁혔다.
　"자네 말은 그러니까 시메온 리를 죽인 자가 '허약한' 남자라는
건가?"
　"아니면 여자거나 말입니다."
　경정이 말을 받았다.

XVI

　존슨 대령이 손목시계를 들여다보았다.
　"이곳에서 할 수 있는 일이 이제 별로 많지 않군. 자네는 여러 가
지 일을 제대로 처리했네, 서즌. 오, 한 가지 남은 게 있군. 집사를
만나 봐야겠네. 이미 그를 심문했다는 건 알지만, 이제 여러 가지 것
들에 관해 좀 더 알게 되었네. 살인이 벌어진 시각에 사람들이 각자

있었다고 주장하는 곳에 정말 있었는지를 확인하는 건 중요하지."

트레실리언이 천천히 방 안으로 들어왔다. 서장이 그에게 자리에
앉으라고 말했다.

"고맙습니다, 서장님. 괜찮으시다면 앉겠습니다. 저는 줄곧 아주
괴상한 느낌이 듭니다. 정말 아주 괴상하다니까요. 제 다리가 말입
니다, 선생님. 그리고 머리도요."

푸아로가 부드럽게 물었다.

"충격을 받아서 그럴 겁니다."

집사가 부르르 몸을 떨었다.

"그렇게…… 그렇게 끔찍한 일이 이 집에서 일어나다니요. 이 집
에서요! 언제나 너무나도 조용했던 곳이었는데 말입니다."

"이 집은 잘 정돈되어 있습니다, 그렇지 않습니까? 하지만 행복한
집은 아니었던 것 같군요?"

"그렇게 말하고 싶지는 않습니다, 선생님."

"그렇다면 가족이 모두 여기 모여 살던 과거에는 행복한 곳이었
다는 말씀이십니까?"

트레실리언이 느릿하게 대답했다.

"아주 조화로운 곳이었다고는 할 수 없지요, 선생님."

"돌아가신 리 부인은 몸이 불편해서 잘 움직이지 못하지 않으셨
습니까?"

"그렇습니다. 정말 가엾은 분이셨습니다."

"자식들은 어머니를 사랑했나요?"

"데이비드 도련님은 마님께 헌신적이셨습니다. 아들이라기보다는 딸 같았죠. 그래서 마님이 돌아가시자 집을 떠나 버리셨어요."

"그러면 해리 씨는? 그분은 어떠셨습니까?"

"언제나 좀 거친 신사였지요. 하지만 마음은 따뜻했습니다. 사실 벨이 울렸을 때 얼마나 놀랐던지! 벨이 연거푸 성급하게 울리기에 문을 열자 낯선 사람이 서 있었어요. 그런 다음 해리 도련님의 목소리가 들리더군요. '잘 있었나, 트레실리언. 아직 여기 있군그래?' 전과 똑같더군요."

푸이로가 충분히 이해한나는 듯이 말했다.

"그건 정말이지 기묘한 느낌이었겠군요."

트레실리언이 볼에 살짝 홍조를 띠면서 대답했다.

"그건 말입니다, 선생님. 때때로 마치 과거가 과거가 아닌 것 같은 느낌이랍니다! 런던에 그 비슷한 연극이 상연되고 있다지요. 일리가 있어요, 선생님. 진짜로 일리가 있다니까요. 전에 그 모든 일을 한 것 같은 느낌이 드는 겁니다. 벨이 울리고 문을 열러 나가자 해리 씨가 서 계셨던 것도 똑같습니다. 그게 파 씨나 또 다른 사람이리고 해도 밀이죠……. 서는 그저 혼자 이렇게 중얼거렸지요. '이건 전에도 있었던 일인데…….'"

"그것 참 흥미롭군요……. 정말 흥미로워요."

트레실리언이 감사의 눈길로 그를 바라보았다.

존슨이 약간 조바심을 내며 헛기침을 하고는 대화의 주도권을 잡았다.

"진술에서 들었던 여러 가지 시각이 맞는지 확인하고 싶네. 자, 위층에서 소란이 시작되었을 때, 식당에는 앨프리드 씨와 해리 씨만 있었던 걸로 알고 있네. 맞나?"

"확실히는 모르겠습니다, 서장님. 제가 커피를 따라 드렸을 때 신사분들은 모두 거기 계셨습니다. 하지만 그건 사건이 있기 15분 전쯤이었을 겁니다."

"조지 리 씨는 전화를 걸고 있었다는데, 확인해 줄 수 있나?"

"네, 누군가 전화를 걸었습니다. 제가 있는 식기실의 벨이 울렸거든요. 누군가 수화기를 집어 들어 통화를 요청하면 전화기에서 지지직거리는 소리가 납니다. 그 소리를 들었던 건 기억합니다만, 주의를 기울이지 않았습니다."

"그게 정확히 언제인지 모르겠나?"

"잘 모르겠습니다, 서장님. 제가 말씀드릴 수 있는 건 그게 제가 신사분들에게 커피를 갖다 드린 다음이라는 겁니다."

"내가 방금 말한 그 시각에 숙녀분들은 어디 있었나?"

"제가 커피 쟁반을 갖고 갔을 때 리디아 마님은 응접실에 계셨습니다. 그로부터 1, 2분 후 위층에서 나는 비명을 들었습니다."

"그녀가 뭘 하고 있던가?"

"마님은 저쪽 창가에 서 계셨습니다, 선생님. 커튼을 살짝 젖히고 바깥을 내다보고 계시더군요."

"다른 숙녀분은 그 방에 없었나?"

"예, 선생님."

"그들이 어디 있었는지 아나?"

"전혀 모르겠습니다, 선생님."

"다른 사람들이 어디 있었는지 모른다고?"

"데이비드 도련님은 응접실 옆 음악실에서 연주를 하고 계셨던 것 같습니다."

"그가 연주하는 소리를 들었나?"

노인은 또다시 몸을 부르르 떨었다.

"네, 선생님. 그건 무슨 암시 같았습니다. 나중에 생각하니까 그렇더군요. 도련님이 연주하고 계셨던 건 「장송 행진곡」이었습니다. 그 순간에도 섬뜩한 느낌이 들더군요."

"그것 참 흥미롭군요."

푸아로의 뒤를 이어 서장이 다시 물었다.

"이제 몸종 호버리라는 친구에게로 넘어가세. 그가 8시 정각에 집을 나갔다는 사실을 맹세할 수 있나?"

"오, 그럼요 선생님. 서즌 씨가 이곳에 도착한 직후였습니다. 그 친구가 커피 잔을 깨뜨렸기 때문에 특별히 기억하고 있습니다."

"호비리가 거피 잔을 깨뜨렸나고요?"

푸아로가 물었다.

"예, 선생님. 오래된 워체스터 커피 잔이었지요. 저는 11년 동안 그 커피 잔들을 씻어 왔지만 오늘 저녁까지 단 한 개도 깨뜨리지 않았는데 말입니다."

"호버리가 커피 잔을 갖고 뭘 하고 있었습니까?"

"음, 사실 그 친구는 커피 잔을 만질 이유가 없지요. 단지 잔 하나를 집어 들고 감탄하고 있었습니다. 그때 제가 서즌 경정이 왔다고 말하자 잔을 떨어뜨리더군요."

"'서즌 경정'이라고 했나, 아니면 경찰이라고 했나?"

트레실리언은 조금 놀란 것 같았다.

"이제 생각해 보니까 경찰이 왔다고 말한 것 같습니다."

"그랬더니 호버리가 커피 잔을 떨어뜨렸다는 거군요."

"상당히 시사적인걸. 호버리가 경정의 방문에 대해 뭔가 질문을 했나?"

서장이 물었다.

"예, 서장님. 그가 왜 이곳에 왔느냐고 묻더군요. 경찰 고아원 모금 건이고 주인 나리를 만나러 올라갔다고 말해 주었습니다."

"호버리가 그 말을 듣고 안심하는 눈치던가?"

"그 말씀을 들으니 하는 말인데요, 서장님. 분명히 그런 것 같았습니다. 태도가 즉각 바뀌더군요. 주인 나리가 너그러운 노인이고 돈에 후하다고 하더군요. 약간 무례한 태도로 말입니다. 그런 다음 외출했습니다."

"어느 문으로 나갔나?"

"하인들이 쓰는 문입니다."

서즌이 끼어들었다.

"모두 맞는 얘깁니다, 서장님. 호버리는 부엌을 가로질러 갔고, 거기 있던 요리사와 부엌 하녀가 그를 보았습니다. 그런 다음 뒷문으로 나갔습니다."

"자, 이것 보게, 트레실리언. 곰곰이 다시 생각해 보게. 호버리가 다른 사람 눈에 띄지 않고 집으로 되돌아올 방법이 있나?"

노인은 고개를 저었다.

"제 생각엔 그럴 수 없을 것 같습니다, 서장님. 모든 문은 안으로 잠겨 있습니다."

"그에게 열쇠가 있었다면?"

"문에는 빗장도 질러져 있습니다."

"그렇다면 그가 어떻게 집 안으로 들어오나?"

"뒷문 열쇠가 있습니다. 하인들은 모두 그쪽으로 출입하지요."

"그렇다면 그쪽으로 돌아왔을 수도 있겠군?"

"그렇다면 반드시 부엌을 지나야 합니다, 서장님. 그리고 부엌에는 9시 30분이나 9시 45분까지 사람이 있고요."

"그 말이 결정적인 것 같군. 고맙네, 트레실리언."

노인은 자리에서 일어나 인사를 하고 방을 나갔다. 하지만 그는 잠시 후 되돌아왔다.

"호버리가 막 돌아왔습니다, 서장님. 지금 그를 만나 보시겠습니까?"

"그럼세, 당장 그를 불러 주게."

XVII

시드니 호버리는 그다지 매력적인 인상은 아니었다. 그는 방으로 들어와 두 손을 맞비비며 서서 재빠르게 이 사람 저 사람을 힐끔거렸다. 그는 굽실거리는 듯한 태도를 보였다.

"자네가 시드니 호버리인가?"

존슨이 물었다.

"예, 서장님."

"돌아가신 리 씨의 몸종이란 말이지?"

"그렇습니다, 서장님. 정말 끔찍한 일 아닙니까? 글래디스에게서 그 말을 들었을 때 저는 깜짝 놀라 자빠질 뻔했답니다. 가엾은 주인 나리……."

존슨이 그의 말을 잘랐다.

"내 질문에만 대답해 주게."

"예, 서장님. 물론 그래야죠, 서장님."

"오늘 밤 집을 나간 시각은? 그리고 지금까지 어디에 있었나?"

"저는 8시 직전에 집을 나가서 정확히 5분 거리에 있는 슈퍼브 극장에 갔습니다, 서장님. 「세비야의 사랑」을 상영하고 있답니다, 서장님."

"그곳에서 누군가 자네를 보았나?"

"매표소 아가씨가 저를 보았지요, 서장님. 그 아가씬 저를 압니다. 그리고 극장 문 앞에 있는 수위 역시 저를 알지요. 그리고……

어…… 사실 저는 한 젊은 아가씨와 함께 있었습니다, 서장님. 그곳에서 약속을 하고 그녀를 만났지요."

"오, 그래? 그 여자의 이름은?"

"도리스 버클입니다, 서장님. 마캠 가 23번지에 있는 유제품 협동조합에서 일하죠."

"좋아, 우리가 알아보지. 자네는 바로 집으로 돌아온 건가?"

"그 아가씨가 먼저 집으로 가는 것을 보았지요, 서장님. 그런 다음 곧장 돌아왔습니다. 확인해 보시면 모두 틀림없다는 것을 아실 겁니다, 서장님. 저는 이 일과 아무런 관련이 없습니다. 저는……."

존슨 대령이 무뚝뚝하게 말을 잘랐다.

"자네가 이 일과 관련이 있다고 말한 사람은 아무도 없네."

"그렇지요, 서장님. 물론 그렇습니다, 서장님. 하지만 집 안에서 살인이 일어났다는 건 그리 기분 좋은 일이 아닙니다."

"그게 기분 좋은 일이라고 말한 사람도 아무도 없네. 자 이제, 리 씨를 모신 지는 얼마나 되었나?"

"1년 조금 넘었습니다, 서장님."

"이곳에서 일하는 자네의 위치가 마음에 들었나?"

"예, 서장님. 아주 만족스러웠습니다. 급료도 좋았고요. 리 씨는 때때로 까다롭긴 했지만, 저는 몸이 불편하신 분의 시중을 드는 데 익숙하답니다."

"이런 일에 경험이 있다고?"

"오, 그럼요 서장님. 저는 웨스트 소령님, 재스퍼 핀치 판사님을 모신 경험에다……."

"나중에 서즌 경정에게 자세한 사항을 알려 주게. 내가 알고 싶은 건 오늘 저녁 자네가 마지막으로 리 씨를 본 게 몇 시인가 하는 걸세."

"7시 30분경입니다, 서장님. 나리는 매일 저녁 7시 정각에 가벼운 저녁 식사를 가져오게 하십니다. 그리고 주무시기 전까지 실내복을 입고 난로 앞에 앉아 계십니다."

"잠자리에 드는 시각은 대개 몇 시인가?"

"대중없습니다, 서장님. 피곤하다고 느끼실 때는 8시 정각처럼 이른 시각에 주무시지요. 그리고 때로는 11시나 그 이후까지도 앉아 계신답니다."

"잠자리에 들고 싶으실 때는 어떻게 하시지?"

"대개는 벨을 눌러 저를 부르십니다, 서장님."

"그러면 자네가 그분을 도와 침대에 눕혀 드리나?"

"예, 서장님."

"하지만 자네는 저녁에 나가지 않았나? 금요일에는 언제나 저녁 외출을 하나?"

"그렇습니다, 서장님. 금요일은 제가 쉬는 날입니다."

"그러면 리 씨가 자러 가고 싶을 때는 어떻게 하나?"

"주인 나리가 벨을 울리면 트레실리언이나 월터가 올라가곤 합니다."

"그는 혼자서 움직일 수 있잖은가? 혼자 걸어갈 수 있을 텐데?"

"예, 서장님. 움직이실 수는 있지만 그렇게 쉽지가 않죠. 나리는 류머티즘성 관절염으로 고생하고 계셨습니다, 서장님. 어떤 날은 증세가 무척 심하세요."

"낮 동안에 그가 다른 방에 가신 적은 없나?"

"예, 서장님. 나리는 그 방에 머물러 계시는 것을 더 좋아하셨지요. 그리 사치스러운 분이 아니었습니다. 그 방은 공기가 잘 통하는데다 밝고 널찍하기도 합니다."

"오늘 저녁 리 씨가 7시에 저녁을 드셨다고 했나?"

"예, 서장님. 저는 저녁 쟁반을 치우고 책상에 셰리주와 잔 두 개를 갖다 놓았습니다."

"어째서 그렇게 한 건가?"

"주인 나리가 지시하셨지요."

"늘 있는 일인가?"

"이따금 있는 일입니다. 저녁에 나리가 부르시기 전에는 가족 누구도 나리를 뵈러 가지 않습니다. 혼자 계시고 싶어 하실 때가 있거든요. 그렇지 않은 날 저녁에는 앨프리드 나리나 마님 혹은 그 두 분을 저녁 식사 후에 올라오라고 부르시지요."

"하지만 자네가 아는 한 이번 경우에는 그러시지 않았다는 거지? 그러니까 리 씨가 가족 중의 누구에게도 오라는 전갈을 보내지 않았다는 거지?"

"저를 통한 전갈은 없었습니다, 서장님."

"그렇다면 그는 가족 중의 누군가를 기다렸던 게 아니란 말인가?"

"개인적으로 오라고 하셨을 수도 있지요, 서장님."

"물론 그렇지."

호버리가 말을 이었다.

"저는 모든 것이 제자리에 있는 것을 확인하고 나리께 안녕히 주무시라고 인사한 다음 방을 나왔습니다."

푸아로가 물었다.

"방을 나오기 전에 불을 피우셨습니까?"

호버리가 주저하며 대답했다.

"그럴 필요가 없었습니다, 선생님. 불은 잘 타고 있었으니까요."

"리 씨가 직접 불을 피울 수 있습니까?"

"오, 아닙니다, 선생님. 해리 도련님께서 해 놓으신 것 같습니다."

"저녁 식사 전에 무슈께서 들어갔을 때 해리 리 씨가 그와 함께 계셨습니까?"

"예, 선생님. 제가 들어가자 그분은 방을 나가셨습니다."

"호버리 씨 판단으로는 그 두 사람의 관계는 어땠습니까?"

"해리 리 씨는 무척 기분이 좋으신 것 같았습니다, 선생님. 고개를 뒤로 젖히고 소리 내어 껄껄 웃으시더군요."

"그러면 리 씨는 어땠습니까?"

"나리는 말없이 생각에 잠겨 있는 듯했습니다."

"알겠습니다. 이제, 알고 싶은 게 한 가지 더 있습니다, 호버리 씨. 리 씨가 금고에 보관하고 있던 다이아몬드에 대해 우리에게 말해 줄 만한 게 있습니까?"

"다이아몬드요? 저는 다이아몬드 같은 건 보지 못했는데요."

"리 씨는 다이아몬드 원석을 꽤 많이 갖고 있었습니다. 그가 그걸 만지작거리는 걸 분명히 보신 적이 있을 텐데요."

"그 우스꽝스러운 작은 자갈들 말입니까, 선생님? 예, 나리가 그걸 갖고 계시는 걸 한두 번 본 적이 있습니다. 하지만 그것들이 다이아몬드인 줄은 몰랐습니다. 나리는 그것을 바로 어제 그 외국인 아가씨에게 보여 주시더군요……. 그저께였나?"

존슨 대령이 불쑥 말했다.

"그 원석들이 도난당했다네."

"제가 그 일과 관련이 있다고 생각하시는 건 아니겠죠, 서장님!"

"나는 자네를 고발하려는 게 아니네. 자, 그러면 이 문제에 대해 우리에게 말해 줄 게 있나?"

"다이아몬드에 대해 말씀입니까, 아니면 살인에 대해 말씀입니까?"

"둘 다일세."

호버리는 잠시 생각에 잠겼다. 그는 핏기 없는 입술을 혀로 핥았다. 이윽고 그는 눈길을 들었다. 눈빛에 수상쩍은 그림자가 드리워져 있었다.

"전혀 없습니다, 서장님."

푸아로가 부드럽게 말했다.

"혹시 일을 하는 동안 어깨 너머로 들은 말 중에 혹시 도움될 만한 게 없을까요?"

몸종의 눈꺼풀이 살짝 파들거렸다.

"예, 선생님. 없습니다. 음……, 주인 나리와 가족 중 몇몇 사람 사이에 약간 불편한 점이 있긴 했습니다.”

“가족 누구 말입니까?”

“해리 도련님이 집에 돌아온 것이 뭔가 문제가 되고 있다는 걸 알았습니다. 앨프리드 나리는 그 일에 분개하셨습니다. 그와 주인 나리가 그에 관해 몇 마디 이야기를 나누었습니다. 하지만 그뿐입니다. 리 씨는 단 한순간도 다이아몬드를 가져갔다고 앨프리드 나리를 비난하거나 하지 않으셨습니다. 그리고 저는 앨프리드 나리가 그런 일을 하지 않았다고 확신합니다.”

푸아로가 재빨리 물었다.

“그렇지만 앨프리드 씨와 리 씨와의 면담은 리 씨가 다이아몬드가 없어졌다는 사실을 알고 난 뒤 아니었습니까?”

“그렇습니다, 선생님.”

푸아로가 몸을 앞으로 기울이고는 부드럽게 말했다.

“지금 제가 말씀드리기 전까지 그 다이아몬드가 없어졌다는 사실을 전혀 모른다고 하셨잖습니까? 그런데 어떻게 리 씨가 그의 아들과 면담한 것이 다이아몬드가 없어졌다는 사실을 알고 난 다음이라는 것을 알고 계십니까?”

호버리의 얼굴이 새빨개졌다.

“거짓말을 해도 소용없네. 다 드러난 일일세. 자네는 그 사실을 언제 알았나?”

서즌이 묻자 호버리가 불퉁하게 대답했다.

“나리가 누군가에게 그 문제에 관해 전화하는 내용을 들었습니다.”

"자네는 그때 방에 없었는데도?"

"예, 문밖에 있었습니다. 그리 많은 내용을 듣지는 못했습니다. 그저 한두 마디 정도였지요."

"정확하게 무슨 말을 들으셨습니까?"

푸아로가 달래는 듯 물었다.

"도둑질과 다이아몬드라는 단어를 들었습니다. 그런 다음 '용의자가 누구인지 모르겠다.'라고 하시더군요. 그러고는 오늘 밤 8시 정각 어쩌고 하는 말이 들려왔습니다."

서즌 경정이 고개를 끄덕였다.

"그는 나와 통화하고 계셨던 걸세, 이 친구야. 그때가 5시 10분경 아니었나?"

"맞습니다, 경정님."

"그런 다음 자네가 방으로 들어갔을 때 리 씨는 신경이 날카로워져서 있는 것 같던가?"

"조금 그런 것 같았습니다, 경정님. 약간 멍한 표정으로 수심에 찬 모습이었어요."

"자네가 긴장할 정도까진 아니었난 말인가?"

"이것 보십시오, 서즌 경정님. 그렇게 말하지 말아 주세요. 전 다이아몬드 같은 것에는 손도 대지 않았습니다. 저는 그런 짓을 하지 않았고 당신도 제가 그랬다는 걸 증명할 수 없습니다. 전 도둑이 아닙니다."

서즌 경정이 동요하지 않은 채 말했다.

"두고 보면 알겠지."

그는 서장에게 묻는 듯한 눈길을 던지고는 상대가 고개를 끄덕이자 계속 말했다.

"이제 끝났다네. 오늘 밤 다시 보지 않았으면 좋겠군."

호버리는 감사를 표하며 서둘러 방을 나갔다. 서즌이 흡족한 듯이 말했다.

"멋진 한 방이었습니다, 무슈 푸아로. 전에 본 것처럼 아주 교묘하게 저자를 물먹이셨군요. 저자가 도둑인지 아닌지는 모르지만 능숙한 거짓말쟁이인 것은 분명합니다."

"불쾌한 사람이군요."

푸아로가 한마디 했다.

"싫은 타입이야. 문제는 저 친구에게 알리바이가 있는가 하는 거야."

존슨이 동의했다.

서즌이 간명하게 상황을 요약했다.

"제가 보기에는 세 가지 가능성을 추측할 수 있습니다. 첫째, 호버리가 도둑이자 살인범일 가능성, 둘째, 호버리가 도둑이긴 하지만 살인범은 아닐 가능성, 셋째, 호버리에게 죄가 없을 가능성입니다. 첫 번째는 몇 가지 증거가 있습니다. 그는 통화 내용을 엿들어서 도난 사실을 알고 있었습니다. 노인의 태도에서 자신이 의심받고 있음을 알았겠지요. 그래서 계획을 세웠습니다. 8시 정각에 보란 듯이 집을 나가서는 알리바이를 만들었지요. 영화를 보는 동안 빠져나와 다른 사람 눈에 띄지 않고 돌아오기는 어렵지 않았을 겁니다. 그는 그 아가씨가 자신을 배신하지 않으리라는 확신을 갖고 있었겠지요. 내일 그 여자를 만나 보겠습니다."

"그렇다면 그가 어떻게 집 안으로 다시 들어올 수 있었을까요?"

푸아로가 물었다.

서즌이 그의 말을 인정했다.

"그건 어려웠을 겁니다. 하지만 방법이 있었겠지요. 하녀 중 하나 가 그를 위해 옆문을 열어 두었을 수도 있고요."

푸아로가 회의적이라는 듯이 눈썹을 치켜 올렸다.

"그렇다면 저 친구가 자신의 목숨을 두 여자의 손에 맡겼다는 얘 기가 됩니다. 한 여자와 그러는 것만으로도 커다란 위험을 무릅쓰 는 일일 텐데, 둘이라니……. 에 비엥(이런). 제 생각엔 위험 부담이 너무 큽니다."

서즌이 응수했다.

"범인들 중에는 무엇이든 통제할 수 있다고 생각하는 자도 있답 니다. 두 번째 경우를 볼까요. 호버리는 문제의 다이아몬드를 훔쳤 습니다. 그는 오늘 밤 그것을 집 밖으로 가지고 나가 공범에게 넘겼 을 겁니다. 그건 어려운 일이 아니므로 가능성도 높습니다. 이제 우 리는 누군가가 하필 밤을 택해 리 씨를 살해했다는 가정을 받아들 여야 합니다. 그 누군가는 다이아몬드가 없어졌다는 사실을 모르고 있었을 겁니다. 물론 알 수도 있었겠지만 그렇다면 좀 지나친 우연 의 일치 같습니다. 세 번째 가능성을 생각해 봅시다. 호버리에게는 죄가 없습니다. 다른 누군가가 다이아몬드도 훔치고 노신사도 살해했습니다. 상황은 이렇습니다. 진실을 찾아내는 것은 우리에게 달려 있습니다.”

존슨 대령이 하품을 했다. 그는 또다시 손목시계를 본 다음 자리에서 일어섰다.

“음, 내 생각에 오늘 밤은 이쯤 해 두는 게 좋겠네. 그렇지 않나? 철수하기 전에 금고나 한번 들여다보세. 강탈당한 다이아몬드가 거기 그대로 있다면 이상한 일일 테지만.”

금고에 다이아몬드는 없었다. 그들은 앨프리드 리가 말해 준 대로 죽은 이의 실내복 주머니에서 수첩을 꺼내 금고의 비밀번호를 알아냈다. 금고에는 텅 빈 영양 가죽 가방이 들어 있었다. 금고에 들어 있던 서류 가운데 흥미로운 것은 하나뿐이었다.

15년 전쯤에 작성된 유언장이었다. 다양한 유산과 유품에 이어 실제 조항은 비교적 간단했다. 시메온 리의 재산 중 반은 앨프리드 리에게 가게 되어 있었다. 나머지 반은 남은 자식들, 해리와 조지, 데이비드, 제니퍼에게 똑같이 분배하도록 되어 있었다.

12월 25일

I

크리스마스 정오의 눈부신 태양빛 아래서 푸아로는 고스턴 홀의
정원을 걷고 있었다. 고스턴 홀은 특별한 건축 장식 없이 지은 견고
하고 방대한 건물이었다.

남쪽에는 짧게 자른 주목 울타리를 향해 널찍한 테라스가 나 있
었다. 키 작은 식물들이 판석 사이로 자라나 있었고, 테라스를 따라
간격을 두고 놀 화단으로 가꾼 미니어처 정원이 늘어서 있었다.

푸아로는 감탄 어린 눈길로 그것들을 살펴보면서 중얼거렸다.

"세 비엥 이마지네, 사(이거 멋진 생각인걸)!"

저 멀리 20여 미터 정도 떨어진 곳의 장식용 수벽(水壁) 쪽으로
두 사람이 걷고 있는 모습이 보였다. 그중 한 사람이 필라르라는 것
은 쉽게 알 수 있었다. 또 한 사람은 얼핏 보기에 스티븐 파 같았지

만, 자세히 보니 해리 리였다. 해리는 자신의 매력적인 조카에게 관심이 많은 듯했다. 그는 이따금 고개를 뒤로 젖히고 소리 내어 웃다가 다시 그녀에게로 관심 깊게 몸을 기울이곤 했다.

"한 사람만큼은 이 죽음을 슬퍼하지 않는 게 분명하군."

부스럭거리는 소리가 나자 푸아로는 뒤를 돌아보았다. 맥덜린 리가 거기 서 있었다. 그녀 역시 멀어져 가는 해리와 필라르의 모습을 바라보고 있었다. 그녀는 고개를 돌리고 푸아로를 향해 매력적인 미소를 지어 보였다.

"정말이지 찬란하고 쾌청한 날이에요. 지난밤에 무시무시한 일이 일어났다는 게 믿어지질 않네요, 무슈 푸아로."

"정말이지 믿기 어려운 일입니다, 마담."

맥덜린이 한숨을 내쉬었다.

"저는 이런 비극에 연루된 적이 한 번도 없었어요. 전…… 전 정말이지 이제 막 어른이 된 것 같아요. 너무 오랫동안 아이로 머물러 있었죠. 제 생각엔…… 그건 별로 좋은 일 같지 않아요."

그녀는 또다시 한숨을 내쉬고 말했다.

"그런데 필라르는 놀라울 정도로 침착해요. 그게 스페인 사람들의 기질인 것 같아요. 정말 기묘하지 않아요?"

"뭐가 기묘하다는 건가요, 마담?"

"저 아가씨가 여기 등장한 거 말이에요. 정말 마른하늘에 날벼락 같아요!"

"리 씨가 한동안 필라르 양을 찾았다고 들었는데요. 마드리드의

영사, 그리고 필라르 양의 어머님께서 돌아가신 곳인 알리쿠아라의
부영사와도 접촉 했다고요."

"아버님은 그 모든 일을 몹시 은밀하게 진행하셨어요. 앨프리드
아주버님은 그 사실을 전혀 모르고 계셨대요. 리디아 형님도 그렇
고요."

"그랬군요."

맥덜린은 그에게로 좀 더 가까이 다가왔다. 푸아로는 그녀가 쓰
는 미묘한 향수 냄새를 맡을 수 있었다.

"무슈 푸아로, 제니퍼 아가씨의 남편 에스트라바도스와 관련된
이야기가 있답니다. 그 사람은 결혼 직후에 죽었는데, 그 죽음에 석
연찮은 점이 있다는군요. 앨프리드 아주버님과 리디아 형님은 알아
요. 제가 생각하기에 그건 뭐랄까…… 좀 수치스러운 얘기인 것 같
아요……."

"슬픈 일이군요."

"제 남편 느낌으로는…… 그리고 제 생각도 그래요……. 우리 집
안에서 저 아가씨의 아버지에 대해 좀 더 알아봐야 한다는 거예요.
어쨌든 지 아가씨의 아버지가 범죄자라면……."

그녀는 말을 멈추었지만, 에르퀼 푸아로는 아무 말도 하지 않았
다. 그는 겨울에도 아름다운 고스턴 홀의 정원에 감탄하고 있었다.

"저로서는 아버님이 살해된 방식이 뭐랄까 의미심장하다는 생각
이 들어요. 그건 지나치게 반영국적이에요."

에르퀼 푸아로가 천천히 몸을 돌렸다. 순수한 의문이 담긴 그의

진지한 눈길이 맥덜린의 눈길과 마주쳤다.

"아, 당신 생각엔 스페인적이란 말인가요?"

"음, 스페인인들은 잔인하지 않나요? 투우 같은 것도 그렇고요."

맥덜린은 어린아이가 호소하는 듯한 어조로 말했다.

"그러니까 당신 생각에는 세뇨리타 에스트라바도스가 자기 할아버지의 목을 뻤다는 겁니까?"

에르퀼 푸아로가 재미있다는 듯 응수했다.

"오, 아니에요, 무슈 푸아로! 저는 그런 식으로 말하지 않았어요. 결코 그러지 않았다고요."

맥덜린이 흥분했다. 그녀는 충격을 받은 모양이었다.

"음, 그렇게는 말하지 않으셨지요."

"하지만 저는 정말이지 저 아가씨가…… 음, 의심스러운 인물이라고 생각해요. 예를 들어 어젯밤 저 여자가 그 방바닥에서 뭔가를 재빨리 집어 들었던 것도 그래요."

에르퀼 푸아로의 목소리에 평소와는 다른 기색이 어렸다. 그가 날카롭게 물었다.

"지난밤에 저 아가씨가 현장 바닥에서 뭔가를 주웠다고요?"

맥덜린이 고개를 끄덕였다. 그녀의 어린아이 같은 입매가 짓궂게 일그러졌다.

"그래요. 우리가 그 방으로 들어선 직후였어요. 누군가 보고 있지나 않은지 확인하려는 듯 주위를 둘러보고는 그것을 재빨리 집어 들더군요. 하지만 다행히도 경정이 그 장면을 보고는 그것을 내놓게 했답니다."

"그것이 무엇인지 아십니까, 마담?"

"아뇨, 그것을 볼 수 있을 만큼 가까이 있지 않았어요. 상당히 조그마한 물건이었어요."

맥덜린의 목소리에는 아쉬움이 담겨 있었다.

푸아로가 미간을 찌푸리며 중얼거렸다.

"이거 흥미롭군요."

"그래요, 선생님도 그 사실을 아셔야 할 것 같았어요. 어쨌든 우리는 필라르의 성장 과정이나 그동안의 삶이 어떠했는지에 대해 아무것도 모르니까요. 앨프리드 아주버님은 언제나 지나치게 의심이 많고 리디아 형님은 너무 대범하시죠. 어쩌면 제가 어떤 식으로든 리디아 형님을 도울 수 있는지 알아보는 게 좋을지도 모르겠어요. 써야 할 편지들도 있을 테니까요."

맥덜린은 흡족함과 심술이 뒤섞인 미소를 띠며 그의 곁을 떠났다.

푸아로는 테라스에 남아 생각에 잠겼다.

II

그런 푸아로에게 서즌 경정이 다가왔다. 경정은 왠지 우울해 보였다.

"안녕하십니까, 무슈 푸아로. 메리 크리스마스라는 말을 하기에는 적당하지 않은 것 같습니다."

"몽 셰르 콜레그(친애하는 동료여), 표정이 전혀 즐겁지 않아 보이십니다. 경정님께서 제게 '메리 크리스마스.'라고 하셨다 해도, 제가 '즐거움이 가득하기를!'이라고 답할 수 없었을 것 같군요."

"올해와 같은 크리스마스는 두 번 다시 없었으면 좋겠습니다. 그게 솔직한 심정이랍니다."

"수사에 진척이 있었습니까?"

"저는 여러 가지 사항을 점검했습니다. 호버리의 알리바이는 틀림없습니다. 극장 수위가 문제의 아가씨와 그가 같이 들어가는 것을 보았고, 영화가 끝난 후 그녀와 함께 나오는 것을 보았다고 하니 자리를 뜨지 않은 게 사실인 것 같습니다. 영화가 상연되는 동안 밖으로 나갔다가 돌아올 수는 없었을 테니까요. 문제의 여자는 영화가 상연되는 동안 호버리가 줄곧 자기 옆에 있었다는 사실을 맹세할 수 있다더군요."

푸아로의 눈썹이 치켜 올라갔다.

"그렇다면 더 할 말이 없군요."

"음, 하지만 여자들이란 속을 알 수가 없습니다! 남자를 위해서라면 공공연하게 거짓말을 하지요."

서즌이 다분히 냉소적으로 말을 받았다.

"머리보다는 가슴을 더 믿는 거겠죠."

"사태를 그렇게 보다니 이상하지요. 그래서 정의로운 결말이 도래하지 않는 겁니다."

“정의란 무척 낯선 것입니다. 정의에 대해 곰곰이 생각해 본 적이 있으십니까?”

서즌이 물끄러미 그를 응시하고는 대답했다.

“선생님은 좀 괴상한 분이세요, 푸아로 씨.”

“전혀 그렇지 않습니다. 저는 논리적인 생각의 흐름을 따라갈 뿐입니다. 하지만 그 문제에 대해 논쟁을 벌이지는 맙시다. 그러니까 경정님께서는 유제품 협동조합에서 근무하는 그 마드무아젤이 거짓말을 하고 있다고 생각하시는 건가요?”

서즌이 고개를 저었다.

“아닙니다. 전혀 그렇게 생각하지 않습니다. 실제로 저는 그 여자가 진실을 말하고 있다고 생각합니다. 그 여자는 단순한 여자 같았습니다. 그녀가 제게 거짓말을 했다면, 제가 눈치챘을 겁니다.”

“경험으로 알아내신 것이겠죠?”

“바로 그렇습니다, 푸아로 씨. 진술을 받아 적는 일을 평생 하다 보면 누가 거짓말을 하는지 아닌지를 알게 되죠. 그렇습니다. 저는 그 여자의 증언이 사실이라고 생각합니다. 그리고 그럴 경우 호버리는 리 노인을 살해할 수 없었으므로, 혐의는 다시 가족에게로 돌아옵니다. 가족 중 한 명이 그런 짓을 저질렀습니다, 푸아로 씨. 그들 중에 한 명이 그랬다고요. 그게 누구일까요?”

그는 한숨을 내쉬었다.

“혹시 새로운 정보는 없을까요?”

“있습니다. 다행히도 전화 통화에 대한 정보를 얻을 수 있었습니다. 조지 리 씨는 9시 2분 전에 웨스터링엄으로 전화를 걸었습니다. 그 전화 통화는 6분 이내에 끝났습니다."

"아하!"

"알아들으셨군요. 게다가 다른 통화는 없었습니다. 웨스터링엄이든 다른 곳이든 말이지요."

푸아로가 동의를 표했다.

"무척 흥미롭군요. 조지 리 씨의 말에 따르면, 전화 통화를 막 끝냈을 때 머리 위에서 시끄러운 소리가 났다고 했습니다. 하지만 실제로는 그보다 거의 10분 전에 통화를 끝낸 셈이군요. 그 10분 동안 그는 어디에 있었을까요? 맥덜린 씨는 자신이 전화를 하고 있었다고 했지만 실제로는 전화를 건 적이 없고요. 그녀 또한 어디에 있었을까요?"

"조금 전 선생님이 그녀에게 뭔가 이야기하는 것을 보았는데요, 무슈 푸아로?"

"잘못 보신 겁니다."

"예?"

"제가 맥덜린 씨에게 이야기하고 있었던 게 아닙니다. 그녀가 제게 이야기하고 있었습니다!"

"오……."

서즌은 성급하게 그 차이를 무시하려다가 문득 그 의미를 깨달은 듯 물었다.

"그 여자가 선생님께 이야기했다고 하셨습니까?"

"그렇습니다. 그녀는 그럴 목적으로 이곳으로 나왔던 겁니다."

"무슨 말을 하고자 한 거죠?"

"맥덜린 씨는 몇 가지 사항을 강조하고 싶어 하셨습니다. 이 범죄가 영국적이지 않다는 점……. 에스트라바도스 양의 부친이 불명예스러운 전력이 있을 가능성, 어젯밤 에스트라바도스 양이 현장 바닥에서 은밀하게 뭔가를 집어 들었다는 사실 같은 것들 말입니다."

"그런 얘기를 했단 말이지요?"

"그렇습니다. 세뇨리타가 집어 든 게 무엇인가요?"

서즌이 한숨을 내쉬었다.

"온갖 추측이 가능합니다. 그걸 선생님께 보여 드리지요. 탐정 소설에서 모든 의문의 열쇠를 쥐고 있는 그런 종류의 것입니다! 선생님께서 이것으로 실마리를 풀어내실 수 있다면, 저는 경찰직을 그만두겠습니다."

"보여 주십시오."

서즌은 주머니에서 봉투 하나를 꺼내 손바닥에 내용물을 쏟아 놓았다. 그의 얼굴에 엷은 미소가 떠올랐다.

"이겁니다. 이게 뭐라고 생각하십니까?"

경정의 널찍한 손바닥 위에는 삼각형의 조그만 분홍색 고무 조각과 작은 나무못 같은 것이 놓여 있었다.

푸아로가 그것을 집어 들어 미간을 찌푸리며 들여다보자 경정의 얼굴에 떠오른 웃음기가 더욱 분명해졌다.

"그게 뭐라고 생각하십니까, 푸아로 씨?"

"방수 주머니에서 잘라 낸 조각 아닙니까?"

"그렇습니다. 그것은 리 씨의 방에 있는 방수 주머니의 일부입니다. 누군가가 잘 드는 가위로 그 주머니에서 작은 삼각형 조각을 잘라 냈습니다. 리 씨 자신이 그랬는지도 모르지요. 하지만 그가 어떤 이유에서 그랬느냐 하는 게 바로 저를 곤란하게 하는 문젭니다. 이 문제에 대해 호버리에게서는 아무런 힌트도 얻지 못했습니다. 그 나무못은 크기가 크리비지 게임(카드 게임의 일종 ― 옮긴이)에 사용하는 페그(점수를 계산할 때 사용하는 작은 막대기 ― 옮긴이)와 같습니다만 그것들은 대개 상아로 만든 것이지요. 이건 그저 거친 나무일 뿐이고요. 나무를 깎아 만든 것 같습니다."

"정말 주목할 만하군요."

"원하시면 갖고 계십시오. 전 필요 없으니까요."

"몽 아미(친구), 당신으로부터 이걸 뺏을 순 없습니다."

"이게 선생님께 전혀 쓸모가 없다는 말씀입니까?"

"솔직히 말하자면…… 아무 데도 쓸모가 없습니다."

"잘됐군요. 그럼 하던 말을 계속합시다."

서즌이 다분히 빈정거리는 투로 말하며 그것들을 자신의 주머니에 도로 넣었다.

"맥덜린 씨는 그 아가씨가 몰래 몸을 굽혀 그 물건들을 집어 들었다고 하시더군요. 그게 사실인가요?"

서즌은 그 문제를 생각해 보는 듯했다. 그가 망설이며 대답했다.

"아뇨, 꼭 그렇다고 할 수는 없을 것 같습니다. 필라르는 죄의식을 느끼는 사람처럼 보이지는 않았습니다. 그런 식의 태도는 전혀 아니었습니다. 다만 그녀는 그 일을…… 음, 재빠르고 조용히 해치우더군요. 제 말뜻을 이해하셨으면 좋겠군요. 그리고 필라르는 제가 그 장면을 보았다는 사실을 모르고 있었습니다. 그 점은 확실합니다. 제가 그녀를 질책했을 때 펄쩍 뛰었으니까요.”

푸아로가 생각에 잠긴 투로 물었다.

“그렇다면 거기엔 이유가 있지 않겠습니까? 하지만 어떤 이유를 생각할 수 있을까요? 그 작은 고무 조각은 새것입니다. 사용된 적이 없는 것 같습니다. 거기에 아무 의미도 없을 수 있지만…….”

서즌이 초조한 기색으로 말했다.

“음, 원하신다면 혼자서 얼마든지 생각해 보시지요, 푸아로 씨. 전 생각할 게 많아서요.”

“경정님께서는 이 사건을 어떻게 생각하십니까?”

서즌이 수첩을 펴 들었다.

“명백한 사실을 살펴보지요. 우선 이 범죄가 불가능했던 사람들이 있습니다. 그들을 먼저 제외합시다.”

“그들이라면……?”

“앨프리드 리와 해리 리입니다. 그들에겐 결정적인 알리바이가 있습니다. 리디아도 그렇고요. 왜냐하면 위층에서 싸움이 시작되기 직전 트레실리언이 응접실에서 그녀를 보았으니까요. 그 세 사람은 분명합니다. 이제 다른 사람들에 대해서는 여기 목록이 있습니다. 이런 식으로 분류해 보았지요.”

그는 수첩을 푸아로에게 내밀었다.

범행 시간

조지 ?

맥덜린 ?

데이비드 음악실에서 피아노를 연주함(그의 아내가 확인함)

힐다 음악실에 있었음(남편이 확인함)

필라르 자기 방에 있었음(확인되지 않음)

스티븐 파 무도실에서 축음기를 틀고 있었음(하인용 홀에서 하인 셋이 그 음악을 들었다고 확인함)

푸아로가 명단을 돌려주며 물었다.

"그렇군요?"

"그러므로 조지 리는 노인을 죽일 수 있었습니다. 맥덜린도 그를 죽일 수 있었고요. 필라르 에스트라바도스도 그를 죽일 수 있었습니다. 데이비드나 힐다도 그를 죽일 수 있었습니다만 함께는 아닙니다."

"그렇다면 경정님께서는 그 알리바이를 인정하지 않으시는 건가요?"

서즌 경정은 단호하게 고개를 내저었다.

"물론 인정할 수 없지요. 남편과 아내는…… 서로에게 헌신적이니까요. 그들이 함께 연루되었을 수도 있고, 혹은 그들 중 한 사람이

216

일을 저질렀다면 다른 한 사람은 알리바이를 만들어 줄 준비가 되어 있는 겁니다. 저는 사건을 이렇게 추측합니다. 누군가 음악실에서 피아노를 치고 있었습니다. 그게 데이비드 리일 수도 있습니다. 그는 정평 있는 음악가니까요. 하지만 그의 아내 역시 거기 있었다는 증거는 그와 그녀의 말 이외에는 없습니다. 같은 식으로 힐다가 피아노를 연주하는 동안 데이비드 리가 살금살금 위층으로 올라가 자기 아버지를 죽였을 수도 있습니다. 그렇습니다. 식당에 있던 두 사람과는 전혀 다른 경우입니다. 앨프리드 리와 해리 리는 서로를 좋아하지 않습니다. 그들 두 사람은 상대를 위해 위증을 하지는 않을 겁니다.”

“스티븐 파의 경우는 어떻습니까?”

“그 역시 용의자일 수 있습니다. 왜냐하면 축음기 알리바이가 좀 석연찮은 점이 있으니까요. 하지만 그런 종류의 알리바이는 미리 만들어 놓은, 그 어떤 견고하고 치밀한 알리바이보다 더 확실한 것이기도 합니다.”

푸아로가 생각에 잠긴 채 고개를 끄덕였다.

“그게 무슨 뜻인지 압니다. 나시 말해서 자신의 알리바이를 입증해야 한다는 것을 미처 예상하지 못한 사람이 내놓을 수 있는 알리바이란 거군요.”

“바로 그렇습니다. 그리고 어쨌거나 저로서는 이 일에 낯선 사람이 연루되었다고는 보지 않습니다.”

푸아로가 재빨리 말했다.

“저도 동의합니다. 이 일은 집안일입니다. 핏속에 독이 흐르고 있는 것입니다. 이건 내밀하고…… 심층적인 사건이시요. 여기에는 증오와 친분이 관련되어 있습니다…….”

푸아로가 두 손을 내저었다.

“모르겠군요. 너무 어렵습니다!”

서즌 경정이 예의 바르게 잠시 입을 다물고 있었지만, 그다지 감동한 기색은 아니었다. 이윽고 그가 말했다.

“그렇습니다, 푸아로 씨. 하지만 우리는 두려움 같은 건 떨쳐 버리고 소거법과 논리로 접근해야 합니다. 이제 몇 가지 가능성이 남았습니다. 기회가 있었던 사람들이죠. 조지 리, 맥덜린 리, 데이비드 리, 힐다 리, 필라르 에스트라바도스, 그리고 여기에 저는 스티븐 파를 덧붙이겠습니다. 이제 동기를 살펴보겠습니다. 리 노인을 제거할 만한 동기를 가진 사람이 누구일까요? 여기서 다시 몇 사람을 제외할 수 있습니다. 먼저 에스트라바도스 양입니다. 현재의 유언장에 의하면 그녀는 아무것도 받지 못하게 되어 있습니다. 시메온 리가 그녀의 어머니인 제니퍼보다 먼저 죽었다면, 그 몫은 에스트라바도스 양에게 돌아갔을 겁니다. 그녀의 어머니에게 다른 생각이 있지 않았다면 말입니다. 하지만 제니퍼 에스트라바도스가 시메온 리보다 먼저 죽은 만큼 그 몫은 다른 형제들에게 돌아갑니다. 그러므로 에스트라바도스 양에게는 그 노인이 줄곧 살아 있는 게 이익입니다. 노인은 그녀를 귀여워했습니다. 새로운 유언장을 만들었다면 상당한 몫의 돈을 남겨 주었을 것이 분명합니다. 그가 살해됨으로써 에스트라바도스 양은 모든 걸 잃었을 뿐 얻은 것은 아무것도 없습니다. 동의합니다."

"전적으로 동의합니다."

"물론 그녀가 한바탕 다툼을 벌이다가 시메온 리의 목을 베었을 수도 있습니다만, 제가 보기엔 극히 가능성이 낮습니다. 우선 그들은 서로 좋은 관계를 유지하고 있었고, 할아버지에게 원한을 품기에는 그녀가 이곳에 있던 기간이 너무 짧습니다. 그러므로 에스트라바도스 양이 이 범죄와 관련이 있을 가능성은 거의 없습니다. 선생님 친구 맥덜린의 말처럼 사내의 목을 지르는 짓이 극히 비영국적인 일이라고 강변하시지 않는다면 말이죠."

푸아로가 서둘러 말을 받았다.

"그 여자분을 내 친구라고 말씀하지는 말아 주시지요. 그렇지 않으면 저도 에스트라바도스 양을 경정님 친구라고 부를 겁니다. 그녀가 경정님께 잘생겼다고 했잖습니까."

그는 경정의 엄숙한 자세가 다시 흐트러지는 것을 흐뭇하게 바라보았다. 경정의 얼굴이 홍당무가 되었다. 푸아로는 심술궂게 웃으며 그런 그를 지켜보다가 입을 열었다. 그의 말투에는 생각에 잠긴 듯한 기색이 어려 있었다.

"경정님의 콧수염이 멋진 건 사실입니다……. 말해 주십시오, 특별한 포마드라도 사용하시는 겁니까?"

"포마드요? 맙소사, 아닙니다!"

"그럼 뭘 쓰십니까?"

"뭘 쓰냐고요? 아무것도 안 씁니다. 이건…… 이건 그냥 자라는 겁니다."

"운이 좋으시군요."

그는 자신의 화려하고 검은 콧수염을 쓰다듬은 다음 한숨을 내쉬며 중얼거렸다.

"제 수염에는 비용이 많이 듭니다. 자연스러운 색으로 염색하려면 어느 정도 털이 상하기 마련이니까요."

서즌 경정은 턱수염 문제에는 관심이 없다는 듯 냉정한 태도로 말을 계속했다.

"범죄 동기를 고려해 보건대 스티븐 파는 제외해야 할 것 같습니다. 그의 아버지와 시메온 리 사이에 어떤 사건이 있어서 그의 아버지가 고통을 받았을 수도 있지만 저로서는 회의적입니다. 그 문제를 언급할 때 파의 태도는 극히 편안하고 안정되어 있었습니다. 몹시 자신 있는 태도였습니다. 그리고 저는 그가 연기를 하고 있었다고는 생각지 않습니다. 그렇습니다, 거기서 뭔가 수상한 점을 찾을 수는 없습니다."

"제 생각도 그렇습니다."

"그리고 리 노인이 줄곧 살아 주기를 바랄 만한 또 다른 사람이 있습니다. 그의 아들 해리입니다. 유언장에 의하면 그 역시 유산을 상속받지만, 해리는 그 사실을 모르고 있었을 겁니다. 적어도 그 사실을 확신하지 못했을 게 분명합니다. 해리가 도망쳤을 때 그가 받을 상속분도 완전히 없어졌을 거라는 게 전반적인 분위기였으니까요. 하지만 이제 해리는 총애를 회복하기 시작했습니다. 죽은 시메 온이 새 유언장을 만드는 건 그에게 유리한 일입니다. 그는 이런 때 에 아버지를 죽일 만큼 어리석은 인물이 아닙니다. 실제로 우리가 아는 것처럼 그는 그런 짓을 저지를 수도 없었습니다. 우리는 점점 결론에 근접해 가고 있습니다. 많은 사람이 제외되고 있으니까요."

"그렇군요. 그러다 조만간 아무도 남지 않을지도 모릅니다."

서즌이 씩 하고 웃어 보였다.

"그 정도로 빨리 진행되는 건 아닙니다. 아직 조지 리와 그의 아 내, 데이비드 리와 그의 아내가 남아 있습니다. 그들은 모두 이 죽음 으로 이익을 봅니다. 제가 알아낸 바에 의하면 조지 리는 돈 문제로 허덕이고 있었습니다. 게다가 그의 아버지는 용돈을 줄이겠다고 협 박했습니다. 그러므로 조지 리는 동기와 기회를 모두 가지고 있었 던 셈이지요."

"계속해 보시지요."

"또 맥덜린도 있습니다. 그녀는 고양이가 크림을 좋아하듯이 돈 을 좋아합니다. 지금 많은 빚을 지고 있는 게 분명합니다. 그리고 스 페인 아가씨를 질투하고 있습니다. 맥덜린은 상대가 노인의 마음 을 사로잡기 시작했음을 재빨리 탐지했습니다. 또 노인이 변호사를 부르러 사람을 보냈다는 소리를 들었습니다. 그래서 재빨리 습격한 겁니다. 사건을 그렇게 볼 수도 있습니다."

"그럴 수도 있겠습니다."

"그리고 데이비드 리와 그의 아내가 있습니다. 그들은 현재의 유언장에서는 재산을 상속받습니다만, 그들의 경우에는 돈이 특별히 강한 동기로 작용할 것 같지는 않습니다."

"그렇습니까?"

"그렇습니다. 데이비드 리는 좀 몽상적인 듯합니다. 돈을 탐내는 유형은 아니지요. 하지만 그는…… 음, 그는 괴상한 데가 있습니다. 제가 본 바에 따르면 이 살인에는 세 가지 동기가 있습니다. 다이아몬드와 유언장, 그리고…… 음…… 단순한 증오 말입니다."

"아, 경정님도 그걸 감지하셨군요?"

"당연하지요. 줄곧 속으로 생각하고 있던 겁니다. 데이비드 리가 자기 아버지를 살해했다면 그건 돈 때문이 아닐 겁니다. 그리고 그가 범인이라면, 음, 어떻게 그렇게 피를 뿌렸는지 설명이 됩니다."

푸아로가 흡족한 듯한 눈길로 그를 바라보았다.

"그렇습니다. 저는 경정님께서 언제 그 문제를 떠올릴까 궁금했습니다. '이토록 많은 피……'라고 리디아 씨가 말씀하셨죠. 저는 지난날의 희생제가 떠올랐습니다……. 피의 희생제, 희생물의 피를 머리에 뒤집어씌우는……."

서즌이 미간을 찌푸리며 말했다.

"선생님 말은 누가 그런 일을 저질렀든 간에 정신이 나간 자라는 말씀입니까?"

"몽 셰르(친애하는 경정님), 인간의 내부에는 그 자신도 의식하지 못하는 온갖 종류의 뿌리 깊은 본능들이 있습니다. 피에 대한 갈망…… 희생의 요구 같은 것 말입니다."

서즌이 믿기지 않는다는 듯이 말했다.

"데이비드 리는 조용한 성품으로 다른 사람을 해칠 것 같지는 않던데요."

"경정님께서는 사람의 심리를 모르시는군요. 데이비드 리는 과거 속에 살고 있는 사람입니다. 그의 기억 속에는 자신의 어머니가 여전히 살아 계시죠. 그는 어머니에 대한 아버지의 처신을 용서할 수 없었기 때문에 오랜 세월 동안 아버지를 떠나 있었습니다. 그가 아버지를 용서하기 위해 이곳에 왔다고 가정해 봅시다. 하지만 결국 용서할 수 없었을지도 모르지요……. 우리는 한 가지 사실을 확인했습니다……. 죽은 아버지의 시신 곁에 서 있는 데이비드 리는 부분적으로 위로받고 만족한 모습이었다는 것이 바로 그 점입니다. '하느님의 맷돌은 더디지만, 곱게 갈리나니.' 징벌입니다! 심판인 셈이지요! 속죄에 의해 불의를 씻어 버린 셈입니다!"

서즌이 갑자기 부르르 몸을 떨면서 말했다.

"그런 식으로 말하지 마십시오, 푸아로 씨. 선생님 말을 들으니 겁이 나는군요. 어쩌면 선생님 말이 맞을 수도 있습니다. 그럴 경우 힐디 씨는 범행에 대해 알고 있었을 겁니다. 그리고 모든 방법을 동원해 그를 감싸려고 할 겁니다. 그녀가 그러리라는 것은 상상이 갑니다. 하지만 그녀가 살인자라는 것은 저로서는 상상할 수가 없습니다. 너무나도 편안하고 평범한 여자더군요."

푸아로가 호기심 어린 눈길로 그를 바라보고는 나직하게 물었다.

"그러니까 경정님께서는 힐다 씨로부터 그런 인상을 받으셨군요."

"음, 그렇습니다. 제 말은 그녀가 가정적인 사람이라는 겁니다."

"오, 경정님께서 무슨 말을 하시는지 잘 알겠습니다."

서즌이 그를 바라보았다.

"자, 이제 푸아로 씨. 이 사건에 대해 뭔가 가닥을 잡으셨을 겁니다. 생각하시는 바를 들려주시지요."

"가닥을 잡았습니다. 맞습니다, 하지만 그것들이 좀 모호합니다. 이 사건에 대한 경정님의 견해를 간단하게 들려주시지요."

"음, 제가 말한 대로 여기에는 세 가지 동기가 있을 수 있습니다. 증오, 이익, 그리고 다이아몬드 말입니다. 사실들을 시간 순으로 살펴보겠습니다. 3시 30분 가족 모임이 열렸습니다. 변호사와 통화하는 내용을 가족 전체가 들었습니다. 그런 다음 노인은 가족들에게 분통을 터뜨렸고 그들 모두에게 물러가라고 말했습니다. 그들은 겁먹은 토끼처럼 슬금슬금 자리에서 물러났지요."

"힐다 리는 뒤에 남았습니다."

"그랬지요. 하지만 오래 있지는 않았습니다. 그런 다음 6시경 앨프리드가 아버지와 면담을 했습니다. 불쾌한 면담이었습니다. 해리의 위치가 복귀될 참이었으니까요. 앨프리드는 그 점이 마음에 들지 않았습니다. 물론 앨프리드가 주요 용의자가 되어야 합니다. 그는 적어도 가장 뚜렷한 동기를 갖고 있습니다. 하지만 나무랄 사람을 찾자면 해리가 그다음입니다. 그는 성정이 거친 사람입니다. 그는 줄곧 노인에게서 원하는 것을 얻어 냈습니다. 하지만 해리와 면담하기 전에 시메온 리는 다이아몬드가 사라진 것을 알아채고 제게 전화를 했습니다. 그는 두 아들 중 누구에게도 다이아몬드가 사라졌다는 사실을 언급하지 않았습니다. 왜 그랬을까요? 제 생각으로는 그 두 사람 모두 그 일과 아무런 상관이 없다고 확신했기 때문일 듯합니다. 그 두 사람은 의심받지 않았습니다. 제가 줄곧 이야기해 온 대로 노인은 호버리와 다른 한 사람을 의심하고 있었던 것 같습니다. 그리고 그는 제대로 짚은 것 같습니다. 그날 저녁 아무도 올라오지 말라고 단호하게 말했다는 걸 떠올려 보십시오. 왜 그랬을까요? 왜냐하면 그는 두 가지를 준비하고 있었기 때문입니다. 우선은 저의 방문이고, 두 번째는 다이아몬드를 훔친 것으로 의심되는 사람의 방문이었습니다. 그는 누군가에게 저녁 식사가 끝난 직후 자신을 보러 오라고 했습니다. 자, 그 사람이 누구일까요? 조지 리일 수도 있습니다. 그의 아내보다는 훨씬 가능성이 높습니다. 여기에서 또 다른 사람이 그림 속에 등장합니다. 바로 필라르 에스트라바도스죠. 노인은 그녀에게 다이아몬드를 보여 주었고, 그 가치를 말해 주었습니다. 그 아가씨가 도둑이 아니라는 걸 어떻게 확신할 수 있겠습니까? 그녀의 아버지가 수치스러운 짓을 저질렀을지도 모른다는 이야기가 있다는 것을 잊지 마십시오. 그는 전문 절노범으로 결국 그것 때문에 감옥에 갔을지도 모릅니다."

"경정님 말씀에 따르면 필라르 에스트라바도스가 그림 속에 등장하는 건……."

"그렇습니다. 도둑으로서죠. 다른 방법이 없었겠죠. 도둑질이 탄로 나자 그녀는 이성을 잃었을 겁니다. 그래서 할아버지에게 덤벼

들어 공격했습니다."

푸아로가 느릿하게 다시 말했다.

"그럴 수도 있겠습니다……. 그렇죠……."

서즌 경정은 날카로운 눈길로 푸아로를 바라보았다.

"하지만 선생님 생각엔 아니라는 거죠? 자, 푸아로 씨, 푸아로 씨 생각은 어떻습니까?"

"전 언제나 같은 지점으로 돌아갑니다. 죽은 자의 성격 말입니다. 시메온 리는 어떤 인물이었습니까?"

"그는 모호한 점이 별로 없습니다."

서즌이 물끄러미 앞을 응시하며 말했다.

"그렇다면 말해 주시지요. 그러니까 이 지방에서 그는 어떤 인물로 알려져 있습니까?"

서즌 경정은 미심쩍은 듯 손가락 하나로 턱뼈를 쓰다듬었다. 그는 당황한 듯 말했다.

"저는 이 지방 출신이 아닙니다. 저는 지방 경계 너머에 있는 리브셔 출신이죠. 옆 지방입니다. 하지만 물론 리 씨는 이 근처에서 워낙 잘 알려진 인물이라 소문을 들어 그에 관해 알고 있긴 합니다."

"그렇습니까? 그러면 그 소문이란 게 어떤 건가요?"

"음, 그는 예리한 인물이었습니다. 그 이상으로 예지력을 갖춘 사람은 많지 않죠. 하지만 돈 문제에서만큼은 너그러웠습니다. 많이 벌었던 것처럼 씀씀이도 후했죠. 그의 아들 조지 리가 그와 정반대라는 것이 저로서는 놀랍습니다."

"아! 하지만 이 일가에는 두 가지 뚜렷한 성향이 있더군요. 앨프리드, 조지, 데이비드는 어머니 쪽의 성격을 물려받았습니다. 적어도 표면적으로는 말입니다. 오늘 아침 회랑에서 초상화 몇 점을 보았습니다."

"그는 기질이 불같은 사람이었습니다. 물론 여자 관계 때문에 평판이 나빴죠. 젊은 시절에 말입니다. 최근에는 여러 해 동안 불구로 지냈지요. 하지만 그럼에도 언제나 돈문제에서는 너그러웠습니다. 문제가 생기면 후하게 돈을 주어 그 여자를 다른 데로 시집보내 버렸죠. 두 번에 한 번 꼴은 말입니다. 그는 나쁜 짓을 하긴 했지만, 의도적으로 그런 것은 아니었습니다. 그는 다른 여자들 뒤를 쫓아다니면서 자기 아내에게 못할 짓을 하고 아내를 존중하지 않았습니다. 결국 아내가 마음의 상처로 죽었다고들 하더군요. 쉽게 말하긴 하지만 제 생각에 그 여자는 정말이지 불행했던 것 같습니다. 불행한 부인 같으니라고. 그녀는 언제나 병석에 누워 있었고, 외출을 거의 하지 않았습니다. 시메온 리의 성격이 괴상하다는 데는 의심의 여지가 없습니다. 그에게는 또한 앙심을 품는 성향도 있었습니다. 누군가 해를 끼치면 반드시 복수를 한다더군요. 얼마나 오랫동안 참고 기다려야 하는지는 신경 쓰지 않고 말이죠."

"하느님의 맷돌은 더디지만 곱게 갈리나니."

푸아로가 중얼거렸다.

서즌 경정이 무거운 어조로 말했다.

"악마의 맷돌은 더 그런 것 같군요. 시메온 리에게 성자 같은 면은 전혀 없었습니다. 그는 악마에게 영혼을 팔아 그 대가를 즐길 그런 종류의 인간입니다. 그리고 루시퍼(기독교에서 나쁜 영혼의 우두머리 악마로 통하는 이름 ― 옮긴이)만큼이나 오만했지요."

"루시퍼만큼 오만하다. 그 말은 무척 시사적이군요."

서즌 경정이 어리둥절한 표정으로 말했다.

"그가 오만했기 때문에 살해당했다는 건 아니겠지요?"

"제 말은 유전이란 걸 놓치지 말아야 한다는 겁니다. 시메온 리는 자기 아들들에게 오만한 성격을 물려주었거든요."

푸아로는 말을 끊었다. 힐다 리가 집에서 나와 테라스를 바라보며 서 있었다.

III

"선생님을 찾고 있었어요, 무슈 푸아로."

서즌 경정은 그 자리에서 물러나 집 안으로 들어갔다. 그의 뒷모습을 눈으로 좇으며 힐다가 말했다.

"경찰이 선생님과 함께 있는 줄 몰랐어요. 저분은 필라르와 함께 있는 줄 알았거든요. 상당히 사려 깊고 잘생긴 분이에요."

그녀의 목소리는 듣기 좋았다. 나지막하고 마음을 달래 주는 듯한 리듬이 담겨 있었다.

"저를 보고 싶으셨다고 하셨습니까?"

그녀는 고개를 갸웃했다.

"예, 선생님께서 저를 도와주실 수 있을 것 같아서요."

"그럴 수 있다면 기쁘겠습니다, 마담."

"선생님은 무척 머리가 좋은 분이세요, 무슈 푸아로. 어젯밤에 알았어요. 여러 가지 일들을 선생님께서는 상당히 쉽게 밝혀내실 것 같더군요. 전 선생님께서 제 남편을 이해해 주셨으면 좋겠어요."

"예, 마담."

"서즌 경정에게라면 이런 식으로 말하지 않겠지요. 그는 이해하지 못할 테니까요. 하지만 신생님은 이해하실 것 같아요."

푸아로가 고개를 숙여 보였다.

"칭찬 고맙습니다, 마담."

힐다가 차분하게 말을 이었다.

"저와 결혼한 이래로 제 남편은 오랫동안, 뭐랄까, 정신적인 장애자로 살아왔어요."

"저런!"

"사람이 육체적으로 커다란 상처를 입으면 충격과 고통은 있지만 시간이 지나면 천천히 호선되지요. 살은 아물고 뼈는 붙는답니다. 작은 흉터는 남을 수도 있겠지만 그뿐이에요. 제 남편은요, 무슈 푸아로, 가장 민감한 나이에 정신적으로 커다란 상처를 입었어요. 그는 자기 어머니를 몹시 사랑했는데 그녀의 죽음을 지켜봐야 했지요. 그는 자기 아버지가 그 죽음에 도덕적으로 책임이 있다고 여겼어요. 그 충격에서 결코 회복되지 못했습니다. 아버지에 대한 그의 원한은 결코 사그라들지 않았어요. 데이비드를 설득해 이번 크리스마스에 여기 오자고 한 것은 바로 저예요. 그가 아버지와 화해하기를 바랐거든요. 남편이 자신을 위해 그러기를 바랐어요. 정신적인 상처가 치유되었으면 했지요. 하지만 여기 온 것이 실수였다는 걸 깨달았어요. 아버님은 옛 상처를 들춰내면서 즐거워했어요. 그건…… 무척이나 위험한 일이었죠…….”

“지금 남편분께서 아버지를 죽였다고 말씀하시는 건가요, 마담?”

“제가 말하고자 하는 건 남편이 쉽사리 그럴 수 있는 정황이었다는 거예요. 그렇지만 그런 짓을 저지르지 않았다고 확실히 말할 수 있어요. 아버님이 살해당하던 시각 남편은 「장송 행진곡」을 연주하고 있었어요. 마음속에 아버님을 죽이고 싶은 염원을 품고 말이에요. 그 염원은 손가락 사이로 빠져나가 음악의 선율 속에 사그라들었어요……. 그건 사실이에요.”

푸아로가 잠시 침묵한 다음 입을 열었다.

“그렇다면, 마담. 과거의 비극에 대한 당신의 평결은 어떤 건가요?”

“시어머님의 죽음을 말씀하시는 건가요?”

“그렇습니다.”

힐다가 천천히 대답했다.

“어떤 경우든 간에 눈에 보이는 게 전부가 아니라는 것을 알 만큼 저도 인생을 알지요. 겉으로 보기에는 아버님이 모든 비난을 받아 마땅하고, 어머님은 잔인하게 취급당한 것 같을 거예요. 하지만 동시에 저는 아버님과 같은 남자에게 잔인한 본능을 일깨우는 순교자 같은 태도, 지나친 온순함 같은 게 있다고 생각해요. 아버님은 힘과 생기가 넘치는 성격을 좋아하신 것 같아요. 인내와 눈물에는 짜증만 날 뿐이죠."

푸아로가 고개를 끄덕이며 말했다.

"남편분께서 어젯밤 이렇게 말씀하더군요. '어머니는 결코 불평하는 법이 없었다.'라고요. 그게 사실인가요?"

힐다 리가 조바심을 내며 대답했다.

"결코 사실이 아니에요! 어머님은 줄곧 데이비드에게 불평을 했어요. 자신의 불행을 그이의 어께에 짐 지웠다고요. 그이는 어머님이 지운 그 모든 것을 견디기에는 정말이지 너무나도 어렸는데 말이에요."

푸아로는 생각에 잠긴 눈길로 그녀를 바라보았다. 힐다는 그 지긋한 시선을 받고는 얼굴을 붉히며 입술을 깨물었다.

"알겠습니다."

그녀가 날카로운 어조로 물었다.

"뭘 아신다는 거죠?"

"당신은 사실 남편분의 아내가 되고 싶은데 어머니의 역할을 해야 했다는 걸 말입니다."

힐다가 고개를 돌렸다.

그 순간 데이비드 리가 건물에서 나와 테라스에 있는 그들을 향해 걸어왔다. 그가 입을 열었다. 목소리에는 분명히 유쾌한 기색이 서려 있었다.

"여보, 정말 멋진 날 아니오? 겨울이 아니라 거의 봄 같은걸."

데이비드가 좀 더 가까이 다가왔다. 고개가 뒤로 젖혀져 있었고, 머리카락이 이마 위로 드리워져 있었으며 푸른 두 눈이 빛났다. 그는 놀라울 정도로 젊고 소년 같아 보였다. 그에게는 싱싱한 열정과 즐거운 광채가 깃들어 있었다. 에르퀼 푸아로는 숨을 멈췄다.

데이비드가 말했다.

"호숫가로 내려갑시다, 여보."

미소를 지어 보인 힐다가 그의 팔짱을 끼고는 함께 걸음을 옮겼다.

그들의 뒷모습을 바라보던 푸아로는 힐다가 몸을 돌려 그를 힐긋 쳐다보는 것을 보았다. 퍼뜩 지나가는 그 눈빛에서 푸아로는 일말의 불안을 감지했다. 혹시 그것이 두려움은 아니었을까?

에르퀼 푸아로는 테라스의 다른 쪽 끝을 향해 천천히 걸음을 옮기며 중얼거렸다.

"난 고해 성사를 받아 주는 사제 같아. 그리고 남자들보다는 여자들이 고해 성사를 더 자주 하지. 오늘 아침에도 여자들이 왔잖아. 얼마 지나지 않아 또 다른 여자가 오는 거 아닐까?"

테라스 끝에 다다른 푸아로는 뒤를 돌아 걷기 시작했다. 그는 자신의 질문에 대답이 주어졌음을 알았다. 리디아 리가 그를 향해 걸어오고 있었던 것이다.

IV

"안녕하세요, 무슈 푸아로. 트레실리언 말이 선생님께서 해리 도련님과 여기 계실 거라더군요. 그런데 혼자 계신 걸 보니 다행이네요. 제 남편이 줄곧 선생님 이야기를 하고 있어요. 남편은 선생님과 몹시 이야기를 나누고 싶어 해요."

"아! 그래요? 지금 뵈러 갈까요?"

"지금은 말고요. 남편은 어젯밤 거의 잠을 이루지 못했어요. 결국 제가 강한 술을 한 잔 주었지요. 아직 잠이 덜 깬 상태일 테니까 방해하지 않는 게 좋겠어요."

"충분히 이해합니다. 그러는 편이 현명하겠군요. 어젯밤 충격이 무척 크셨을 겁니다."

그녀가 심각한 어조로 말했다.

"아시겠지만, 무슈 푸아로, 그는 정말이지 마음을 많이 다쳤어요. 다른 사람들보다 훨씬 많이 말이에요."

"그러시겠지요."

"누가 이런 끔찍한 짓을 저실렀는지 선생님이나 총경님께서는 혹시 짐작하고 계신 바가 있나요?"

푸아로가 신중하게 대답했다.

"우리는 누가 그런 짓을 저지르지 않았는지에 대해서는 몇 가지 생각을 갖고 있답니다, 마담."

리디아가 초조한 기색을 내보이며 말했다.

"악몽 같아요. 너무나 비현실적이에요. 이게 사실이란 게 믿어지질 않아요. 호버리는 어떤가요? 그는 자신이 말한 대로 정말로 영화를 보고 있었나요?"

"그렇습니다, 마담. 그의 진술은 확인되었습니다. 그의 말은 사실입니다."

리디아는 걸음을 멈추고 주목 껍질을 잡아 뜯었다.

"정말 끔찍하군요. 그러면 남는 건…… 가족들뿐이니까요."

"바로 그렇습니다."

"무슈 푸아로, 전 믿을 수가 없어요."

"마담, 부인께서는 그것을 받아들일 수 있습니다. 또한 지금 그렇게 믿고 계시고요!"

그녀는 항의할 듯하다가는 갑자기 서글프게 미소를 짓고 말했다.

"인간이란 얼마나 위선적인지!"

푸아로가 고개를 끄덕였다.

"솔직해지신다면 말입니다, 마담, 가족 중 한 명이 시아버지를 살해하는 것이 아주 자연스럽다는 걸 인정하시게 될 겁니다."

리디아가 날카로운 어조로 말했다.

"그렇게 말하다니 정말이지 터무니없군요, 무슈 푸아로!"

"예, 그렇습니다. 하지만 부인의 시아버지께서도 터무니없는 분이셨지요!"

"늙은 노인네. 이제 전 아버님을 딱하게 여길 수 있어요. 살아 있을 때 아버님은 정말이지 짜증스러운 존재였지요."

"충분히 상상이 갑니다."

푸아로가 몸을 기울여 돌 화단 중의 하나를 들여다보았다.

"이것들은 무척 독창적인데요. 무척 재미있군요."

"마음에 드신다니 기쁘군요. 제 취미랍니다. 펭귄과 얼음이 있는 이 북극 화단이 마음에 드세요?"

"매혹적이군요. 그런데 이건…… 이건 뭡니까?"

"오, 그건 사해예요. 아니, 사해를 만들려는 거예요. 아직 완성되지 않았거든요. 그건 보지 마세요. 자, 이건 코르시카 섬의 피아나 마을을 생가하고 만들었이요. 저기 바위들은 분홍빛이어서 푸른 바다와 맞닿은 면이 너무나도 멋지죠. 이 사막 장면이 좀 재미있다고 생각되지 않으세요?"

리디아가 푸아로를 이끌었다. 화단 한쪽 끝에 이르자 그녀는 힐긋 손목시계를 보았다.

"앨프리드가 일어났는지 가 봐야겠어요."

그녀가 가고 난 다음 푸아로는 천천히 걸음을 옮겨 다시 사해 화단으로 돌아왔다. 그는 호기심 어린 눈길로 그것을 바라보았다. 그런 다음 자갈 몇 개를 집어 들어 손가락으로 만지작거렸다.

갑자기 푸아로의 얼굴빛이 바뀌었다. 그는 자갈들을 얼굴 가까이 들어 올렸다.

"사프리스티(맙소사)! 이렇게 놀라울 데가! 자, 이게 도대체 정확히 뭘 의미하는 거지?"

I

서장과 서즌 경정은 믿을 수 없다는 듯한 눈길로 푸아로를 응시
했다. 푸아로는 작은 자갈들을 작은 판지 상자에 조심스럽게 도로
넣고 그것을 서장에게 건넸다.

"오, 그렇다네. 이게 분명 그 다이아몬드라네."

"그러니까 자네가 이걸 어디서 발견했다고? 정원이라고?"

"마담 리디아가 만들어 놓은 작은 정원들 중 하나에 있었다네."

서즌이 고개를 흔들었다.

"리디아라고요? 그럴 것 같지 않은데요?"

"그러니까 경정님 말씀은 마담 리디아가 자기 시아버지의 목을
쳤을 것 같지는 않다는 말씀이신가요?"

서즌이 재빨리 대답했다.

"리디아가 그런 짓을 저지르지 않았다는 건 우리가 이미 알고 있습니다. 제 말은 그녀가 이 다이아몬드를 훔쳤을 것 같지 않다는 뜻이었습니다."

푸아로가 말을 받았다.

"그녀가 도둑이라고 생각하기는 쉽지 않습니다……. 경정님 말이 맞습니다."

"어느 누구든 그걸 저기에 숨길 수 있습니다."

"맞는 말입니다. 특히 저 정원……. 마침 사해를 표상하는 저 정원의 자갈 모양이 다이아몬드 원석과 무척 비슷하더군요."

"선생님 말씀은 부인이 미리 준비해 놓았다는 뜻입니까? 언제든 이용할 수 있도록?"

존슨 대령이 따뜻한 어조로 말했다.

"난 단 한순간도 그렇게 생각할 수 없네. 단 한순간도 말일세. 우선 그녀가 도대체 왜 다이아몬드를 훔쳤겠나?"

"음, 그것은……."

서즌이 천천히 말했다.

푸아루가 재빨리 말꼬리를 집아챘다.

"거기에는 한 가지 대답이 있을 수 있네. 그녀는 살인의 동기가 다이아몬드라고 믿게 하고 싶었다는 걸세. 다시 말해서 자신이 능동적으로 어떤 행동을 하지 않는다 해도 살인이 일어나리라는 것을 알았던 거지."

존슨이 미간을 찌푸렸다.

"조리에 맞지 않는 말이군. 자네는 그녀를 공범으로 만들고 있네……. 그런데 그녀가 누구의 공범이 될 수 있단 말인가? 그녀의 남편뿐일세. 하지만 우리가 알고 있듯이 그 역시 살인과는 관계가 없으니 모든 가설이 원점으로 돌아오는 걸세."

서즌이 생각에 잠긴 채 턱을 쓰다듬었다.

"예, 그렇습니다. 아뇨, 만약 리 부인이 다이아몬드를 훔쳤다면…… 그건 좀 대담한 가정이긴 하지만…… 그건 그저 단순한 절도에 지나지 않을 겁니다. 그녀가 정원을 특별히 준비해 소란이 가라앉을 때까지 다이아몬드를 숨겨 둘 장소로 사용했을 수도 있습니다. 또 다른 가능성은 우연의 일치입니다. 다이아몬드와 비슷한 자갈이 깔려 있는 그 정원을 보고 도둑은 그곳이 다이아몬드를 숨기는 데 이상적인 장소라고 생각할 수도 있지요."

"정말 그럴 수도 있겠군요. 저는 우연의 일치를 하나 정도는 언제든 받아들일 준비가 되어 있습니다."

서즌 경정이 확신할 수 없다는 듯 고개를 저었다.

푸아로가 다시 말했다.

"경정님 견해는 어떠신가요?"

경정이 조심스럽게 말했다.

"리디아는 무척 훌륭한 숙녀입니다. 그런 수상쩍은 일에 연루될 것 같지 않습니다. 하지만 물론 사람 속은 모르는 법이죠."

존슨 대령이 퉁명스럽게 말했다.

"어쨌든 그녀가 다이아몬드와 관련되어 있는 것은 사실일세. 살인에 연루되어 있을 순 없지만 말일세. 집사가 살인이 일어난 시각에 그녀가 응접실에 있는 것을 보았다고 했네. 기억하나, 푸아로?"

"잊지 않고 있다네."

서장이 부하에게 몸을 돌렸다.

"일을 진척시키는 게 좋겠네. 보고할 만한 거 있나? 뭐 새로운 거라도?"

"있습니다, 서장님. 몇 가지 새로운 정보를 알아냈습니다. 우선…… 호버리 문제인데요. 그가 경찰이라는 말에 겁에 질릴 만한 이유가 있었습니다."

"절도인가? 그래?"

"아닙니다, 서장님. 협박에 의한 금품 사취입니다. 등치기의 일종이죠. 그 사건은 입증되질 않아서 그때는 풀려났습니다만, 호버리는 그런 쪽 일에 한두 차례 개입한 것 같습니다. 그 일이 문제되지 않을까 두려워하던 차에 어젯밤 경찰이 왔다는 트레실리언의 말을 듣고 우리가 그런 종류의 일을 조사하고 있다고 지레짐작하고는 긴장한 것 같습니다."

"흠! 호버리 건은 이 징도로 끝내세. 그 밖의 것은?"

경정이 기침을 했다.

"음…… 조지 리 씨의 부인 말입니다, 서장님. 그녀의 결혼 전 생활에 관해 조사를 해 봤는데요. 존스라는 부함장과 함께 살았더군요. 그의 딸로 행세했습니다만…… 사실은 딸이 아니었습니다. 우리가 들은 바대로라면 리 노인은 그녀를 제대로 파악한 것 같습니다.

그는 여자에 관해서는 영리했고, 그들의 약점을 간파했습니다. 그러고는 은밀히 그 점을 공격하며 즐거워했던 거지요. 그러니까 그는 맥덜린의 아픈 곳을 건드렸던 겁니다."

존슨 대령이 생각에 잠긴 채 말했다.

"그게 맥덜린의 또 다른 동기가 될 수 있겠군……. 돈에 궁한 것 이외에도 말일세. 노인이 뭔가 확실한 것을 알아내고 자기 남편에게 이야기하려 한다고 여겼을 수도 있어. 그녀가 전화를 걸었다고 말한 점이 상당히 수상해. 실제로는 전화를 걸지 않았잖아."

서즌이 한 가지 의견을 내놓았다.

"그들을 함께 불러서 단도직입적으로 물어보는 게 어떨까요? 그럼 사실을 알 수 있을 텐데요."

"좋은 생각일세."

그가 벨을 울리자 트레실리언이 나타났다.

"조지 씨와 그 부인에게 이리로 오라고 해 주게."

"알겠습니다, 서장님."

노인이 물러나려 할 때 푸아로가 말했다.

"벽에 걸린 달력의 날짜가 살인이 벌어지던 날짜에서 넘어가지 않은 것 같군요?"

트레실리언이 몸을 돌렸다.

"무슨 달력 말씀입니까, 선생님."

"저기 벽에 걸린 것 말입니다."

세 사람은 앨프리드 리의 작은 거실에 앉아 있었다. 그것은 낱장

형식의 대형 달력으로 장마다 굵은 글씨로 날짜가 인쇄되어 있었다.

트레실리언이 발을 끌며 방을 가로질러 달력 앞으로 천천히 걸어와 말했다.

"죄송합니다, 선생님. 낱장을 찢어 내지 않았네요. 오늘은 26일입니다."

"아, 미안합니다. 이 달력은 누가 뜯어 내시나요?"

"앨프리드 씨가 하십니다, 선생님. 매일 아침에요. 앨프리드 씨는 무척 꼼꼼한 분입니다."

"알겠습니다. 고맙습니다."

트레실리언이 방을 나갔다. 서즌이 영문을 모르겠다는 듯 물었다.

"그 달력에 뭔가 수상한 점이라도 있습니까, 푸아로 씨? 제가 뭔가 놓쳤나요?"

어깨를 으쓱해 보이며 푸아로가 대답했다.

"달력은 전혀 중요하지 않습니다. 그저 간단한 실험을 해 보는 중입니다."

존슨 대령이 말했다.

"심리가 내일일세. 물론 연기될 테지만."

"예, 서장님. 제가 검시관을 만나서 모두 이야기해 놓았습니다."

조지 리가 아내와 함께 방 안으로 들어왔다.

존슨 대령이 말했다.

"안녕하십니까. 앉으시겠습니까? 두 분께 한두 가지 여쭤볼 게 있습니다. 아직 명확하지 않은 게 있어서요."

"내가 도움이 될 수 있다면 기쁘겠군요."

조지가 조금 거들먹거리며 말했다.

맥덜린이 기어 들어가는 목소리로 맞장구쳤다.

"그렇고말고요!"

서장이 가볍게 고개를 끄덕여 보이자 서즌이 말했다.

"범죄가 일어난 밤에 거신 전화 말씀인데요. 웨스터링엄으로 거셨다고 하셨죠, 리 씨?"

조지가 차갑게 대꾸했다.

"그렇습니다, 맞습니다. 내 선거구의 대리인에게 걸었죠. 그에게 물어보면……."

서즌 경정이 한 손을 들어 말을 끊었다.

"맞겠죠……. 그렇고말고요, 리 씨. 지금 그 문제를 말하는 게 아닙니다. 의원님은 정확히 8시 59분에 전화를 거셨습니다."

"음…… 나는…… 그러니까……. 정확한 시간은 기억나지 않습니다."

"아, 하지만 우리는 알 수 있습니다. 우리는 그런 문제를 언제나 주의 깊게 확인하지요. 아주 주의 깊게 말입니다. 그 통화는 8시 59분에 시작되어 9시 4분에 끝났습니다. 의원님의 아버님께서는 9시 15분경 살해되셨고요. 저로서는 다시 한 번 의원님이 그동안 무엇을 하셨는지 묻지 않을 수 없군요.”

“말했잖습니까. 전화를 걸고 있었다고.”

“그렇지 않습니다. 의원님은 전화를 걸고 있지 않았습니다.”

“말도 안 되는 소리. 실수하신 겁니다. 음, 어쩌면 내가 막 전화를 끝낸 다음이었는지도 모르겠군요. 나는 또 다른 전화를 걸까 생각하고 있었습니다. 그 비용이, 그러니끼, 너무 비싸지 않을까 생각하고 있는데 위층에서 시끄러운 소리가 들려온 거요.”

“전화를 걸까 말까 망설이는 데 10분이 걸릴 리는 없습니다.”

조지의 얼굴이 새빨개졌다. 그가 흥분해서 침을 튀기며 말했다.

“무슨 뜻으로 하는 말입니까? 도대체 무슨 뜻이죠? 이렇게 불손할 수가! 당신 내 말을 의심하는 겁니까? 나 같은 지위에 있는 사람의 말을 의심해? 나는, 그러니까…… 어째서 내가 내 행동을 분 단위로 설명해야 합니까?”

그 말에 서즈 경정이 어찌나 냉정하게 대답했는지 푸아로는 감탄하지 않을 수 없었다.

“관례상 어쩔 수 없습니다.”

조지는 화가 난 얼굴을 서장에게 돌렸다.

“존슨 대령님, 이런 전례 없는 태도를 묵인하시는 겁니까?”

서장이 또렷하게 대답했다.

"살인 사건에서는 이런 질문이 필수입니다. 대답도 그렇고요."

"나는 이미 대답했단 말입니다. 전화 통화를 끝내고 또 다른 전화를 걸까 생각 중이었다고 말입니다."

"위층에서 소동이 일어났을 때 이 방에 계셨습니까?"

"나는…… 그렇습니다, 여기 있었어요."

존슨이 맥덜린에게로 몸을 돌렸다.

"리 부인, 소동이 벌어졌을 때 부인께서는 전화를 걸고 있었고, 그 시간 혼자 이 방에 계셨다고 진술한 걸로 알고 있습니다만?"

맥덜린은 몹시 당황한 모양이었다. 그녀는 헉 하고 숨을 멈추고는 사정하는 듯한 눈길로 조지, 서즌, 그리고 존슨 대령을 차례로 바라본 다음 입을 열었다.

"오, 정말 확실치가 않아요……. 제가 뭐라고 말했는지 기억나질 않아요. 그때 저는 너무나도 신경이 곤두서 있어서……."

서즌이 말했다.

"우리는 알다시피 모든 걸 적어 두었습니다."

맥덜린은 감정이 담뿍 담긴 큰 눈과 떨리는 입술로 그를 공략하기 시작했다. 하지만 돌아온 건 그녀 같은 타입을 용납하지 않는 엄정한 책임감에 불타는 한 사내의 경직되고 냉담한 태도였다.

맥덜린이 애매하게 말했다.

"저는…… 저는 물론 전화를 걸었어요. 그게 정확히 언제인지는 모르겠지만……."

조지가 소리쳤다.

"이게 다 뭐하는 겁니까? 당신이 어디서 전화를 걸었다는 거야? 여기서는 아니잖아."

서즌 경정이 말했다.

"리 부인, 부인은 전화 같은 건 걸지 않으셨습니다. 그렇다면 부인은 어디서 무엇을 하고 계셨습니까?"

맥덜린은 정신이 나간 듯 주위를 둘러보더니 울음을 터뜨렸다. 그녀가 흐느끼며 말했다.

"여보, 이 사람들이 날 윽박지르지 못하게 해 줘. 누군가 겁을 주고 질문을 퍼부어 대면, 난 아무것도 기억하지 못한다는 거 알잖아. 난…… 난 지난밤 내가 무슨 말을 했는지 기억나지 않아. 그 모든 게 너무나도 무시무시했고……. 그래서 너무나도 신경이 곤두서 있었고……. 사람들이 너무나도 잔인하게 날 몰아세워서……."

그녀는 자리에서 튕겨지듯 일어서더니 흐느끼며 방에서 달려 나갔다.

조지가 자리에서 벌떡 일어나 고함을 쳤다.

"도대체 왜들 이러는 겁니까? 난 내 아내가 협박당하고 겁에 질리는 것을 보고만 있지는 않겠습니다! 이긴 수치스러운 일입니다! 경찰의 강압적인 수사에 대해 의회에서 문제를 제기할 겁니다. 이건 정말이지 부끄러운 짓입니다."

그는 큰 걸음으로 방을 나가서 쾅 소리가 나게 문을 닫았다. 서즌 경정이 고개를 뒤로 젖히고 소리 내어 웃으며 말했다.

"우리가 두 사람을 제대로 잡았군요. 이제 어떻게 된 건지 알겠네요."

존슨이 미간을 찌푸리며 말했다.

"이상한 일이야! 수상쩍어 보이는걸. 저 여자에 대해 좀 더 조사해 봐야겠네."

서즌이 심상치 않게 말했다.

"오! 잠시 후에 다시 올 겁니다. 말을 하기로 마음을 먹은 다음에 말이죠. 그렇지 않습니까, 푸아로 씨?"

생각에 잠긴 채 앉아 있던 푸아로가 흠칫 소스라쳤다.

"파르동(뭐라고 했습니까)!"

"저 여자가 다시 돌아올 거라고 했습니다."

"그럴 수도 있겠죠⋯⋯. 그렇지, 그럴 수도 있습니다⋯⋯. 오, 그래, 맞아!"

서즌이 물끄러미 그를 응시하며 물었다.

"무슨 일이십니까, 푸아로 씨? 귀신이라도 보셨나요?"

푸아로가 느릿하게 대꾸했다.

"음⋯⋯. 제가 본 게 정말 귀신이 아니라고도 못 하겠습니다."

존슨 대령이 초조한 기색으로 말했다.

"음, 서즌, 그 밖의 것은?"

서즌이 대답했다.

"저는 범죄 현장에 사람들이 도착한 시간을 순서대로 확인하고 있는 중입니다. 어떤 상황이 벌어졌는지는 어느 정도 분명해졌습니다. 살인이 벌어졌을 때 희생자는 단말마의 비명을 내질러 사람들을 놀라게 했고, 살인자는 방을 빠져나가 펜치 같은 것으로 방문을 잠그고는 1, 2분 후에 범죄 현장으로 서둘러 달려온 사람들 속에 섞였습니다. 그런데 불행히도 각자 누구를 보았는지 정확히 확인하기가 쉽지 않습니다. 왜냐하면 그런 때에는 사람들의 기억이 그리 정확하지 않기 때문입니다. 트레실리언은 해리 리와 앨프리드 리가 식당에서 홀을 가로질러 위층으로 달려 올라오는 것을 보았다고 말했습니다. 그 사실로 그들을 제외할 수 있지만, 그렇지 않더라도 그들은 용의자가 아닙니다. 제가 알아낸 바에 의하면 에스트라바도스 양은 그곳에 늦게 도착했습니다. 가장 늦게 온 사람들 중 하나입니다. 파와 맥덜린, 리디아가 먼저 온 사람들입니다. 그들 세 사람은 각각 다른 사람들이 자신보다 먼저 와 있었다고 말하고 있습니다. 어려운 점은, 의도적인 거짓말과 순수하게 기억을 제대로 못하는 것을 구별해 낼 수 없다는 겁니다. 모두들 그곳으로 달려왔습니다……. 그 점에는 의견이 일치합니다. 하지만 어떤 순서로 왔느냐를 알아내는 일은 쉽지 않습니다."

푸아로가 천천히 물었다.

"경정님 생각에는 그게 중요할 것 같습니까?"

"시간적인 조건을 따지는 겁니다. 이 사건에는 믿기지 않을 정도로 시간적인 여유가 없었다는 점을 잊지 마십시오."

"이 사건에서 시간이라는 요소가 무척 중요하다는 경정님 말씀에 동감합니다."

서즌이 말을 이었다.

"사태를 더욱 어렵게 만드는 것은 층계가 두 개라는 사실입니다. 이곳 홀에는 식당과 응접실 중간 정도 거리에 주계단이 있습니다. 그리고 저택 끝에 또 다른 층계가 있습니다. 스티븐 파는 그 계단으로 올라왔습니다. 에스트라바도스 양은 그쪽 끝에 있는 상부 층계참을 따라 왔고요. 그녀의 방은 반대쪽에 있습니다. 다른 사람들은 이 층계를 통해 올라왔다고 말하고 있습니다."

"혼란스럽다는 말이 맞군요."

문이 열리고 맥덜린이 재빨리 방 안으로 들어왔다. 그녀는 숨을 몰아쉬고 있었고, 두 뺨에는 홍조가 떠올라 있었다. 그녀는 탁자 쪽으로 다가와서 차분하게 입을 열었다.

"남편은 제가 누워 있는 줄 알아요. 살며시 방을 빠져나왔거든요, 존슨 대령님."

그녀는 슬픔에 잠긴 커다란 두 눈으로 호소하듯 대령을 바라보았다.

"제가 진실을 말한다면, 비밀을 지켜 주실 거죠? 제 말은 모든 것을 만천하에 알릴 필요는 없지 않느냐는 거예요."

"맥덜린 씨, 그러니까 그 사실이라는 게 범죄와는 전혀 상관이 없다는 거죠?"

"예, 전혀 관계가 없어요. 그저 제…… 제 사생활일 뿐이에요."

"털어놓으시는 게 좋겠습니다. 그리고 판단은 우리에게 맡기세요."

맥덜린이 이리저리 눈동자를 움직이며 말했다.

"예, 대령님을 믿겠어요. 그래도 된다는 걸 알아요. 대령님은 무척 친절해 보이시니까요. 그러니까 이런 거예요. 제겐……."

"그래서요, 리 부인?"

"남자인 친구가 있어요. 어젯밤 저는 그 사람에게 전화를 걸고 싶었어요. 저는 그 사실을 조지에게 알리고 싶지 않았어요. 그게 커다란 잘못이라는 건 알아요……. 하지만 음, 그런 거예요. 그래서 저녁 식사가 끝난 후 조지가 식당에 있을 거라고 생각하고 전화를 걸러 갔어요. 하지만 그 방에 도착하자 조지가 전화에 대고 말하는 소리가 들려오더군요. 그래서 기다렸어요."

"어디서 기다리셨습니까, 마담?"

푸아로가 물었다.

"층계 뒤에 코트와 이런저런 것들을 넣어 두는 곳이 있어요. 거긴 어둑하죠. 저는 거기로 들어갔어요. 거기서는 조지가 이 방에서 나오는 것이 보이니까요. 하지만 그는 나오지 않았어요. 그러는 중에 그 모든 소동이 일어났어요. 저는 아버님의 비명을 듣고 위층으로 달려 올라갔어요."

"그러니까 남편분께서는 살인이 일어날 때까지 이 방을 떠나지 않았단 말씀이군요?"

"그래요."

서장이 물었다.

"그러면 부인께서는 정각 9시부터 9시 15분까지 층계 뒤의 후미진 곳에 계셨단 말씀입니까?"

"예, 하지만 그렇게 말할 수는 없었어요. 사람들은 제가 거기서 무엇을 하고 있었는지 알고 싶어 했을 테니까요. 그렇게 되면 정말이지 너무나도 어색한 상황이 되었을 거예요. 아시겠지요?”

존슨이 건조하게 대답했다.

“분명히 그랬겠군요.”

그녀는 그에게 달콤한 미소를 지어 보였다.

“대령님께 진실을 말하고 나니 너무나도 마음이 놓여요. 제 남편에게 얘기하시지는 않겠죠? 그래요, 그러시지 않으실 거라고 전 확신해요. 전 대령님을, 여기 계신 모든 분들을 믿어요.”

그녀는 애타는 표정으로 모두를 바라본 다음 재빨리 방을 빠져나갔다.

존슨 대령이 한숨을 내쉬었다.

“음, 그럴 수도 있겠지. 이 모든 게 정말이지 그럼직한 이야기니까. 하지만 그 반대로……”

“그렇지 않을 수도 있지요.”

서즌이 말을 받았다.

“그게 문젭니다. 우리는 알 수 없는 거죠.”

III

리디아 리는 응접실 한쪽 창가에 서서 밖을 내다보고 있었다. 그녀의 모습은 창에 드리워진 묵직한 커튼에 반쯤 가려져 있었다. 방 안에서 부스럭거리는 소리가 들려오자 그녀는 소스라쳐 놀라 뒤를 돌아보았다. 에르퀼 푸아로가 문간에 서 있었다.

"깜짝 놀랐어요, 무슈 푸아로."

"죄송합니다, 마담. 제가 워낙 조용히 걷는답니다."

"호버리인 줄 알았어요."

에르퀼 푸아로가 고개를 끄덕였다.

"그는 정말이지 소리를 내지 않고 걷더군요. 고양이나 도둑처럼 말입니다."

그는 잠시 말을 끊고는 그녀를 바라보았다.

리디아의 표정에는 별다른 것이 떠오르지 않았다. 다만 혐오스럽다는 듯 살짝 얼굴을 찌푸렸을 뿐이었다.

"전 그 사람이 좋았던 적이 없어요. 그가 이 집에서 나갔으면 좋겠어요."

"제 생각엔 그렇게 하시는 편이 현명하실 것 같습니다, 마담."

그녀는 푸아로를 힐긋 바라보고는 말했다.

"무슨 뜻으로 하시는 말씀인가요? 그에 대해 안 좋은 정보라도 갖고 계신 건가요?"

"그는 남의 비밀을 캐고 다니는 사람입니다. 그리고 그것을 자기 이익을 위해 이용하죠."

그녀가 날카로운 어조로 되물었다.

"그가 이 살인에 대해 뭔가…… 알고 있다고 생각하세요?"

푸아로는 어깨를 으쓱해 보이고는 말했다.

“그는 소리 내지 않고 걷는 발과 잘 듣는 귀를 갖고 있습니다. 뭔가 엿들었는데도 잠자코 있는지도 모르지요.”

리디아가 분명한 어조로 말했다.

“그 말은 그가 우리 중의 하나를 협박하려 들지도 모른다는 건가요?”

“그럴 수도 있습니다. 하지만 제가 여기 온 건 그런 말을 하기 위해서가 아닙니다.”

“무슨 말을 하러 오셨는데요?”

“저는 앨프리드 리 씨와 이야기를 나누었습니다. 그분이 제게 제안을 하나 하셨는데, 그것을 받아들이든 거절하든 결정하기 전에 부인과 의논을 하고 싶습니다. 하지만 부인이 만들어 낸 모습……, 그러니까 입고 계신 매력적인 점퍼의 무늬가 심홍색 커튼을 배경으로 만들어 내는 효과가 너무나도 멋져서 걸음을 멈추고 감탄을 하지 않을 수 없었지요.”

리디아가 날카롭게 물었다.

“무슈 푸아로, 그런 쓸데없는 찬사에 시간을 낭비해야 하나요?”

“죄송합니다, 마담. 영국인들 중에는 ‘라 투아레트(맵시)’가 뭔지 아는 사람이 극히 드물답니다. 제가 첫날 본 부인은 대담하지만 단순한 패턴으로 이루어진 우아하고 품위 있는 드레스를 입고 계셨습니다.”

리디아가 초조한 듯이 말했다.

“무엇 때문에 저를 보러 오셨나요?”

푸아로의 표정이 진지해졌다.

"말씀드리지요, 마담. 남편분께서는 제가 아주 진지하게 이 사건을 조사해 주기를 바라고 계십니다. 그분은 제게 이 집에 머물면서 최선을 다해 사건을 해결해 달라고 하시더군요."

리디아의 말투가 다시 날카로워졌다.

"그래서요?"

"저로서는 안주인의 승인 없이는 그런 요청을 받아들이고 싶지 않습니다."

리디아가 냉랭하게 말했다.

"저로서는 남편의 요청을 당연히 승인합니다."

"예, 마담. 하지만 제겐 그 이상이 필요합니다. 부인께서는 진심으로 제가 이곳에 오기를 원하십니까?"

"왜 아니라고 생각하세요?"

"좀 더 솔직하게 이야기합시다. 제가 묻고 싶은 건 이런 겁니다. 부인은 진실이 밝혀지기를 바라십니까, 아니면 그 반대입니까?"

"너무 당연한 말씀을 하시는군요."

푸아로가 한숨을 내쉬었다.

"그런 판에 박힌 대답을 하셔야 합니까?"

"저는 보수적인 사람입니다."

리디아는 입술을 물고 주저하다가 말을 이었다.

"어쩌면 솔직하게 말하는 편이 나은지도 모르겠군요. 물론 저는 선생님이 무슨 말씀을 하시는 건지 알아요. 제 입장은 편안하지가 않아요. 시아버님은 잔인하게 살해되셨고, 이 사건의 가장 유력한 용의자인 호버리의 강도 살인으로 판명나지 않는다면, 가족 중의 하나가 아버님을 죽였다는 이야기가 됩니다. 그 사람을 법정에 세우는 것은 우리 모두에게 수치와 불명예가 될 거예요……. 솔직히 말하라고 한다면, 저는 그런 일이 일어나지 않기를 바란다고 말할 수밖에 없어요."

"부인께서는 살인범이 처벌받지 않고 달아나면 좋으시겠습니까?"

"이 넓은 세상에는 전말이 밝혀지지 않은 살인들도 더러 있을 거예요."

"그럴 겁니다."

"그렇다면 그게 더 중요하지 않나요?"

"그러면 다른 가족들은 어떻게 되겠습니까? 죄없는 가족들 말입니다."

리디아가 물끄러미 앞을 응시했다.

"그들이 어떻단 말인가요?"

"사건이 부인의 바람대로 된다면 아무도 영원히 진실을 모르게 된다는 것도 염두에 두셨나요? 그 후유증이 줄곧 남을 텐데요……."

"그 문제는 생각해 보지 않았어요."

"죄인이 누구인지 영원히 알 수 없게 됩니다……. 부인이 이미 알고 계신 것이 아니라면 말입니다, 마담?"

"선생님은 그런 말씀을 하실 이유가 없어요. 그건 사실이 아니니까요. 오! 그게 낯선 사람이라면 얼마나 좋을까요……. 가족 중의 한 명이 아니라면."

"둘 다일 수도 있습니다."

리디아가 푸아로를 물끄러미 응시했다.

"무슨 뜻으로 하시는 말씀인가요?"

"범인이 가족 중의 하나일 수도 있습니다……. 그리고 동시에 에르퀼 푸아로의 마음속에 떠올랐던 낯선 사람일 수도 있답니다. 음, 마담. 제가 남편께 무어라고 대답해야 할까요?"

리디아는 두 손을 들어 올렸다가 갑자기 툭 떨구면서 대답했다.

"물론…… 그 제안을 받아들이셔야죠."

IV

필라르는 음악실 한가운데 있었다. 그녀는 공격을 두려워하는 짐승처럼 이쪽저쪽으로 눈길을 던지며 몸을 똑바로 펴고 서 있었다.

그녀가 입을 열었다.

"이곳에서 달아나고 싶어요."

스티븐 파가 부드럽게 말했다.

"그렇게 느끼는 사람이 당신만은 아니랍니다. 하지만 사람들이 우리를 보내 주지 않을 거예요, 아가씨."

"경찰 말인가요?"

"예."

필라르는 무척 심각해 보였다.

"경찰과 연루되는 건 좋은 일이 아니에요. 특히 점잖은 사람들에게 일어나서는 안 될 일이죠."

스티븐이 희미한 미소를 띠며 대꾸했다.

"아가씨 자신을 말하는 건가요?"

"아니에요, 전 앨프리드 삼촌과 리디아 숙모, 데이비드 삼촌과 조지 삼촌 그리고 힐다 숙모를 두고 하는 말이에요. 그래요, 맥덜린 숙모도 그렇고요."

스티븐이 담배에 불을 붙였다. 그는 잠시 담배를 뻐끔거리다가 말했다.

"어째서 예외를 두시는 거죠?"

"무슨 말씀인가요?"

"어째서 해리 삼촌은 제외하시는 거냐고요?"

필라르는 희고 가지런한 이를 드러내며 소리 내어 웃었다.

"오, 해리 삼촌은 달라요! 제가 보기에 그는 경찰에 연루되는 게 어떤 건지 아주 잘 알고 있을 것 같은데요."

"어쩌면 당신 말이 맞을 겁니다. 그는 좀 지나치게 활발해서 가정적인 모습에는 어울리지 않죠. 당신은 영국인 친척들이 마음에 드십니까, 필라르?"

"그들은 친절해요……. 모두들 아주 친절하죠. 하지만 그다지 많이 웃질 않아요. 유쾌한 사람들이 아니에요."

필라르가 확실치 않다는 태도였다.

"친애하는 필라르, 이 집 안에서 막 살인 사건이 일어났잖습니까."

"그……렇긴 해요."

필라르가 애매하게 답하자 스티븐이 가르치는 듯한 어조로 말을 이었다.

"살인 사건이란……. 그렇게 마지못해 동의할 정도로 매일같이 일어나는 흔한 일이 아니랍니다. 스페인에서는 어떤지 몰라도 영국에서는 살인 사건을 심각하게 받아들인답니다."

"저를 비웃고 계시는군요."

"아니요. 난 지금 그런 기분이 아닙니다."

"그건 당신 역시 이곳에서 달아나고 싶기 때문인가요?"

"그렇습니다."

"그 키 크고 잘생긴 경관에게 말하면 보내 주지 않을까요?"

"물어보지는 않았습니다만 분명히 안 된다고 할 겁니다. 저는 처신을 조심해야 한답니다. 필라르, 아주아주 조심해야 하지요."

"피곤한 일이군요."

필라르가 고개를 끄덕였다.

"단순히 피곤한 것 이상이지요. 게다가 여기서기를 기웃거리는 약간 정신 나간 외국인도 있잖습니까. 그 사람이 무슨 도움이 될 것 같진 않아요. 신경에 거슬리더군요."

필라르가 미간을 찌푸렸다.

"제 할아버지는 굉장한, 정말이지 굉장한 부자 아니었나요?"

"그럴 겁니다."

“이제 그의 재산은 어디로 가게 되나요? 앨프리드 삼촌과 다른 가족들에게 가나요?”

“그의 유언장 내용에 달렸지요.”

“그분이 제게도 돈을 약간이나마 남겨 주셨으면 좋겠지만 그러지 않으셨을 것 같네요.”

생각에 잠긴 필라르에게 스티븐이 친절한 어조로 말했다.

“아가씨는 괜찮을 겁니다. 어쨌든 당신은 가족이니까요. 아가씨는 이곳에 속한 사람입니다. 사람들이 돌봐 줄 거예요.”

필라르가 한숨을 내쉬며 응수했다.

“저는…… 이곳에 속한 사람이지요. 그게 무척 우스꽝스러워요. 전혀 우스운 일이 아닌데도 말이에요.”

“그 일이 그리 즐겁지 않다는 걸 이해할 수 있습니다.”

필라르가 다시 한숨을 내쉬었다.

“전축에 판을 걸고 춤을 춰도 될까요?”

스티븐이 불안해하며 대답했다.

“그건 그리 잘하는 일이 아닌 것 같습니다. 지금은 상중이니까요. 당신은 무정한 스페인 말괄량이가 되는 거죠.”

필라르가 큰 눈을 휘둥그렇게 뜨면서 말했다.

“하지만 사실 전 조금도 슬프지 않아요. 왜냐하면 저는 할아버지를 제대로 알지 못했거든요. 제가 할아버지와 이야기하는 게 좋았다 해도, 그분이 죽었다는 이유로 울거나 불행해하고 싶진 않아요. 괜히 그런 척하는 것은 오히려 바보같은 짓이에요.”

"정말 사랑스럽군요."

필라르가 달래듯이 말했다.

"전축 속에 스타킹과 장갑 뭉치를 넣으면 소리가 훨씬 덜나서 아무도 듣지 못할 거예요."

"그럼 갑시다, 이 깜찍한 아가씨야."

필라르는 행복한 듯 웃음을 터뜨리며 방을 나가서 건물 한쪽 끝에 있는 무도실로 달려갔다.

정원 문으로 통하는 옆 통로에 이르자 필라르는 갑자기 걸음을 멈췄다. 그녀를 따라잡은 스티븐 역시 걸음을 멈췄다.

에르퀼 푸아로가 벽에서 초상화 하나를 떼어 내 테라스를 통해 들어오는 빛에 비춰 보고 있었다. 그가 눈길을 들고 말했다.

"아하! 마침 잘 오셨군요."

"뭘 하고 계세요?"

필라르가 다가와 푸아로의 곁에 섰다.

푸아로가 진지하게 대답했다.

"아주 중요한 걸 조사하고 있는 중입니다. 젊은 시절의 시메온 리의 얼굴이죠."

"오, 이게 제 할아버지신가요?"

"그렇습니다, 마드무아젤."

필라르는 초상화 속의 얼굴을 물끄러미 들여다보고는 천천히 말했다.

"너무나도…… 정말 너무나도 다르군요……. 할아버지는 늙고 쪼그라들어 있었어요. 여기 이 모습은 마치 해리 삼촌 같아요. 10년 전 해리 삼촌은 저런 모습이었을 거예요."

에르퀼 푸아로가 고개를 끄덕였다.

"그렇습니다, 마드무아젤. 해리 리는 아버지를 쏙 빼닮았죠. 그리고 여기……."

그는 필라르를 화랑을 따라 이끌었다.

"이게 아가씨의 할머님입니다……. 길고 부드러운 얼굴, 금발과 연푸른 눈빛."

"데이비드 삼촌 같아요."

"앨프리드 씨와도 똑같은데요."

필라르와 스티븐이 차례로 말하자 푸아로가 말을 받았다.

"유전이란 무척 재미있습니다. 리 씨와 그의 아내는 정반대입니다. 전체적으로 아이들은 어머니를 닮았습니다. 여기를 보시지요, 마드무아젤."

푸아로는 금발에 웃음기가 서린 커다란 푸른 눈을 가진, 19세쯤 되어 보이는 소녀의 초상화를 가리켰다. 금발과 푸른 눈은 시메온 리의 아내의 것이었지만, 그녀의 연푸른 눈빛과 평온한 이목구비와는 전혀 다른 생기와 활력이 깃들어 있었다.

"오!"

필라르가 얼굴을 붉히더니 한 손으로 목에 걸고 있던 긴 금 사슬이 달린 금합을 꺼냈다. 고리를 누르자 금합이 열렸다. 거기에는 똑같이 웃음기를 머금은 사람의 사진이 들어 있었다.

"제 어머니세요."

푸아로가 고개를 끄덕였다. 금합의 반대편에는 한 사내의 초상이 끼워져 있었다. 검은 머리에 진푸른색 눈빛을 한 젊고 잘생긴 남자였다.

"아가씨 아버지인가요?"

"예, 제 아버지세요. 무척 잘생기셨죠?"

"정말 그렇군요. 푸른 눈을 가진 스페인인은 좀 드문데요. 그렇지 않습니까, 세뇨리타?"

"북쪽 지방에서는 이따금 있지요. 게다가 할머니가 아일랜드인이셨어요."

푸아로가 생각에 잠긴 채 말했다.

"그러니까 당신은 스페인인과 아일랜드인, 영국인의 피에다 집시의 피까지 지닌 셈이군요. 제가 무슨 생각을 하는지 아십니까, 마드무아젤? 그런 유전자를 받은 당신에겐 분명히 적이 있을 겁니다."

스티븐이 소리 내어 웃으며 말했다.

"기차에서 말했던 거 기억해요, 필라르? 당신은 적이 생기면 그 목을 베어 버리겠다고 했었지요. 이런!"

그는 말을 멈추었다. 문득 그 말의 심각성을 깨달은 모양이었다.

에르퀼 푸아로가 재빨리 화제를 바꾸었다.

"아, 그래요. 뭔가 하려고 했었는데, 세뇨리타. 물어볼 게 있습니다. 당신의 여권 말입니다. 제 경정 친구 말이 그게 필요하다더군요. 알다시피 경찰 단속이란 게 있어서요. 무척 어리석고 피곤하긴 하지만 이 나라에 들어온 외국인에게는 필요한 일이죠. 법적으로 당신은 외국인이니 말입니다."

필라르의 눈썹이 치켜 올라갔다.

"제 여권요? 예, 가져올게요. 방에 있어요."

푸아로는 그녀 곁을 지나가며 사과의 말을 중얼거렸다.

"번거롭게 해서 정말 미안하군요. 진심입니다."

그들은 긴 화랑 끝에 이르렀다. 그곳에 층계가 있었다. 필라르가 달려 올라갔고, 푸아로가 그 뒤를 따랐다. 스티븐 역시 따라왔다. 필라르의 방은 층계 꼭대기 바로 앞에 있었다.

방문 앞에 이르자 필라르가 말했다.

"여기서 잠깐 기다리세요."

필라르가 방으로 들어갔다. 푸아로와 스티븐은 밖에서 그녀를 기다렸다.

스티븐이 후회스럽다는 듯이 말했다.

"어리석게도 그런 말을 하다니. 하지만 눈치채지 못한 것 같죠?"

푸아로는 대답하지 않았다. 그는 귀를 기울이는 것처럼 고개를 한쪽으로 살짝 기울였다. 푸아로가 입을 열었다.

"영국인들은 유난히도 신선한 공기를 좋아하죠. 에스트라바도스 양도 그런 성격을 물려받았나 보군요."

스티븐이 그를 물끄러미 바라보며 물었다.

"왜 그런 말씀을 하시죠?"

"왜냐하면 오늘은 날씨가 무척이나 춥습니다. '검은 서리'가 내린

다고들 하죠. 햇빛이 찬란하고 날씨가 따뜻했던 어제와는 딴판으로 말입니다. 그런데도 에스트라바도스 양은 지금 막 아래쪽 창문을 열었으니까요. 그 정도로 신선한 공기를 좋아하다니 놀라운 일입니다."

갑자기 방 안에서 스페인어로 무어라 외치는 소리가 들려오더니 필라르가 소리 내어 웃으며 허둥지둥 다시 모습을 나타냈다.

"아! 이렇게 바보 같을 수가……. 경솔하기 짝이 없네요. 창턱에 놓인 작은 상자에서 서둘러 서류를 찾다가 어리석게도 여권을 창밖으로 떨어뜨렸어요. 아래쪽 화단에 떨어졌어요. 가서 가져올게요."

"제가 가서 가져오겠습니다."

스티븐이 말했지만 필라르는 이미 그를 젖히고 달려가기 시작한 참이었다. 그녀는 뒤를 돌아보며 어깨 너머로 외쳤다.

"아니에요, 이건 제 잘못인 걸요. 무슈 푸아로와 응접실에 가 계세요. 그리로 가져갈게요."

스티븐 파는 필라르의 뒤를 따라가려고 했지만, 푸아로의 손이 부드럽게 그의 팔을 잡았다.

"우리는 이리로 갈까요."

그들은 2층 복도를 따라 저택의 다른 쪽 끝을 향해 걸어 이윽고 중앙 층계의 꼭대기에 이르렀다. 푸아로가 말했다.

"잠시 여기 있다가 갑시다. 함께 범죄 현장으로 가서 당신에게 여쭤보고 싶은 게 있습니다."

그들은 시메온 리의 방으로 통하는 복도를 따라 걸었다. 왼쪽 벽감에 대리석상이 두 개 세워져 있었다. 빅토리아 시대의 유행에 따라 탄탄한 몸매를 천으로 고통스러울 정도로 친친 감고 있는 님프 상들이었다.

스티븐 파가 그 조각상들에 힐긋 눈길을 던지고는 중얼거렸다.

"낮에 보니까 상당히 섬뜩하네요. 밤에 지나갈 때는 조각상이 세 개인 줄 알았는데 둘뿐이군요. 차라리 다행이네요."

"요즘은 저런 게 인기가 없죠. 하지만 당시에는 돈이 많이 들었을 거예요. 밤에 보는 편이 더 나을 것 같습니다."

"그렇습니다. 밤에는 하얗게 반짝이는 윤곽만이 보이니까요."

"어둠 속에선 모든 고양이들이 잿빛으로 보이는 법이죠."

문제의 방에는 서즌 경정이 와 있었다. 그는 확대경을 들고 무릎을 꿇고 앉아 금고를 조사하고 있었다. 그들이 방으로 들어오자 서즌이 고개를 들었다.

"금고는 강제로 연 게 아닙니다. 누군가 비밀번호를 아는 사람의 소행이지요. 그 밖의 아무런 흔적도 남아 있지 않습니다."

푸아로가 서즌 경정에게로 다가가서 그를 한쪽으로 잡아끌어 무어라 속삭였다. 경정은 고개를 끄덕이고는 방을 나갔다.

푸아로는 시메온 리가 늘 앉아 있던 팔걸이의자를 물끄러미 바라보고는 스티븐 파에게로 돌아왔다. 스티븐 파의 미간에는 주름이 잡혀 있었고, 이마에는 힘줄이 튀어나와 있었다. 푸아로는 잠시 말없이 그를 바라보고 있다가 입을 열었다.

"추억을 더듬고 계신 거죠……. 그렇죠?"

스티븐이 천천히 대답했다.

"이틀 전만 해도 그는 저기 살아서 앉아 있었습니다⋯⋯. 그런데 이제는⋯⋯."

이윽고 스티븐은 생각을 털어 버렸다.

"예, 무슈 푸아로. 뭔가 물어볼 것이 있다고 저를 이리로 데려오셨지요?"

"아, 그렇습니다. 제 생각에 파 씨가 그날 밤 범죄의 현장에 처음으로 도착한 것 같습니다."

"제가요? 기억이 나질 않는군요. 아닙니다. 제 생각에는 숙녀분들이 저보다 먼저 와 계셨던 것 같은데요."

"어떤 숙녀분 말씀입니까?"

"맥덜린이나 힐다 중 하나였습니다. 그들 둘 다 비명이 들리자마자 이곳에 도착한 걸로 알고 있는데요."

"비명을 듣지 못하셨다고 하신 것 같은데요?"

"그랬습니다. 정확하게 기억할 수는 없지만요. 누군가가 비명을 내질렀지만 그건 아래층에서 낸 소리였을 겁니다."

"혹시 이와 비슷한 소리를 듣지 못하셨습니까?"

그는 고개를 뒤로 젖히고 갑자기 귀를 찢는 듯한 소리를 내질렀다.

너무나도 뜻밖이어서 스티븐은 흠칫 놀라 뒤로 물러서다가 하마터면 넘어질 뻔했다. 그가 화가 난 어조로 말했다.

"맙소사. 온 식구들을 겁에 질리게 할 작정입니까? 아니오, 저는 그런 소리 같은 건 듣지 못했습니다. 사람들이 또 살인이 일어난 줄 알겠군요."

푸아로는 풀이 죽은 모습으로 나직하게 중얼거렸다.

"맞습니다……. 제가 어리석었어요……. 이제 가십시다."

그는 서둘러 방을 나섰다. 리디아와 앨프리드가 층계 발치에 서서 위를 올려다보고 있었다. 조지도 서재에서 나와 그들에게 합류했고, 필라르가 손에 여권을 들고 달려왔다.

푸아로가 외쳤다.

"아무것도…… 정말 아무것도 아닙니다. 놀라지들 마십시오. 자그마한 실험을 하나 해 봤습니다. 그뿐입니다."

앨프리드는 짜증이 난 듯했고, 조지는 분개했다. 푸아로는 스티븐에게 설명을 맡기고는 서둘러 저택의 다른 쪽 끝을 향해 걸음을 옮겼다.

통로 끝에서 서즌 경정이 필라르의 방에서 조용히 나와 푸아로를 맞았다.

"에 비엥(어떻게 됐습니까)?"

경정이 고개를 내저었다.

"아무 소리도 들리지 않았습니다."

그는 푸아로의 눈빛에 흡족한 빛이 떠오르는 것을 보고는 고개를 끄덕였다.

V

앨프리드 리가 말했다.

"그렇다면 제 제안을 받아들이시는 겁니까, 무슈 푸아로?"

입 쪽으로 올라간 그의 한쪽 손이 가볍게 떨리고 있었다. 연갈색 두 눈에는 새롭게 열띤 표정이 떠올라 있었다. 앨프리드는 약간 말을 더듬었다. 그의 곁에 말없이 서 있던 리디아가 약간 걱정스러운 표정으로 그를 바라보았다.

앨프리드가 다시 말했다.

"당신은…… 당신은 상, 상상조차 하실 수 없을 겁니다……. 이게 제게 어, 어떤 의미인지……. 제 아버지의 살인범은 반드시 밝, 밝혀져야 합니다."

"오랫동안 깊이 생각하고 내린 결정이라고 하시니……. 예, 받아들이겠습니다. 다만, 아시겠지만 앨프리드 씨, 이제는 사태를 뒤로 물릴 수 없습니다. 저는 사냥하라고 풀어놓았다가 마음이 바뀌면 다시 불러들일 수 있는 사냥개가 아닙니다."

"물론입니다……. 그렇고말고요……. 준비는 다 되어 있습니다. 선생님의 침실을 준비해 놓았습니다. 원하시는 만큼 머무시지요……."

푸아로가 심각하게 말했다.

"그리 오래 걸리지는 않을 겁니다."

"예? 그렇다면?"

"그리 오래 걸리지 않을 거라고 했습니다. 이 사건의 범위가 제한되어 있기 때문에 진실에 이르는 데 그리 오랜 시간이 걸리지는 않을 겁니다. 제 생각에는 이미 결말이 가까운 것 같습니다."

앨프리드가 물끄러미 그를 바라보고 외쳤다.

"그럴 수가!"

"그렇습니다. 크고 작은 모든 사실이 하나의 방향을 가리키고 있습니다. 그 도상에 처리해야 할 사건과 관계없는 것들이 몇 가지 있을 뿐입니다. 그걸 제외하고 나면 진실이 드러날 겁니다."

앨프리드가 믿어지지 않는다는 듯 물었다.

"그 말씀은 선생님은 이미 알고 계신다는 겁니까?"

푸아로가 웃어 보였다.

"그렇습니다. 저는 알고 있지요."

"제 아버지…… 제 아버지는……."

앨프리드가 고개를 돌렸다.

푸아로가 기민하게 말을 받았다.

"무슈 리, 제가 두 가지 질문을 하겠습니다."

앨프리드가 목이 멘 듯한 목소리로 대답했다.

"뭐든지…… 뭐든지 말씀하십시오."

"우선 허락하신다면 젊은 시절 리 씨를 그린 초상화를 제 침실에 걸어 놓고 싶습니다."

앨프리드와 리디아가 멍한 표정으로 그를 응시했다.

"아버지의 초상화를요……? 도대체 이유가 뭔가요?"

푸아로는 손사래를 치면서 말했다.

"그건 어떻게 말하면 좋을까요……. 그렇게 하면 영감을 받을 수 있을 것 같아서죠."

리디아가 날카롭게 물었다.

"무슈 푸아로, 영감으로 범죄 사건을 해결하시겠다는 건가요?"

"몸의 눈뿐 아니라 마음의 눈도 사용하려 한다고 말해 둘까요, 마담."

그녀는 어깨를 으쓱했다.

"다음은요, 앨프리드 씨. 당신 누이의 남편 후안 에스트라바도스가 어떻게 죽었는지 그 정황을 알고 싶습니다."

"그런 게 필요한가요?"

"저는 모든 사실을 알고 싶습니다, 마담."

앨프리드가 대신 대답했다.

"후안 에스트라바도스는 카페에서 어떤 여자 때문에 싸움을 하다가 사람을 죽였습니다."

"어떻게 죽였습니까?"

앨프리드가 간청하는 듯한 눈길로 리디아를 바라보았다. 리디아가 차분한 음성으로 말했다.

"다른 사람을 칼로 찔렀어요. 도전을 받고 벌인 결투인 만큼 후안 에스트라바도스에게 사형이 선고되지는 않았어요. 형을 살다가 감옥에서 죽었어요."

"그의 딸이 그 사실을 알고 있습니까?"

"그렇지는 않을 거예요."

앨프리드가 맞장구쳤다.

"그래요, 제니퍼가 딸에게 말하지 않았을 겁니다."

"고맙습니다."

리디아가 말했다.

"선생님은 혹시 필라르가……. 오, 그건 말도 안 돼요!"

"자, 무슈 리. 이제 동생 해리 리 씨에 대해 몇 가지 사실을 알려 주시겠습니까?"

"뭘 알고 싶으십니까?"

"그를 집안의 수치로 여긴다고 했는데요, 이유가 뭔가요?"

"아주 오래전 이야기인데……."

앨프리드가 얼굴을 붉히며 리디아의 말을 끊었다.

"알고 싶으시다니 말인데요, 무슈 푸아로. 그는 수표에 아버지의 이름을 서명하는 방법으로 큰돈을 훔쳤습니다. 물론 아버지는 그를 고소하지 않으셨지요. 해리는 줄곧 부정직한 짓을 저질렀습니다. 그는 세계 각지에서 곤란에 처하면 그 곤경에서 벗어나기 위해 돈을 보내 달라고 전보를 쳤답니다. 게다가 여기저기에서 감옥을 드나들었답니다."

"당신은 자세한 내용은 모르잖아, 앨프리드."

리디아의 말에 앨프리드는 화가 나서 두 손을 떨면서 말했다.

"해리는 아무짝에도, 아무짝에도 쓸모가 없어! 그 녀석은 줄곧 그래 왔다고!"

“두 분 사이에는 우애가 없군요?”

“그 녀석은 아버지를 희생양으로 삼았습니다……. 수치스럽게도 친아버지를 희생양으로 삼은 겁니다.”

리디아가 한숨을 내쉬었다. 초조함이 배어 있는 재빠른 한숨이었다. 푸아로는 그 소리를 듣고 그녀에게 날카로운 시선을 던졌다.

“다이아몬드가 발견되기만 하면 좋겠어요. 저는 해결의 실마리가 거기 있다고 확신해요.”

“그건 찾았습니다, 마담.”

“뭐라고요?”

푸아로가 친절하게 대답했다.

“부인께서 만드신 미니 사해 정원 안에 있더군요.”

“제 정원에요? 어떻게…… 어떻게 그럴 수가!”

“그러게 말입니다.”

12월 27일

I

앨프리드 리가 한숨을 내쉬며 말했다.

"걱정했던 것보다는 낫군요."

그들은 심리를 마치고 돌아오는 길이었다. 무언가를 살피는 듯한 완고한 푸른 눈을 가진 변호사 찰턴이 배석했다가 그들과 함께 돌아오는 참이었다. 그가 말했다.

"아, 제가 말씀 드린 대로 이 절차는 지극히 형식적인 겁니다. 형식적인 것에 불과하고. 또 연기될 겁니다. 경찰이 증거를 수집할 시간을 가질 수 있도록 말입니다."

조지 리가 분개한 말투로 말했다.

"정말이지 이보다 더 불쾌할 수는 없어요. 정말이지 불쾌해. 이런 끔찍한 위치에 놓이다니! 난 이 범죄가 어떤 식으로든 허락을 얻어 집 안으로 들어온 미치광이의 소행이라고 확신하고 있습니다. 그 서즌이란 자는 노새처럼 고집불통이죠. 존슨 대령은 런던 경시청에 도움을 청해야 해요. 지방 경찰은 쓸모가 없습니다. 얼간이들이죠. 예를 들어 그 호버리란 자는 어떻습니까? 그의 과거에 결정적인 문제가 있다고 들었는데, 경찰은 그것에 관해 아무런 조치도 취하지 않잖습니까."

찰턴이 말했다.

"아……. 그 호버리란 친구는 사건이 일어난 시간에 확실한 알리바이를 갖고 있습니다. 경찰은 그 알리바이를 인정했습니다."

조지가 화가 나서 씩씩거렸다.

"어째서 그렇게 쉽게 인정해 버리는 겁니까? 나라면 그런 알리바이라면 받아들이기 전에 아주 신중하게 따져볼 겁니다……. 아주 신중하게. 범인이 자신의 알리바이를 만들어 놓는 건 당연하지 않습니까! 그 알리바이의 허점을 찾아내는 게 바로 경찰이 할 일이고……. 적어도 그들이 자기네 임무가 뭔지 안다면 말입니다."

"자, 자. 경찰에게 자신들의 임무가 무엇인지 가르치는 것이 우리 할 일은 아닌 것 같군요, 그렇지 않습니까? 대체로 유능한 사람들이니까요."

조지가 험악한 표정으로 고개를 저었다.

"런던 경시청에 알려야 합니다. 나는 서즌 경정의 조사에 도대체 만족할 수가 없습니다. 애는 쓰고 있는지 모르지만 명석한 것과는 거리가 먼 사람이더군요."

"저는 그렇게 생각하지 않습니다. 서즌은 훌륭한 경찰입니다. 쓸데없이 권력을 남용하지 않고도 목적을 달성하죠."

리디아가 말했다.

"저는 경찰이 최선을 다하고 있다고 확신해요. 찰턴 씨, 셰리주 한 잔 하시겠어요?"

찰턴은 예의 바르게 감사를 표하며 사양했다. 그런 다음 헛기침을 하고는 온 가족이 모여 있는 가운데 유언장을 낭독하기 시작했다.

그는 좀 모호한 표현이 나오면 시간을 들여 법적인 전문 용어를 설명해 가며 풍취 있게 유언장을 읽어 내려 갔다.

낭독을 마친 찰턴은 안경을 벗어 닦은 다음 무언가 묻는 듯한 눈길로 모인 사람들을 둘러보았다.

해리 리가 말했다.

"법적인 용어는 알아듣기가 좀 어렵군요. 우리에게 요점을 말해 주시겠습니까?"

"사실 이건 정말이지 단순한 유언장입니다."

"맙소사, 어려운 건 도대체 어떻길래 그런 겁니까?"

찰턴은 비난하듯이 그에게 차가운 눈길을 던지며 말했다.

"유언장의 주요 내용은 아주 단순합니다. 시메온 리 씨 재산의 절반은 아들 앨프리드 리 씨에게 가고, 나머지는 다른 자식들에게 분배됩니다."

해리가 불쾌하다는 듯 웃음을 터뜨리고 말했다.

"늘 그랬듯이 앨프리드 형은 복이 터졌군! 아버지 재산의 반이라니! 정말 호박이 덩굴째 굴러 들어온 거 아니야, 앨프리드 형?”

앨프리드의 얼굴이 붉어졌다. 리디아가 날카롭게 말했다.

“이이는 아버님께 성실하고 헌신적인 아들이었어요. 여러 해 동안 사업을 운영했고 모든 책임을 져 왔어요.”

“오, 그럼요. 앨프리드 형은 언제나 착한 아들이었죠.”

앨프리드가 날카롭게 말했다.

“내 생각엔 네 자신이 복이 많다고 생각해야 할 것 같다, 해리. 아버지가 네게도 뭔가를 남겨 주셨다니 말이다.”

해리가 고개를 뒤로 젖히고 웃음을 터뜨리며 말했다.

“아버지가 유언장에서 나를 제외했으면 훨씬 좋았겠군, 안 그래? 형은 언제나 날 미워했으니 말이야.”

찰턴이 기침을 했다. 그는 유언장을 낭독한 뒤에 으레 뒤따르는 이런 고통스러운 장면에 익숙해 있었다. 문제는 너무 익숙해 있다는 것이었다. 찰턴은 흔한 가족 싸움이 더 진행되기 전에 자리를 뜨고 싶었다. 그가 나직하게 말했다.

“제 생각에는…… 그러니까…… 이 정도가 제가 도와드릴 수 있는…… 그러니까…….”

해리가 예리하게 물었다.

“필라르에 대한 건 어떻습니까?”

찰턴이 다시 기침을 했다. 이번에는 미안한 기색이 담겨 있었다.

“음…… 에스트라바도스 양은 유언장에 언급되어 있지 않습니다.”

“그 애가 자기 어머니의 몫을 갖게 되는 것 아닌가요?”

"세뇨라 에스트라바도스가 살아 계셨다면 당연히 여러분 모두와 같은 몫을 받게 되지만 죽었으므로 그녀에게로 돌아갈 몫은 여러분에게 나뉘어 분배됩니다."

필라르가 남국 억양이 강한 영어로 천천히 말했다.

"그렇다면…… 제겐…… 아무것도 없는 건가요?"

리디아가 재빨리 끼어들었다.

"필라르, 우리가 그 문제를 알아볼 거야."

"넌 이곳에서 앨프리드 형과 함께 살면 돼. 그렇지, 앨프리드 형? 우리는 그러니까…… 넌 우리 조카니까. 널 돌봐 주는 게 우리의 의무란다."

"필라르가 우리와 함께한다면 늘 기쁠 거예요."

"필라르도 자기 몫을 가져야 해요. 제니퍼 누나의 몫을 가져야 한다고요."

이어서 조지, 힐다, 해리가 차례대로 의견을 밝혔다. 찰턴이 나직하게 말했다.

"정말이지 전 그러니까…… 가 봐야겠군요. 안녕히 계십시오, 리 부인……. 제가 할 일이 있다면 무엇이든, 음, 그러니까…… 언제라도 연락하시지요……."

그는 재빨리 방을 나갔다. 경험상 가족 싸움이 벌어질 모든 요소가 등장했음을 알았던 것이다.

찰턴이 나가고 문이 닫히자 리디아가 예의 그 명료한 목소리로 말했다.

"전 해리 도련님 의견에 찬성이에요. 제 생각엔 필라르는 자기 몫을 받을 자격이 있어요. 이 유언장은 제니퍼 아가씨가 죽기 오래전에 작성된 것이니까요."

"말도 안 되는 소리입니다. 그건 분명하지 않을뿐더러 법적으로도 문제가 있습니다. 법은 법이죠. 우리는 법대로 해야 합니다."

조지의 말에 맥덜린이 말을 받았다.

"물론 안된 일이에요. 우리 모두 필라르를 안타깝게 생각하고 있지만. 조지 말이 맞아요. 그의 말대로 법은 법이니까요."

리디아가 자리에서 일어나 필라르의 손을 잡고는 그녀를 문으로 이끌었다.

"필라르, 이런 상황이 네게 몹시 불쾌하겠지. 우리가 이 문제를 토론하는 동안 잠시 나가 주겠니? 걱정하지 말아라, 필라르. 내게 맡겨."

필라르가 천천히 밖으로 나가자, 리디아는 방문을 닫고 자리로 돌아왔다.

잠시 침묵이 흐르는 동안 모두 숨을 죽였다. 다음 순간 싸움이 다시 시작되었다.

해리가 말했다.

"조지 형은 언제나 지독히도 인색하군."

"어쨌거나 난 식객이나 깡패는 아니니까!"

"형도 나만큼이나 빌붙어 먹은 식객이야! 형은 그 모든 세월 동안 아버지 덕으로 살았잖아."

"내가 몹시 막중한 책임을 져야 하는 자리에 있다는 걸 잊은 모양이구나……."

"맙소사. 몹시 막중한 책임을 져야 하는 자리라니! 형은 그저 과대평가된 허풍쟁이에 불과해."

맥덜린이 비명을 질렀다.

"어떻게 감히 그런 말을!"

힐다의 차분한 목소리가 살짝 올라갔다.

"우리 이 문제를 조용히 의논할 수 없을까요?"

리디아가 힐다에게 고마워하는 듯한 눈길을 던졌다.

데이비드가 갑자기 격하게 소리쳤다.

"돈 문제를 두고 이런 수치스러운 싸움을 벌여야 하다니!"

맥덜린이 데이비드에게 독살스럽게 쏘아붙였다.

"그렇게 고매할 수 있어서 정말 좋겠어요. 서방님은 자기 몫의 유산을 포기할 건가요? 서방님 역시 우리만큼 돈을 원하잖아요. 그런 초연한 듯한 태도는 허세에 불과해요."

데이비드가 목이 졸린 듯한 어조로 물었다.

"내가 유산을 거부해야 한다는 겁니까? 어쩌면……."

힐다가 날카롭게 끼어들었다.

"물론 그래선 안 돼요. 우리 모두 이렇게 어린아이처럼 행동해야 하나요? 앨프리드 아주버님, 이제 집안의 가장이시니……."

앨프리드는 막 꿈에서 깨어난 사람 같았다. 그가 입을 열었다.

"죄송합니다. 모두들 한꺼번에 고함을 치는 바람에 그만…… 정신이 혼미해져서요."

리디아가 말했다.

"힐다가 조금 전에 지적한 대로 어째서 우리가 욕심쟁이 어린아이들처럼 행동해야 하는 거죠? 이 문제를 차분하고 분별 있게 토론합시다. 한 번에 하나씩 말이에요. 앨프리드가 제일 연장자니까 먼저 말하는 게 좋겠어요. 어떻게 생각해, 앨프리드? 필라르 문제를 어떻게 하는 게 좋을까?"

앨프리드가 천천히 입을 열었다.

"그녀는 물론 이곳에서 살아도 돼. 그리고 우리는 그 애에게 용돈을 주어야겠지. 그 애에게 자기 이머니기 받을 돈에 대한 법적인 권리가 있는지 나로서는 모르겠어. 그 애가 리 씨가 아니라는 사실을 잊지 마. 그 애는 스페인 사람이야."

"법적인 권리는 없어. 없고말고. 하지만 내 생각에 그 애에겐 도덕적인 권리가 있어. 내가 아는 한 아버님은 자신의 뜻을 거스르고 스페인 남자와 결혼하긴 했지만 아가씨에게도 똑같은 권리가 있다고 인정하셨어. 원래라면 조지 서방님, 해리 도련님, 데이비드 서방님 그리고 제니퍼 아가씨에게 똑같은 몫이 돌아가게 되어 있었어. 제니퍼 아가씨가 작년에 돌아가셨지만. 칠던 씨에게 와 달라고 했을 때 아버님은 새로운 유언장에서 필라르에게 상당한 몫을 물려주실 생각이었을 거야. 아버님은 그 애에게 적어도 그 애 어머니 몫만큼은 분배하셨을 거야. 그 이상도 고려하셨을 수도 있어. 그 애가 유일한 손녀잖아. 우리는 최소한 아버님 생각대로 부당한 일들을 바로잡으려고 노력해야 해."

앨프리드가 정이 넘치는 어조로 말했다.

"옳은 말이야, 리디아! 내 생각이 짧았어. 필라르가 아버지 재산 중에서 제니퍼의 몫을 받는다는 데 나도 동의해."

리디아가 말했다.

"해리 도련님, 도련님 차례예요."

"알다시피 난 찬성이에요. 제 생각엔 리디아 형수님이 상황을 아주 잘 정리하신 것 같아요. 나 역시 형수님 의견에 찬성합니다."

"조지 서방님은요?"

조지의 얼굴이 시뻘게졌다. 그가 침을 튀기며 말했다.

"물론 아니죠. 이 모든 게 상식을 벗어난 얘깁니다. 그 애에게 집을 주고 남의 눈에 흉해 보이지 않도록 옷값이나 주면 됩니다. 그걸로 충분하다고요."

"그렇다면 넌 협조를 거부한다는 거냐?"

앨프리드가 묻자 조지와 맥덜린이 차례로 대꾸했다.

"그래."

"이이 말이 맞아요. 이이에게 그렇게 하라는 제안 자체가 수치스러운 거예요. 가족 중에서 세상에 나가 버젓한 일을 하는 사람이 조지뿐이라는 걸 고려하면, 아버님이 조지에게 그렇게 적은 몫을 주신 것도 부끄러운 일 같아요."

"데이비드 서방님 생각은 어떠세요?"

데이비드가 애매하게 말했다.

"오, 내 생각엔 형수님 말씀이 옳은 것 같습니다. 이 모든 문제 앞에서 이렇게 추한 꼴을 보이고 다투다니 유감입니다."

힐다가 말했다.

"형님 말이 맞아요, 리디아 형님. 그게 바른 판단이에요."

해리가 주위를 둘러보았다.

"그러면 명백하군요. 가족 중에서 앨프리드 형과 저와 데이비드는 그 제안에 호의적이고, 조지 형은 반대입니다. 찬성자가 다수입니다."

조지가 날카롭게 말했다.

"찬성이니 반대니 하는 건 상관없어. 내 아버지 재산 중에서 내 몫은 엄연히 내 몫이야. 난 그중에서 한 푼도 나눠 줄 수 없어."

"그럴 수 없고말고요."

맥덜린이 맞장구쳤다.

"서방님이 끝까지 반대하시겠다면 그렇게 하세요. 우리가 서방님 몫을 벌충할게요."

리디아는 단호하게 말한 뒤 동의를 구하듯 주위를 둘러보았다. 사람들은 고개를 끄덕였다.

헤리가 말했다.

"앨프리드 형이 가장 큰 몫을 받았잖아. 형이 그 대부분을 내야 해."

앨프리드가 대꾸했다.

"네가 처음에 제안한 그런 욕심 없는 마음이 얼마나 가나 했다."

힐다가 딱딱하게 말했다.

"또다시 이러지 말아요. 리디아 형님이 우리가 결정한 사항을 필라르에게 말해 주시면 되겠네요. 자세한 사항은 나중에 정하고요."

그러더니 주의를 환기시키려는 듯 이렇게 덧붙였다.

"파 씨와 푸아로 씨는 어디 있을까요?"

앨프리드가 대답했다.

"심리에 가는 길에 푸아로 씨를 마을에 내려 드렸습니다. 거기서 중요한 걸 사야 한다더군요."

해리가 말했다.

"그 사람은 왜 심리에 참석하지 않았을까요? 당연히 참석해야 했을 텐데!"

리디아가 대답했다.

"아마도 그는 이번 심리가 중요하지 않다는 걸 알고 있었을 거예요. 저기 정원에 있는 사람이 누구죠? 서즌 경정님인가요, 아니면 파 씨인가요?"

리디아와 힐다의 노력은 성공적이었다. 가족회의가 끝났다.

리디아가 힐다를 따로 불러서 말했다.

"고마워, 힐다. 나를 도와주다니. 자네는 정말이지 이 모든 일에도 평정을 잃지 않는군."

힐다가 생각에 잠긴 채 대답했다.

"돈 때문에 사람들이 그렇게 흥분한다는 게 이상해요."

다른 사람들은 모두 방을 나갔다. 두 여자만이 남았다.

"그래. 해리 도련님까지…… 물론 이게 도련님 제안이긴 했지. 그리고 딱한 앨프리드, 그이는 너무 영국적이야, 그이로서는 리 가의 돈이 스페인 사람에게 가는 게 내키지 않는 거야."

힐다가 미소를 지었다.

"그러고 보면 우리 여자들이 덜 세속적이죠?"

리디아는 우아한 태도로 어깨를 으쓱했다.

"음, 이건 우리 돈이 아닌걸……. 우리가 가질 몫이 아니라고! 그게 다른 건지도 모르지."

힐다는 여전히 뭔가를 골똘히 생각하는 듯했다.

"그 애는 이상한 아이예요……. 필라르 말이에요. 그 애가 앞으로 어떤 사람이 될지 궁금해요."

리디아가 한숨을 내쉬었다.

"그 애가 독립적인 인간이 되었으면 좋겠어. 그 애는 여기서 사는 것, 집과 용돈을 보장받는 것에 그다지 만족해하지 않을 것 같아. 그 애는 너무나도 자부심이 강하고, 또 너무나도…… 이질적이야."

그러고는 읊조리듯이 이렇게 덧붙였다.

"언젠가 이집트에서 아름다운 푸른 청금석을 사서 집으로 가져온 적이 있었지. 태양과 모래를 배경으로 한 그곳에서 그것은 찬란하게 빛을 발했지…… 눈부시고 따뜻한 푸른빛 말이야. 하지만 내가 그것을 집으로 가져오자 그 빛이 거의 눈에 띄지 않더군. 그저 흐릿하고 거무스름한 구슬에 지나지 않더라고."

"예, 무슨 말씀인지 알겠어요.

리디아가 친절한 어조로 말했다.

"이제라도 자네와 데이비드 서방님을 만나게 되어서 참 기뻐. 두 사람 다 여기 와 주면 기쁘겠어."

힐다가 한숨을 내쉬었다.

"최근 며칠 동안 저는 이곳에 온 것을 얼마나 자주 후회했는지 몰라요."

"알아. 그랬겠지……. 하지만 힐다, 이 충격이 데이비드 서방님에게 그렇게 나쁜 영향을 미친 것 같진 않아. 내 말은, 사실 서방님은 너무 예민해서 이 일 때문에 완전히 엉망이 될 수도 있었다는 거야. 하지만 살인 사건 이후 서방님은 훨씬 더 좋아 보이셔……."

힐다가 살짝 동요하는 모습을 보이며 말했다.

"그러니까 형님도 그걸 눈치 채셨군요? 어떻게 보면 좀 무시무시한 일이에요……. 하지만 정말 그래요."

힐다는 바로 전날 밤 남편이 했던 말을 떠올리며 잠시 입을 다물었다. 데이비드는 이마에 내려온 멋진 머리카락을 쓸어 올리며 이렇게 말했었다.

'힐다, 「토스카」의 한 장면 기억해? 스카르피아가 죽자 토스카가 그의 머리맡에 촛불을 켜는 장면 말이야. 그때 그녀가 '이제 나는 아버지를 용서할 수 있네.'라고 했잖아. 그 모든 세월 동안 나는 사실 아버지를 용서할 수 없었어. 정말이지 그러고 싶었지만 그럴 수 없었어……. 하지만 이제 더 이상 원한이 남아 있지 않아. 모두 씻겨졌어. 이제…… 오, 이제 등에서 무거운 짐을 내려놓은 것 같아.'

힐다는 퍼뜩 두려운 생각이 들어 물었다.

'아버님이 돌아가셨기 때문에?'

데이비드는 서둘러 말하느라 말을 더듬으며 대답했다.

'아냐, 그런 게 아냐. 당신은 이해를 못 하는군. 아버지가 돌아가셨기 때문이 아니라 아버지에 대한 나의 유치하고 어리석은 증오가 죽었기 때문이야……'

힐다는 남편과의 그 대화를 곁에 있는 리디아에게 그대로 들려주고 싶었지만, 본능적으로 지혜로운 일이 아니라는 걸 느꼈다.

힐다는 리디아를 따라 응접실에서 홀로 나섰다. 홀 탁자 옆에 맥덜린이 작은 꾸러미를 들고 서 있었다. 그녀는 두 사람을 보고 소스라치게 놀라며 입을 열었다.

"오, 이게 무슈 푸아로가 산 중요한 물건인 게 분명해요. 조금 전에 여기 내려놓는 걸 보았거든요. 뭔지 궁금하군요."

맥덜린은 꾸러미를 이쪽저쪽 살펴보며 킬킬거렸지만, 짐짓 즐거워하는 기색과는 반대로 두 눈에는 날카롭고 걱정스러운 빛이 서려 있었다.

리디아가 눈썹을 치켜 올리며 말했다.

"난 점심 먹기 전에 가서 좀 씻어야겠어."

맥덜린이 여전히 어린아이인 척하며 말했다. 하지만 그녀의 목소리에 서린 절박한 기운을 숨길 수는 없었다.

"살짝 들여다봐야겠어요!"

맥덜린은 종이 조각을 풀어 보고는 짧게 감탄했다. 그녀는 손에 든 것을 물끄러미 응시했다.

리디아와 힐다 역시 걸음을 멈추었다. 두 여자 모두 문제의 물건을 물끄러미 바라보았다. 맥덜린이 영문을 모르겠다는 듯 말했다.

"이건 가짜 콧수염이에요. 하지만, 하지만……. 이런 걸 왜?"

힐다가 확신 없는 어조로 말했다.

"변장을 위해? 하지만……."

리디아가 대신 그 문장을 완성했다.

"하지만 무슈 푸아로에겐 아주 멋진 진짜 콧수염이 있잖아."

맥덜린이 그 물건을 다시 종이에 싸면서 말했다.

"영문을 알 수가 없어요. 이건…… 괴상한 일이에요. 어째서 무슈 푸아로는 가짜 콧수염 같은 걸 샀을까요?"

II

필라르는 응접실을 나와 천천히 홀을 따라 걸었다. 정원 문을 통해 집 안으로 들어오던 스티븐 파가 말했다.

"어? 가족회의가 끝났나요? 유언장을 낭독했나요?"

필라르가 거칠게 호흡하며 말했다.

"제겐 아무것도…… 아무것도 없어요. 그건 여러 해 전에 작성된 유언장이라더군요. 할아버지는 제 어머니에게 재산을 남겨 주셨지만, 어머니가 돌아가셨기 때문에 그 몫이 제가 아니라 그들에게 돌아간다는군요."

"그건 좀 가혹한 처사로군요."

"할아버지가 살아 있었다면, 새로운 유언장을 만드셨을 거예요. 내게도 돈을 물려주셨을 거고요……. 많은 돈을 말이에요. 어쩌면 할아버지는 내게 전 재산을 물려주셨을지도 몰라요."

스티븐이 미소를 지어 보이며 말했다.

"그 역시 그다지 공정한 처사 같진 않군요, 그렇지 않아요?"

"어째서 그러면 안 되는 거죠? 그는 저를 가장 좋아하셨어요. 그 뿐이에요."

"당신은 정말 욕심 많은 아이 같군요. 돈을 목적으로 이곳에 온 것처럼!"

필라르가 침착하게 대꾸했다.

"세상은 여자들에게 몹시 잔인해요. 여자들은 자신을 위해 할 수 있는 것을 해야 하죠……. 아직 젊을 때 말이에요. 늙고 추해지면 아무도 도와주지 않으니까요."

스티븐이 천천히 말했다.

"그렇게 생각하고 싶진 않지만 아마 사실일 겁니다. 하지만 꼭 세상이 그렇지도 않답니다. 예를 들어 앨프리드 리는 지독히 까다롭고 엄한 아버지를 진심으로 사랑했으니까요."

필라르가 턱을 들고 말했다.

"앨프리드 삼촌은 좀 바보 같아요."

스티븐이 웃음을 터뜨리고 말했다.

"음, 걱정 말아요, 사랑스러운 필라르. 리 집안 사람들이 당신을 돌봐 줄 테니까요."

필라르가 씁쓸하게 대답했다.

"썩 즐겁지는 않을 것 같네요."

"아니요, 그렇지 않을 겁니다. 당신은 여기 살지 않을 테니까요, 필라르. 나와 남아프리카로 가지 않겠습니까?"

필라르가 고개를 끄덕였다.

스티븐이 다시 말했다.

"그곳에는 태양이 있고 넓은 땅이 있답니다. 힘든 일도 있지요. 일을 잘 하나요, 필라르?"

필라르가 확실하지 않다는 듯이 말했다.

"잘 모르겠어요."

"하루 종일 발코니에 앉아 달콤한 디저트나 먹을 생각인가요? 그래서 터질 듯이 뚱뚱해져서 턱이 세 개가 될 셈이에요?"

필라르가 웃음을 터뜨리자 스티븐이 말했다.

"훨씬 낫네요. 당신이 웃으니까 말입니다."

"이번 크리스마스에는 웃을 수 있을 거라고 생각했어요. 책에서 읽은 바로는 영국의 크리스마스는 무척 즐겁다더군요. 뜨거운 건포도를 먹으면서요. 불타는 자두 푸딩과 '부쉬 드 노엘'이라는 것도 있다더군요."

"아, 그러려면 살인이 일어나지 않은 크리스마스여야 하지요. 잠시만 이리 들어와요. 어제 리디아를 따라 여기 왔었지요. 여기가 리디아의 창고랍니다."

그는 필라르를 이끌고 찬장보다 조금 클 것 같은 작은 방으로 들어갔다.

"이것 봐요, 필라르. 상자에 든 크래커, 병조림 과일, 오렌지, 대추 야자, 땅콩 들입니다. 그리고 여기엔……."

필라르가 두 손을 깍지 끼었다.

"오! 이 금색과 은색 공들 참 예쁘네요."

"그건 하인들에게 줄 선물과 트리에 맬 때 사용하는 거랍니다. 그리고 여기엔 반짝이는 서리를 뒤집어쓴 작은 눈사람들이 있지요. 만찬 식탁에 올려놓는 거예요. 그리고 여기에는 부풀기만 기다리는 각양각색의 풍선들이 있고요."

필라르가 눈을 빛냈다.

"오! 이런! 우리 하나 불어 볼까요? 리디아 숙모는 괜찮다고 하실 거예요. 전 풍선이 좋아요."

"아가씨! 여기 있습니다. 어떤 걸로 하시겠습니까?"

"빨간 걸 갖겠어요."

그들은 각자 풍선을 골라 턱을 부풀리며 공기를 불어넣었다. 필라르가 불다가 웃음을 터뜨리는 바람에 풍선에서 바람이 빠졌다.

"당신 모습이 정말 웃겨요……. 두 뺨이 불룩 튀어나온 모습 말이에요."

웃음소리가 울려 퍼졌다. 이윽고 그녀는 다시 풍선을 부는 데 몰두했다. 그들은 각자 불어 놓은 풍선에 조심스럽게 매듭을 지은 다음 위로 팅겨 올렸다가 앞뒤로 보냈다가 하면서 놀기 시작했다.

"홀로 나가면 더 넓은 데서 할 수 있어요."

그들이 깔깔거리며 풍선을 서로에게 던지고 있을 때, 푸아로가 홀을 따라 걸어왔다. 그는 흐뭇한 눈길로 그들을 바라보았다.

"그러니까 두 분은 '레 죄 당팡(어린애 놀이)'를 하고 있는 건가요? 귀여우시군요, 참!"

필라르가 숨을 헐떡이며 대답했다.

"제 건 빨간색이에요. 저 사람 것보다 더 커요. 훨씬 더 크죠. 밖으로 가지고 나가면, 곧장 하늘로 날아가 버릴 거예요."

"그걸 띄워 보내고 소원을 빕시다."

"오, 그래요. 그거 좋은 생각이에요."

필라르는 정원 문을 향해 달려갔다. 스티븐이 그 뒤를 따랐다. 푸아로가 여전히 흐뭇한 표정으로 따라갔다.

"전 많은 돈을 달라고 빌 거예요."

필라르가 풍선 끈을 쥐고 발끝으로 섰다. 한줄기 바람이 불어오자 풍선이 부드럽게 둥실거렸다. 필라르가 손을 떼자 풍선은 미풍을 타고 두둥실 떠올랐다.

스티븐이 웃음을 터뜨렸다.

"소망은 소리 내어 말하면 안 돼요."

"소리 내어 말하면 안 된다고요? 왜죠?"

"소리 내어 말한 소망은 이루어지지 않으니까요. 이제 내가 소원을 마음속으로 빌어 볼게요."

스티븐이 풍선을 쥔 손을 놓았다. 하지만 그는 그리 운이 좋지 않았다. 풍선이 옆으로 빠져나가더니 호랑가시나무 가지에 걸려 평하고 터져 버렸다.

필라르가 그곳으로 달려갔다.

그녀가 서글프게 말했다.

"터져 버렸어요……."

다음 순간 필라르는 흐느적거리는 작은 고무 조각을 구두 앞코로 건드리면서 말했다.

"그러니까 할아버지 방에서 주운 게 바로 이거였군요. 할아버지 역시 풍선을 갖고 계셨던 거예요. 할아버지 풍선은 분홍색이었지만요."

푸아로가 날카로운 외마디 소리를 내질렀다. 필라르가 몸을 돌려 뭔가 묻는 표정으로 바라보자 푸아로가 말했다.

"아무것도 아닙니다. 뭔가에 발끝을 찔렸어요……. 아니 채였어요."

그는 빙글 몸을 돌려 저택을 바라보면서 말했다.

"창문이 정말 많군요. 마드무아젤, 집에는 눈이 있답니다. 그리고 귀도 있지요. 영국인들이 창문 열어 놓는 걸 그토록 좋아하다니 안 타까운 일이군요."

리디아가 테라스로 나와서 말했다.

"점심 식사가 준비됐어요. 그리고 필라르, 모든 게 아주 만족스럽 게 정리되었단다. 앨프리드 삼촌이 점심 먹은 후에 자세히 말해 줄 거야. 그럼 들어갈까?"

그들은 집 안으로 들어갔다. 맨 나중에 들어가는 푸아로의 얼굴 이 심각해 보였다.

III

점심 식사가 끝나자 식당 밖으로 나온 앨프리드가 필라르에게 말했다.

"내 방으로 가지 않겠니? 의논하고 싶은 것이 있단다."

그는 필라르를 데리고 홀을 가로질러 서재로 들어가 문을 닫았다. 다른 사람들은 응접실로 들어갔다. 에르퀼 푸아로만이 홀에 남아 생각에 잠긴 채 닫힌 서재 문을 바라보았다.

그는 늙은 집사가 안절부절못하고 자기 옆을 맴돌고 있다는 것을 의식하고는 물었다.

"트레실리언 씨, 무슨 일이십니까?"

노인은 혼란스러워 보였다.

"앨프리드 나리와 이야기를 하고 싶습니다. 하지만 지금 나리를 방해하고 싶지 않아서요."

"무슨 일이 있습니까?"

트레실리언이 느릿하게 대답했다.

"정말 괴상한 일입니다. 하도 어이가 없어서요."

"말해 보십시오."

트레실리언이 주저하더니 입을 열었다.

"음, 이런 겁니다, 현관문 양쪽에 대포알이 하나씩 있었던 걸 보셨는지 모르겠네요. 크고 묵직한 돌 대포알이죠. 그런데, 선생님. 그중 하나가 없어졌습니다."

에르퀼 푸아로의 눈썹이 치켜 올라갔다.

"언제부터 없어졌습니까?"

"오늘 아침에는 둘 다 있었습니다, 선생님. 맹세할 수 있습니다."

"가서 살펴봅시다."

그들은 함께 현관문 밖으로 나왔다. 푸아로는 몸을 굽히고 남아 있는 대포알을 살펴보았다. 몸을 일으켰을 때, 그의 얼굴은 몹시 심각해져 있었다.

트레실리언이 떨리는 목소리로 말했다.

"누가 저런 것을 다 훔쳐 갔을까요, 선생님? 말도 안 되는 일입니다."

"마음에 들지 않습니다. 정말이지 마음에 들지 않아요……."

트레실리언이 걱정스러운 듯이 그를 바라보았다.

"이 집에 또 무슨 일이 일어날까요, 선생님? 주인님이 살해되신 후 이 집은 전과 달라졌습니다. 줄곧 꿈속에서 왔다 갔다 하는 기분입니다. 여러 가지 일이 헷갈리고, 때로는 제 눈을 믿을 수가 없다니까요."

에르퀼 푸아로가 고개를 내저으며 말했다.

"아닙니다, 당신은 당신의 눈을 믿어야 합니다."

트레실리언이 고개를 흔들며 대꾸했다.

"시력이 나빠졌습니다. 전처럼 볼 수가 없어요. 사람을 비롯해 많은 게 헷갈려요. 이런 일을 하기에 전 너무 늙었어요."

에르퀼 푸아로가 그의 어깨를 토닥거렸다.

"기운을 내십시오."

"고맙습니다, 선생님. 친절한 말씀입니다. 하지만 전 너무 늙었어요. 줄곧 옛 시절로 돌아가 과거의 얼굴들을 본답니다. 제니 아가씨와 데이비드 도련님과 앨프리드 도련님 말입니다. 제 눈엔 언제나 그분들이 젊은 신사, 젊은 숙녀로 보이지요. 그날 밤 해리 도련님이 집에 오셨을 때도……."

푸아로가 고개를 끄덕였다.

"그렇습니다. 저도 바로 그걸 생각하고 있었습니다. 조금 전 '주인님이 살해당하신 후'라고 하셨는데, 사실은 그전에 시작된 겁니다. 상황이 전과 달라지고 비현실적으로 여겨지기 시작한 것이 해리 씨가 집으로 돌아온 후 아니었습니까?"

"그 말씀 그대롭니다, 선생님. 바로 그때였지요. 해리 나리는 언제나 집안에 문제를 일으킵니다. 과거에도 그랬지요."

트레실리언은 다시 대포알이 없어진 쪽으로 눈길을 돌렸다. 그가 속삭이듯 나직하게 물었다.

"누가 저걸 가져갔을까요, 선생님? 그리고 이유가 뭘까요? 이건…… 이건 정말 정신 나간 짓 같습니다."

"제가 두려운 건 광기가 아니라 오히려 멀쩡한 정신입니다. 트레실리언 씨, 누군가 몹시 위험에 처해 있습니다."

푸아로는 몸을 돌려 다시 집 안으로 들어갔다.

그 순간 필라르가 서재에서 나왔다. 양쪽 뺨에 홍조가 떠올라 있었다. 고개를 높이 들고 있는 그녀의 두 눈이 빛났다.

푸아로가 다가가자 필라르는 갑자기 발을 구르며 말했다.

"전 그걸 받지 않겠어요."

푸아로가 눈썹을 치켜 올리고 물었다.

"무엇을 받지 않겠다는 건가요, 마드무아젤?"

"앨프리드 삼촌이 지금 말씀하시기를, 할아버지가 남겨 주신 어머니의 몫을 제가 받게 될 거라더군요."

"그런데요?"

"삼촌 말에 따르면 법적으로는 받을 수 없는 거랍니다. 하지만 가족들은 그게 제 몫이 되어야 한다고 판단하셨대요. 그게 공정한 처사라면서요. 그래서 그걸 제게 넘겨주실 거랍니다."

"그런데요?"

필라르가 다시 한 번 발을 굴렀다.

"이해 못 하시겠어요? 그들은 그걸 저에게 거저 주시는 거예요……. 그걸 그냥 주시는 거라고요."

"사실인데 자존심 상하신 겁니까? 그게 공정한 일인데도요?"

"선생님은 이해를 못 하시는군요……."

"반대입니다. 너무나도 잘 이해하고 있습니다."

"오……!"

그녀는 토라진 듯 고개를 돌렸다.

그때 현관 벨이 울려 푸아로는 어깨 너머로 누가 왔는지 보았다. 서즌 경정이 서 있었다. 푸아로는 서둘러 필라르에게 물었다.

"어딜 가는 겁니까?"

필라르가 부루퉁하게 대답했다.

"응접실에요. 다른 사람들에게요."

"잘됐군요. 그곳에서 사람들과 함께 계십시오. 혼자 집 근처를 돌아다니지 마십시오. 특히 어두워진 다음에는 말입니다. 오늘보다 더 큰 위험에 처할 일도 없을 겁니다."

재빨리 경고한 푸아로는 필라르에게서 몸을 돌리고는 서즌에게 가서 문을 열어 주었다.

서즌 경정은 트레실리언이 식기실로 돌아갈 때까지 기다렸다가 푸아로의 코밑에 전보용지를 내밀었다.

"이제 알았습니다. 이걸 읽어 보십시오. 남아프리카 경찰이 보낸 겁니다."

전보에는 이렇게 씌어져 있었다.

에버니저 파의 외아들은 2년 전 사망했음.

서즌이 말했다.

"이제야 우리는 모든 걸 알게 된 겁니다. 우습군요……. 저는 전혀 다른 방향으로 생각하고 있었는데……."

IV

필라르가 고개를 치켜든 채 응접실로 당당하게 걸어 들어왔다. 그러고는 뜨개질감을 들고 창가에 앉아 있는 리디아에게 곧장 다가갔다.

"리디아 숙모, 저는 그 돈을 받지 않겠어요. 저는 이곳을 떠날 거예요. 지금 당장 말이에요……."

리디아는 깜짝 놀라며 뜨개질감을 내려놓으며 말했다.

"친애하는 필라르, 앨프리드가 설명을 잘못한 모양이구나. 네가 그렇게 느낀다니 말인데, 이건 절대로 적선이 아니란다. 정말이지 이건 우리가 친절이나 너그러움을 베푸는 그런 게 아니란다. 그건 그저 옳으냐 그르냐 하는 문제야. 별일 없었다면 네 어머니가 그 돈을 받으셨을 거야. 그리고 넌 어머니에게서 그것을 물려받았을 테고. 이건 당연한 네 권리란다. 혈육으로서의 네 권리야. 이건 적선이 아니라 공정함의 문제란다."

필라르가 격한 어조로 말했다.

"바로 그런 이유에서 지는 그길 받을 수 없어요……. 숙모가 그렇게 말씀하시니까 받을 수 없다고요……. 숙모가 그러시니까 더더욱 그 돈을 받을 수 없단 말이에요. 저는 그냥 재미로 이곳에 왔어요. 재미있었죠. 모험이었다고요. 하지만 이제 숙모 때문에 그 모든 게 허사가 됐어요. 당장 여기를 떠나겠어요……. 다시는 저 때문에 번거로운 일이 없으실 거예요……."

눈물 때문에 목소리가 나오지 않았다. 필라르는 돌아서서 무턱대고 달려 나갔다.

리디아는 그런 그녀의 뒷모습을 멍하니 바라보며 속절없이 말했다.

"이 일을 저런 식으로 받아들일 줄은 정말 몰랐는걸!"

힐다가 말했다.

"몹시 흥분한 것 같아요."

조지가 헛기침을 하고는 거들먹거리며 말했다.

"음…… 내가 오늘 아침에 지적한 대로…… 원칙을 거스르는 건 잘못된 일입니다. 필라르에게도 그걸 알아챌 정도의 기개는 있습니다. 저 애는 동정받는 걸 거부하는 겁니다."

리디아가 호된 어조로 지적했다.

"이건 동정이 아니에요. 이건 저 애의 권리라고요."

조지가 말을 받았다.

"저 애는 그렇게 생각하지 않는 것 같은데요."

서즌 경정과 에르퀼 푸아로가 방으로 들어왔다. 서즌이 주위를 둘러보고 물었다.

"파 씨는 어디 있습니까? 그와 이야기를 나누고 싶은데요."

누군가 대답을 하기도 전에 에르퀼 푸아로가 날카로운 어조로 물었다.

"세뇨리타 에스트라바도스는 어디 있나요?"

조지 리가 심술궂게 만족한 표정을 지으며 대답했다.

"그 애 말로는 지금 당장 이곳을 떠나겠다던데. 분명히 영국인 친척들에게 진력이 난 것 같소."

푸아로가 빙글 몸을 돌려 서즌에게 말했다.

"이리 오게."

두 사람이 홀로 나왔을 때, 무거운 것이 떨어지는 소리와 함께 멀리서 날카로운 비명이 들려왔다.

푸아로가 외쳤다.

"빨리, 이리로……."

그들은 홀을 따라 달려가 건물 끝에 있는 층계를 올라갔다. 필라르의 방문이 열려 있었고 문간에 한 남자기 서 있었다. 그들이 달려 올라가자 남자가 고개를 돌렸다. 스티븐 파였다.

"그녀는 무사합니다……."

필라르는 몸을 굽힌 채 방 한쪽 벽에 기대 서서 바닥을 물끄러미 응시하고 있었다. 바닥에는 커다란 돌 대포알이 떨어져 있었다.

그녀가 숨을 헐떡이며 말했다.

"저게 제 방문 꼭대기에 아슬아슬하게 매달려 있었어요. 제가 들어오는 순간 제 머리 위로 떨어지게 되어 있었어요. 그런데 방으로 들어올 때 스키트기 못에 걸려 몸이 뒤로 젖혀져서……."

푸아로가 주저앉아 못을 살펴보았다. 자줏빛 트위드 섬유 조각이 감겨 있었다. 그는 심각한 얼굴로 고개를 끄덕였다.

"마드무아젤, 저 못이 당신의 생명을 구해 준 겁니다."

경정이 어리둥절한 얼굴로 물었다.

"이 모든 게 도대체 뭘 의미하는 걸까요?"

"누군가 저를 죽이려 했어요!"

필라르는 여러 차례 고개를 끄덕였다.

서즌 경정이 문 쪽을 힐긋 바라보았다.

"부비 트랩이군요. 구형 부비 트랩입니다……. 목적은 살인이고요! 이 집에서 두 번째 살인이 계획된 겁니다. 하지만 이번에는 성공하지 못했지요!"

스티븐 파가 쉰 목소리로 말했다.

"당신이 무사한 걸 신께 감사드립니다."

필라르가 두 손을 호소하는 듯 넓게 펼쳤다.

"마드레 데 디오스(성모님). 어째서 절 죽이려 했을까요? 제가 무슨 짓을 했다고요?"

에르퀼 푸아로가 천천히 말했다.

"그보다는 이렇게 물어봐야 할 것 같습니다, 마드무아젤. 내가 뭘 알고 있다고 날 죽이려는 거지?"

그녀가 물끄러미 그를 보았다.

"안다고요? 저는 아무것도 모르는데요."

"당신이 잘못 생각하고 계시는 겁니다. 말해 보세요, 마드무아젤 필라르. 범죄가 일어난 시각에 당신은 어디 있었습니까? 당신은 이 방에 있었던 게 아니었습니다."

"저는 이 방에 있었어요. 그렇게 말씀 드렸잖아요."

서즌 경정이 짐짓 친절한 표정을 지으며 말했다.

"그랬습니다. 하지만 당신은 사실을 말하지 않은 겁니다. 당신은 할아버지의 비명을 들었다고 했습니다. 하지만 당신이 여기 있었다면, 당신은 그 비명을 들을 수가 없습니다. 푸아로 씨와 내가 어제 시험해 봤습니다.”

“이런!”

필라르가 헉 하고 숨을 삼켰다.

“마드무아젤께서는 할아버지 방에서 훨씬 가까운 어딘가에 있었지요. 제가 당신이 어디 있었는지 말해 드리겠습니다, 마드무아젤. 당신은 할아버지 방에서 아주 가까운, 조각상들이 놓인 벽감 속에 있었습니다.”

필라르가 소스라치며 말했다.

“어떻게…… 그걸 어떻게 아셨어요?”

푸아로는 엷은 미소를 지으며 말했다.

“파 씨가 거기 있는 당신을 보았습니다.”

스티븐이 날카로운 어조로 반박했다.

“저는 보지 못했습니다. 그건 거짓말입니다.”

“죄송합니다, 파 씨. 하지만 당신은 분명히 그녀를 보셨습니다. 그 벽감 속에 조각상이 두 개가 아니라 세 개 있었던 것 같다고 말했던 걸 기억해 보십시오. 그날 밤, 하얀 드레스를 입고 있던 사람은 오직 한 사람, 마드무아젤 에스트라바도스뿐이었습니다. 파 씨가 조각상이라고 생각했던 건 바로 하얀 옷을 입은 그녀였습니다. 그렇지 않은가요, 마드무아젤?”

필라르는 한순간 주저하다가 대답했다.

"예, 맞아요."

푸아로가 부드러운 어조로 물었다.

"그러면 말해 주시지요, 마드무아젤. 모든 진실을 말입니다. 당신은 왜 거기 있었습니까?"

"저녁 식사가 끝난 후 저는 응접실에서 나와 할아버지를 보러 갈 참이었어요. 그러면 기뻐하실 것 같았거든요. 하지만 그쪽 복도로 접어들었을 때, 누군가 할아버지 방 앞에 서 있는 걸 보았어요. 그날 밤 할아버지가 아무도 만나고 싶지 않다고 하셨다는 걸 알고 있었기 때문에 다른 사람 눈에 띄고 싶지 않았어요. 그래서 문 앞에 있는 사람이 몸을 돌려 절 볼까 봐 재빨리 벽감 속으로 들어갔어요. 그런데 갑자기 정말이지 무시무시한 소리가 들리더군요. 탁자와 의자들……."

필라르는 두 손을 내저었다.

"그 모든 게 넘어지고 부서지는 소리 말이에요. 저는 움직이지 않았어요. 이유는 모르겠어요. 겁에 질려 있었어요. 다음 순간 끔찍한 비명이 들려왔어요."

그녀는 성호를 그었다.

"심장이 멈추는 것 같았어요. 저는 중얼거렸죠. '누군가 죽었어…….'라고요."

"그래서요?"

"잠시 후 사람들이 복도를 따라 달려오기 시작했어요. 그래서 저는 거기서 나와 그들과 합류했어요."

서즌 경정이 예리한 어조로 물었다.

"처음 심문을 받았을 때 당신은 이 모든 이야기를 하지 않았습니다. 이유가 뭡니까?"

필라르가 고개를 내저었다. 그녀는 알 건 다 안다는 듯이 대답했다.

"경찰에게 많은 걸 이야기하는 건 좋은 일이 아니라고 생각했어요. 제가 그 방 가까운 곳에 있었다고 말하면, 경정님이 제가 할아버지를 죽였다고 생각할 수도 있잖아요. 그래서 저는 제 방에 있었다고 말한 거예요."

서즌이 여전히 호된 목소리로 닦아세웠다.

"의도적으로 거짓말을 하면 결국에는 의심을 받게 됩니다."

스티븐 파가 입을 열었다.

"필라르?"

"예?"

"당신이 복도로 접어들었을 때 방 앞에 서 있던 사람이 누구였습니까? 말해 주십시오."

서즌이 말했다.

"그래요, 말해 주세요."

한순간 필라르는 망설였다. 그녀의 두 눈이 휘둥그레졌다가 본래대로 돌아왔다. 필라르가 천천히 입을 열었다.

"누구였는지는 모르겠어요. 너무 어두워서 제대로 볼 수가 없었어요. 하지만 여자였던 건 분명해요……."

V

서즌 경정이 모여 있는 사람들을 둘러보았다. 그는 전처럼 짜증에 가까운 표정을 지으며 말했다.

"이건 아주 드문 일입니다, 푸아로 씨."

"제 사소한 아이디어입니다. 지금 제가 알고 있는 것을 모든 사람에게 알려 준 다음 그들의 협조를 구하면, 진실을 알아낼 수 있을 겁니다."

서즌이 아주 조그만 소리로 중얼거렸다.

"원숭이 장난 같군."

그가 의자에 앉은 채 몸을 뒤로 젖히자 푸아로가 말했다.

"우선 경정님께서 파 씨에 대해 물어볼 것이 있을 것 같습니다."

서즌의 입매가 굳어졌다.

"좀 더 사적으로 이야기할 때를 기다리고 있었습니다. 하지만 지금 해도 괜찮습니다."

경정이 스티븐 파에게 전보를 내밀었다.

"자, 자칭 파 씨라고 하는 분, 이걸 어떻게 설명하시겠습니까?"

스티븐 파가 전보를 받아 들었다. 눈썹을 치켜 올리며 그는 전문을 천천히 소리 내어 읽었다. 그런 다음 목례와 함께 그것을 다시 경정에게 돌려주었다.

"예, 이거 정말 어쩔 수 없군요, 그렇지 않습니까?"

"이 내용에 관해 할 수 있는 말이 그게 전부입니까? 잘 알고 있겠지만 당신은 묵비권을 행사할 수 있고……."

스티븐 파가 말허리를 잘랐다.

"제게 피의자의 권리를 말해 주실 필요는 없습니다, 경정님. 지금 경고를 입에 올리고 계신 것 같군요. 그래요, 설명하겠습니다. 그리 똑 떨어지는 설명은 아닙니다만 전부 사실입니다."

그가 잠시 말을 끊었다가 다시 이었다.

"저는 에버니저 파의 아들이 아닙니다. 하지만 그 부자를 잘 알고 있지요. 이제 입장을 바꿔 놓고 생각해 보십시오. 제 이름은 스티븐 그랜트입니다. 평생 처음으로 이 나라에 왔는데 몹시 실망했습니다. 모든 것이 우중충하고 생기가 없었습니다. 저는 기차 여행 중에 한 여자를 보았습니다. 단도직입적으로 말씀 드리죠. 저는 그 여자에게 반했습니다. 그녀는 이 세상에서 가장 사랑스럽고 독특한 인물이었지요. 기차에서 한동안 대화를 나누고 나서 저는 마음을 정하고는 그녀에게서 눈을 떼지 않았습니다. 기차간을 나서면서 저는 그녀의 여행 가방에 붙은 꼬리표를 보았습니다. 그녀의 이름은 제게 아무런 의미도 없었지만 목적지는 의미가 있었습니다. 저는 고스턴 홀과 그 주인에 대해 잘 알고 있었기 때문입니다. 그는 에비니지 파의 동업자이며, 에브 노인은 그가 어떤 사람인지 종종 이야기하곤 했으니까요. 음, 그래서 고스턴 홀로 가서 에브의 아들로 행세하면 어떨까 하는 생각이 떠올랐습니다. 에브의 아들은 이 전문에 씌어 있는 대로 2년 전 죽었습니다. 하지만 에브 노인이 여러 해 동안 시메온 리의 소식을 듣지 못했다고 말하던 것을 기억하고, 리가 에브의 아들이 죽었다는 사실을 모를 거라고 판단했습니다. 어쨌든 해 볼 만한 일이라는 느낌이 들었습니다."

서즌이 끼어들었다.

"하지만 당신은 그 계획을 즉각 실행에 옮기지 않았습니다. 애들 스필드에 있는 킹스 암스 여관에 이틀간 머물렀더군요."

스티븐이 다시 말했다.

"시도할 것인지 말 것인지 곰곰이 생각해 보았습니다……. 결국 하기로 마음을 정했지요. 자그마한 모험이 제 마음에 들었습니다. 음, 그건 마술처럼 잘 맞아떨어지더군요. 노인은 더할 나위 없이 친절하게 저를 맞아 주고는 이 집에 와서 묵으라고 그 자리에서 말했습니다. 저는 그 제안을 받아들였고요. 자, 이게 제 설명입니다, 경정님. 혹시 상상이 가지 않는다면, 연애 시절로 돌아가서 그 당시 일들을 떠올려 보십시오. 조금 전 말씀드린 대로 제 진짜 이름은 스티븐 그랜트입니다. 남아프리카에 전보를 쳐서 알아보시면 확인할 수 있을 겁니다. 어쨌든 이 점은 확실히 말씀드릴 수 있습니다. 제가 훌륭한 시민이라는 사실을 확인할 수 있으리라는 걸요. 저는 사기꾼도 보석 도둑도 아닙니다."

푸아로가 부드러운 어조로 말했다.

"전 당신이 그런 사람이라고는 한 번도 생각하지 않았답니다."

서즌 경정이 조심스럽게 턱을 어루만지며 말했다.

"당신 말을 확인해 봐야겠습니다. 내가 알고 싶은 건 살인이 일어났을 때 왜 사실을 분명히 밝히지 않고 거짓말 보따리를 풀어놓았느냐는 겁니다."

스티븐이 천진하게 대답했다.

"왜냐하면 제가 멍청했기 때문이죠. 저는 어떻게 해볼 수 있을 거라고 생각했습니다. 가짜 이름으로 이곳에 와 있다는 사실을 밝히면 의심을 받을 거라고 생각했죠. 제가 그렇게까지 어리석지 않았다면, 당신이 요하네스버그로 전보를 치리라는 걸 미처 깨달았을 겁니다."

서즌이 말했다.

"음, 파 씨……. 아니…… 그랜트 씨……. 나는 지금 당신 말을 못 믿겠다는 게 아닙니다. 그게 사실인지 아닌지는 곧 판명될 거요."

그가 뭔가 묻는 듯한 눈길로 푸아로를 건너다보자 푸아로가 말했다.

"제 생각엔 에스트라바도스 양이 할 말이 있을 것 같습니다."

필라르의 얼굴이 백지장처럼 하얘져 있었다. 그녀는 숨을 헐떡이며 말했다.

"맞아요. 이건 결코 말하지 않으려고 했지만, 리디아 씨와 유산 때문에 말하는 거예요. 이곳에 와서 다른 사람 행세하며 말하고 행동하는 것은 재미있었어요. 하지만 리디아 씨가 그 돈이 제 것이며 정당한 거라고 말씀하시자 사정이 달라졌지요. 그건 더 이상 재미있는 일이 아니거든요."

앨프리드 리가 혼란스러운 얼굴로 입을 열었다.

"난 도통 무슨 말인지 알 수가 없구나, 필라르. 네가 무슨 말을 하고 있는지 말이다."

"제가 조카인 필라르 에스트라바도스인 줄 알고 계시죠? 하지만 저는 필라르가 아닙니다. 필라르는 저와 함께 차를 타고 스페인을 가로지르다가 죽었어요. 폭탄이 차에 떨어져서요. 하지만 저는 다치지 않았어요. 저는 그다지 잘 아는 사이는 아니었지만 필라르의 할아버지가 그녀를 영국으로 오라고 했고 그분이 큰 부자라는 건 알고 있었어요. 제게는 돈이 한 푼도 없었고, 어디로 가서 무엇을 해야 할지 알 수 없었죠. 그래서 문득 생각했어요. '내가 필라르의 여권을 가지고 영국으로 가서 큰 부자가 되면 안 될 이유가 뭐지?'"

큰 웃음이 필라르의 얼굴에 떠올랐다.

"'오, 내가 그 일을 잘 해낼 수 있는지 알아보는 것도 재미있을 거야.' 사진상으로 그녀와 저의 얼굴은 크게 다르지 않았어요. 그래도 여기서 사람들이 제게 여권을 달라고 했을 때 저는 일부러 창문을 열고 그것을 던진 다음 주우러 달려 내려갔죠. 그런 다음 사진에 흙을 문질렀어요. 검문소에서는 사진을 자세히 들여다보지 않지만 여기서는 혹시……."

앨프리드 리가 화난 어조로 물었다.

"아가씨 말은 지금 우리 아버지께 손녀 행세를 해서 아버지로 하여금 아가씨를 귀여워하도록 만들었다는 건가?"

필라르가 고개를 끄덕이며 의기양양하게 대답했다.

"예, 할아버지가 저를 무척 좋아하리라는 걸 즉각 알 수 있었죠."

조지 리가 침을 튀기며 고함을 쳤다.

"몰상식한 일이야? 범죄 행위지. 거짓 신분으로 돈을 얻어 내려 했다니."

해리 리가 말했다.

"그녀는 형한테 돈을 얻어 낸 게 아니야, 조지 형! 필라르, 난 당신 편입니다. 당신의 대담함에 깊은 인상을 받았습니다. 그리고 이렇게 고마울 데가, 난 더 이상 당신의 삼촌이 아니군요. 그럼 나로서는 운신의 폭이 훨씬 넓어지겠는걸요."

필라르가 푸아로에게 물었다.

"알고 계셨죠? 언제 아셨어요?"

푸아로가 미소를 지었다.

"마드무아젤, 멘델의 법칙을 공부한 적이 있다면 푸른 눈을 가진 두 사람이 결혼해 태어난 아이가 갈색 눈일 가능성이 거의 없다는 걸 알 겁니다. 제니퍼 리는 분명 몹시 정숙하고 훌륭한 숙녀였습니다. 그러므로 결론은 당신이 필라르 에스트라바도스일 수가 없는 거죠. 당신이 여권을 가지고 속임수를 부렸을 때 나는 확신했습니다. 그건 천재적인 방법이었습니다만, 완벽하지는 못했습니다."

서즌 경정이 불쾌한 기색으로 한마디 했다.

"모든 게 그다지 천재적이라고는 할 수 없습니다."

필라르가 물끄러미 그를 응시하며 말했다.

"무슨 말씀이신지……."

"당신은 조금 전에 한 가지만 이야기했습니다……. 내 생각엔 아직 말하지 않은 것이 많은 것 같은데."

스티븐이 끼어들었다.

"이제 그녀를 좀 놓아주시죠."

서즌 경정은 들은 체도 하지 않고 계속 말했다.

"당신은 저녁 식사 후에 할아버지 방으로 올라갔다고 했죠. 당신 말에 따르면 그건 충동적인 행동이었겠지만 난 다른 식으로 가정해 보았습니다. 문제의 다이아몬드를 훔친 건 바로 당신입니다. 당신은 그걸 만지작거리다가 적당한 때에 금고에서 꺼냈습니다. 노인이 보지 않는 틈을 타서 말입니다. 원석이 없어진 것을 깨닫자마자 노인은 그걸 가져갈 수 있는 사람은 둘뿐이라는 걸 알았습니다. 한 사람은 호버리로서 그는 비밀번호를 알고 있고 밤중에 몰래 들어가서 그것을 훔쳐 냈을 수 있습니다. 그리고 또 한 사람은 바로 당신입니다.

그래서 리 씨는 즉각 조치를 취했습니다. 그는 내게 전화를 걸어와 달라고 했습니다. 그런 다음 저녁 식사가 끝나자마자 자신의 방으로 오라고 당신에게 전갈을 보냈습니다. 당신은 그렇게 했고, 노인은 도둑질을 했다며 당신을 비난했습니다. 당신은 부인했겠죠. 그는 비난의 강도를 높였습니다. 그다음에 무슨 일이 일어났는지는 모르겠습니다. 어쩌면 노인은 당신이 자신의 손녀가 아니라 아주 영리한 전문 절도범이라는 사실을 눈치챘을 수도 있죠. 어쨌든 게임이 끝나고 정체가 탄로 나자, 당신은 칼로 그를 벤 겁니다. 싸움이 벌어지고 노인이 비명을 질렀습니다. 궁지에 빠진 당신은 서둘러 방을 나와 밖에서 열쇠로 문을 잠갔습니다. 그런 다음 다른 사람들이 도착하기 전에 빠져나갈 수 없다는 것을 깨닫고 조각상들이 있는 벽감으로 들어간 겁니다."

필라르가 찢어지는 듯한 목소리로 날카롭게 소리쳤다.

"그렇지 않아요. 그건 사실이 아니에요. 전 다이아몬드를 훔치지 않았어요. 전 그분을 죽이지 않았어요. 은총의 성모님께 맹세해요."

서즌이 엄하게 물었다.

"그렇다면 누가 그랬다는 거요? 당신은 리 씨의 방 밖에 누군가 서 있는 것을 보았다고 했습니다. 당신 말에 따르면, 그 사람이 살인범일 수밖에 없습니다. 살인범 이외에 그때 벽감을 지나간 사람은 없습니다. 하지만 문 앞에 누군가 서 있었다는 것은 당신 말일 뿐입니다. 다시 말해서 그건 당신이 자신의 결백을 증명하기 위해 꾸며 낸 이야기라는 거죠."

조지 리가 호된 어조로 말했다.

"분명 이 여자에겐 죄가 있습니다. 모든 게 명확합니다. 내가 줄곧 말하기를 외부인이 우리 아버지를 살해했다고 했잖습니까. 가족의 일원이 그런 짓을 저질렀다고 꾸며 대다니, 정말이지 말도 안 되는 상식 이하의 소리입니다. 이건…… 이런 일은 사인스럽시가 않아요."

푸아로가 자리에 앉은 채 몸을 움직이며 입을 열었다.

"저는 그렇게 생각하지 않습니다. 시메온 리의 성격을 고려해 보건대, 이런 일은 아주 자연스럽습니다."

"뭐라고요?"

조지가 턱을 떨구며 물끄러미 푸아로를 응시했다.

푸아로가 말을 이었다.

"그리고 제 생각대로 바로 그런 일이 일어난 겁니다. 시메온 리는 자신의 혈육에게 살해당했습니다. 살인범에게는 충분하고 당연한 그런 이유로 말입니다."

"우리 중의 한 사람이? 절대 그럴 리가……."

푸아로의 목소리는 강철처럼 차가웠다.

"이곳에 있는 모든 분들에게 불리한 사항이 있습니다. 조지 리 씨, 당신에게 불리한 사항부터 말해 보겠습니다. 당신은 자신의 아버지를 전혀 사랑하지 않았습니다. 당신은 돈 때문에 겉으로 아버지와 좋은 관계를 유지해 왔을 뿐입니다. 죽던 날 그는 용돈을 줄이겠다고 위협했습니다. 당신은 그가 죽는다면 무척 많은 재산을 물려받으리라는 걸 알고 있었습니다. 동기는 그걸로 충분합니다. 당신의 진술대로 저녁 식사가 끝난 후 당신은 전화를 걸러 갔습니다. 당신은 실제로 전화를 걸었습니다……. 하지만 그 통화는 불과 5분이었습니다. 그다음에 당신은 아버지의 방으로 가서 아버지와 이야기를 나눈 다음 죽일 수 있었습니다. 그런 다음 당신은 방을 나와 밖에서 문을 잠갔습니다. 왜냐하면 이 사건이 강도의 소행으로 처리되기를 바랐으니까요. 하지만 당신은 겁에 질린 나머지 강도 살인이라는 가정이 제대로 성립되도록 창문을 완전히 열어 놓는 걸 빠뜨렸습니다. 그건 어리석은 일이었습니다. 이렇게 말해도 좋다면, 당신은 좀 어리석은 사람입니다. 하지만……."

푸아로는 잠깐 쉬었다가 다시 말을 이었다. 그 사이에 조지가 무어라 항의하려 했으나 때를 놓치고 말았다.

"범인들 중에는 어리석은 사람도 많답니다!"

푸아로는 이제 맥덜린에게로 시선을 돌렸다.

"마담 역시 동기가 있습니다. 제가 생각하기에 당신에겐 빚이 있습니다. 그리고 시아버지의 말속에 담긴 어떤 암시가 불안했을 겁니다. 그리고 당신 역시 알리바이가 없습니다. 전화를 걸러 갔다고 했습니다만 전화를 걸지 않았습니다. 그리고 그 시각 무엇을 했는지에 대해 우리는 당신의 말만을 들었을 뿐입니다. 그리고……."

그는 다시 말을 끊었다가 이었다.

"그다음 데이비드 리 씨입니다. 우리는 리 집안사람이 어떤 일을 오래도록 잊지 않고 있다가 반드시 복수하는 기질이 있다는 이야기를 한 번이 아니라 여러 차례 들었습니다. 데이비드 리 씨는 아버지가 어머니를 어떻게 대했는지 잊지도 용서하지도 않았습니다. 고인을 향한 마지막 험담이 그로 하여금 이성을 잃게 했을 수도 있습니다. 데이비드 씨는 살인이 일어난 시각 피아노를 치고 있었다고 했습니다. 우연히도 그 곡은 「상송 행진곡」이었습니다. 그런데 누군가 다른 사람이 그 「장송 행진곡」을 연주하고 있었다고 칩시다. 그가 무슨 일을 하려고 하는지 알고 있는 사람, 그의 행동을 인정하는 누군가가 말입니다."

힐다가 차분하게 대꾸했다.

"그 가정은 형편없군요."

푸아로가 그녀에게 몸을 돌렸다.

"당신에 대해 또 다른 가정을 하나 하지요, 마담. 그 행위를 저지른 건 당신 손이었습니다. 인간적인 관대함을 베풀 만하지 않다고 판단되는 자를 처형하기 위해 위층으로 올라간 건 바로 당신이었습니다. 당신은 화가 나면 무서워질 수 있는 그런 사람입니다……."

"저는 아버님을 죽이지 않았어요."

서즌 경정이 무뚝뚝한 말투로 끼어들었다.

"푸아로 씨의 말씀이 맞습니다. 앨프리드 리 씨와 해리 리 씨, 리디아 씨를 제외한 모든 사람에게 혐의를 둘 수 있습니다."

푸아로가 부드럽게 말했다.

"그 세 사람조차 제외할 수 없을 것 같습니다만……."

경정이 항의했다.

"오, 이런. 푸아로 씨!"

"그렇다면 제게는 무슨 혐의점이 있나요, 무슈 푸아로?"

리디아는 빈정거리듯이 눈썹을 치켜 올리며 엷은 미소를 띠었다.

푸아로가 목례를 보낸 다음 말했다.

"당신의 동기는 말입니다, 마담. 넘어가십시다. 충분히 명백하니까요. 나머지에 대해서 말하자면, 어젯밤 당신은 케이프가 달린 뚜렷한 문양의 꽃무늬 태피터 드레스를 입고 있었습니다. 집사 트레실리언이 근시라는 사실을 환기해 드리고자 합니다. 그에게는 멀리 있는 물체가 희미하고 모호하게 보입니다. 또한 응접실이 넓다는 것과 등에 두꺼운 갓이 씌워져 있다는 사실을 지적하고자 합니다.

그날 밤, 비명이 들리기 1, 2분 전에 트레실리언은 커피 잔을 치우러 응접실로 들어갔습니다. 그는 묵직한 커튼에 몸을 반쯤 가린 채 평소처럼 저쪽 창가에 서 있는 당신을 보았다고 생각했습니다."

"실제로 그는 분명히 저를 보았어요."

푸아로가 계속 말했다.

"트레실리언은 부인의 드레스에 달린 케이프만을 본 것일 수도 있습니다. 그 케이프가 마치 당신이 거기 서 있는 것처럼 커튼 옆에 붙어 있었다면 말입니다."

"저는 실제로 거기 서 있었어요."

앨프리드가 말했다.

"어떻게 그런 말씀을 하실 수가……?"

해리가 그의 말허리를 잘랐다.

"선생의 말을 막지 마, 앨프리드 형. 다음은 우리 차례야. 우리 두 사람이 함께 그 시각에 식당에 있었는데, 어떻게 친애하는 앨프리드 형이 사랑하는 아버지를 죽일 수 있었는지 한번 들어 볼까요?"

푸아로가 그를 쏘아보았다.

"그건 아주 간단합니다. 하나의 알리바이가 유효성을 가지려면 당사자의 의지와 상관없이 주어져야 합니다. 당신과 앨프리드 씨는 사이가 나쁩니다. 그것은 잘 알려진 사실입니다. 당신은 사람들 앞에서 형을 조롱합니다. 앨프리드 씨도 당신에 대해 좋은 이야기를 하지 않습니다. 하지만 그것이 아주 영리한 계략의 일부라고 가정해 봅시다. 앨프리드 씨가 까다롭고 엄한 아버지를 시중드는 일에 지쳤다고 칩시다. 그래서 당신과 얼마 전에 서로 의논을 했다고 칩시다. 계획이 세워졌습니다. 당신은 집으로 왔습니다. 앨프리드 씨는 당신의 존재에 분개하는 척합니다. 그는 당신에 대해 혐오감과 시샘을 드러냅니다. 그리고 당신은 형을 모욕하고요. 그날 밤 당신들은 영리한 계획을 세웠습니다. 두 사람 중 하나가 식당에서 마치 두 사람이 거기 있는 것처럼 소리 내어 이야기하는 동안 다른 한 사람은 위층으로 올라가 범죄를 저지른 겁니다……."

"이런 악마 같은 자!"

앨프리드가 자리에서 벌떡 일어서며 불분명한 발음으로 외쳤다.

서즌이 푸아로를 멍한 눈으로 바라보며 말했다.

"진심으로 그런 말씀을 하시는 건지……."

푸아로가 갑자기 권위적인 목소리로 말했다.

"저는 여러분께 '가능성'을 보여 드렸습니다. 이런 일들이 일어났을 수도 있다는 겁니다. 그것들 중 어떤 경우가 실제로 일어났는지는 겉모습이 아니라 사태의 이면을 파고들어 가야 알 수 있습니다……."

그는 말을 멈추었다가 천천히 다시 이었다.

"제가 전에 말한 대로 시메온 리의 성격으로 되돌아가야 합니다……."

VI

순간적으로 침묵이 흘렀다. 이상하게도 모든 분개와 원한이 사그라들었다. 에르퀼 푸아로는 특유의 마력으로 청중을 휘어잡았다. 그가 천천히 입을 열었을 때 모든 사람은 매혹당한 채 푸아로를 지켜보고 있었다.

"모든 열쇠가 거기 있습니다. 고인은 이 미스터리의 핵심이자 중심입니다. 우리는 시메온 리의 마음과 머릿속을 깊이 파고들어서 거기에 무엇이 있는지 알아내야 합니다. 왜냐하면 사람은 혼자서 살고 죽는 것이 아니기 때문입니다. 사람은 자신이 가진 것을 자신의 뒤를 잇는 이들에게 물려주는 법입니다…….

시메온 리가 아들딸에게 남겨 준 것은 무엇일까요? 우선 자존심입니다. 그 노인의 자존심은 자식들에 대한 실망으로 상처를 입었습니다. 그리고 인내심이 있습니다. 시메온 리가 자신에게 상처를 준 누군가에게 복수하기 위해 여러 해를 끈기 있게 기다렸다는 이야기를 우리는 들은 바 있습니다. 그의 그런 기질이 적어도 신체적으로 그를 닮은 이들에게 유전되있다는 것을 충분히 알 수 있습니다. 데이비드 리 역시 여러 해를 두고 원한을 품어 온 인물입니다. 외모로 보면 해리 리가 자식들 중에서 유일하게 노인을 쏙 빼닮았습니다. 시메온 리의 젊은 시절의 초상화를 살펴보면 충격적일 만큼 비슷하다는 것을 알 수 있습니다. 콧마루가 높은 매부리코에 길고 날카로운 턱선, 고개를 뒤로 젖히는 품새, 제 생각에 해리 씨는 아버지의 여러 가지 버릇을 물려받은 것 같습니다. 예를 들어 고개를 뒤로 젖히고 웃는 것이라든가 손가락으로 턱을 쓸곤 하는 버릇 같은 것 말입니다.

이런 모든 사항을 마음에 담고, 이 살인이 죽은 자와 밀접한 관계가 있는 사람이 저질렀다는 것을 확신한 저는 심리적인 관점에서 가족을 관찰했습니다. 다시 말해서 저는 가족 중 누가 심리적으로 범인이 될 수 있는지를 가려내고자 했습니다. 그리고 저는 오직 두 사람만이 그런 관점에 부합한다고 판단했습니다. 바로 앨프리드 리씨와 데이비드 씨의 부인인 힐다 리 씨입니다. 데이비드 씨 자신은 범인일 가능성에서 제외했습니다. 그처럼 섬세하고 민감한 감수성의 소유자가 목이 잘려 나가는 유혈낭자한 상황을 직면할 수 있을 것 같지 않아서입니다. 조지 리와 그의 아내 역시 마찬가지로 제외했습니다. 어떤 욕구를 가졌든 간에 그들은 위험을 무릅쓸 기질이 없습니다. 그들은 둘 다 본질적으로 조심스럽습니다. 리디아 씨는 폭력적인 행동을 할 수 없는 사람이라고 저는 확신합니다. 그녀의 성격 속에는 너무 많은 역설적 요소가 있습니다. 해리 리 씨의 경우에는 조금 망설여지더군요. 그는 외면적으로는 분명 상스럽고 공격적입니다만, 으름장과 호통에도 불구하고 본질적으로는 약한 사람임이 분명합니다. 그러자 시메온 리 역시 그렇게 생각했다는 것을 알 수 있었습니다. 그는 해리 역시 나머지 자식들과 똑같이 아무 쓸모 없다고 했지요. 그래서 앞서 언급한 두 사람만이 남게 된 겁니다.

앨프리드 리는 누군가에게 사심 없이 헌신할 수 있는 사람입니다. 그는 여러 해 동안 자신을 통제하고 다른 사람의 의지에 자신을 맞춰왔습니다. 그런 조건에서는 언제나 반전이 있을 수 있습니다. 게다가 아버지에게 은밀히 원한을 품고 있을 가능성도 충분합니다. 어떤 식으로든 표출되지 못하고 점진적으로 커져 온 그런 원한 말입니다. 가장 차분하고 온순한 사람들이 종종 갑작스럽기 짝이 없는 의외의 폭력을 휘두르는 법입니다. 왜냐하면 그런 이들은 일단 통제력이 약해지면 걷잡을 수 없기 때문입니다.

그런 범죄를 저지를 수 있다고 본 또 다른 인물은 힐다 리입니다. 그녀는 경우에 따라서는 자기 손으로 법을 집행할 수 있는 그런 사람입니다. 하지만 결코 이기적인 동기로 움직이진 않습니다. 그런 이들은 심판을 내리고 처벌도 실행합니다. 구약 성서에 나오는 많은 인물이 이런 타입입니다. 예를 들어 야엘과 유디트 같은 여자 말입니다.

그러면 이제 제가 관찰한 범죄 자체의 정황에 대해 살펴보겠습니다. 우선 놀라운 점은 이 범죄가 아주 특별한 조건에서 일어났다는 사실입니다. 시메온 리가 죽어 쓰러져 있던 방 안을 떠올려 보십시오. 기억하실지 모르지만, 거기에는 육중한 탁자와 의자가 나동그라져 있었고, 전등과 도자기들과 유리가 깨어져 있었습니다. 문제는 견고한 마호가니로 만들어진 의자와 탁자입니다. 약한 노인과 싸우는데 그렇게 견고한 가구가 뒤집혀 나동그라질 수 있다니 믿기 어려운 일입니다. 그 모든 것이 비현실적으로 보였습니다. 제정신을 가진 사람이라면 누구라도 그런 정황을 만들지 않을 게 분명합니다. 그런데 그런 일이 일어난 겁니다. 시메온 리는 실제로 힘 좋은 남자에게 살해당했는데, 약한 체력을 가진 남자나 여자에 의한 것처럼 보이기 위해 가장한 것일 수도 있습니다.

하지만 그런 가정은 전혀 설득력이 없습니다. 왜냐하면 가구가 넘어지는 소리가 주의를 환기시킬 것이고 그러면 살인범이 현장을 빠져나갈 시간이 거의 없을 테니까요. 살인범의 입장에서는 시메온 리의 목을 가능한 한 조용히 베는 편이 나았을 겁니다.

또 하나 이상한 점은 방 밖에서 자물통 속으로 열쇠를 넣어 돌렸다는 겁니다. 그런 절차 역시 거칠 이유가 없는 것처럼 보입니다. 그렇다고 해서 이 살인을 자살로 만들 수는 없습니다. 왜냐하면 죽음의 정황 그 자체가 전혀 자살과 부합하지 않았으니까요. 살인범이 창문을 통해 탈출했으리라는 가정도 할 수 없습니다. 그쪽으로는 탈출이 불가능했고, 게다가 그러기 위해서는 이번에도 역시 시간을 들여야 했는데, 살인범에게 시간만큼 귀중한 것도 없었을 테니까요.

또 하나 이해할 수 없는 점이 있습니다……. 시메온 리의 세면도구 주머니에서 잘라 낸 듯한 고무 조각과 서즌 경정이 보여 준 작은 나무못입니다. 사건 후 그 방에 처음 들어선 사람 중의 한 명이 바닥에 떨어져 있는 그것들을 주웠습니다. 또다시 이치에 맞지 않는 사항입니다. 그것들은 정말 아무 의미도 없는 것들이었습니다. 하지만 거기 있었습니다.

여러분도 감지하셨겠지만 이 범죄는 점점 더 이해하기가 어려워집니다. 순서도 없고 방식도 없습니다……. 요컨대 합리적이지가 않습니다.

이제 우리는 더 큰 어려움에 직면하게 됩니다. 서즌 경정은 고인의 부름을 받고 저택으로 왔습니다. 그는 절도 사건을 신고받았고, 1시간 30분 후에 다시 들러 달라는 요청을 받았습니다. 어째서일까요? 시메온 리가 손녀나 가족 중의 누군가를 의심했다면, 어째서 그는 의심 가는 이들을 즉각 만나 보기로 하고 그동안 서즌 경정님에게 아래층에서 기다려 달라고 하지 않았을까요? 실제로 경정님이 집안에 있으면, 죄인이 입을 열 가능성이 훨씬 높았을 텐데 말입니다.

그러므로 이제 우리는 살인범의 행동뿐 아니라 시메온 리의 행동 역시 이상하다는 걸 알게 됩니다.

그래서 저는, '이 일은 온통 잘못되어 있어!' 하고 중얼거렸습니다. 어째서일까요? 그 이유는 우리가 이 사건을 잘못된 관점에서 보고 있기 때문입니다. 이제까지 우리가 본 건 살인범이 우리에게 봐 주기를 바라는 관점입니다…….

이치에 맞지 않는 세 가지 사항이 있습니다. 싸움과 열쇠와 고무 조각 말입니다. 세 가지 모두가 이치에 맞는 지점이 분명히 있을 겁니다. 그래서 저는 범죄의 정황을 잊고 머리를 깨끗이 비운 다음 이 것들을 그 자체로 파악해 보았습니다. 싸움이라…… 싸움이란 무엇을 뜻하는가? 폭력…… 파괴, 소음……. 열쇠는? 어째서 열쇠를 돌린 것일까? 아무도 들어갈 수 없도록 하기 위해서? 하지만 열쇠로 그걸 막을 수는 없었지. 왜냐하면 문은 거의 즉각 밀려 넘어갔으니까. 그렇다면 누군가를 안에 가둬 두기 위해서? 누군가를 밖에 세워

두기 위해서? 고무 조각은? 저는 스스로에게 말했지요. '고무 주머니 조각은 고무 주머니 조각일 뿐이다.'라고요.

그러니까 거기에는 아무것도 없다고 할 수 있습니다. 하지만 꼭 그런 것은 아닙니다. 왜냐하면 앞서 말한 세 가지는 세 가지 인상을 남기니까요. 소음…… 격리…… 무의미…….

이것들이 앞서 범인이 될 수 있다고 본 두 사람에게 부합할까요? 아니요, 부합하지 않습니다. 앨프리드 리나 힐다 리는 조용한 살인을 훨씬 더 마음에 들어 했을 겁니다. 밖에서 문을 잠그느라 시간을 낭비한다는 건 터무니없고, 작은 고무 주머니 조각은 또다시…… 아무 의미도 없게 됩니다.

하지만 전 이 범죄가 결코 불합리하지 않다는 강한 인상을 받았습니다……. 반대로 아주 잘 계획되고 감탄스러울 정도로 멋지게 실행된 범죄라는 느낌 말입니다. 실제로 이 범죄는 성공했습니다. 따라서 일어난 모든 일이 의미가 있는 셈입니다…….

그렇게 생각하자 이윽고 처음으로 어렴풋하게 영감이 떠올랐습니다…….

피……. 넘치는 피, 사방에 낭자한 피……. 피에 대한 집착……. 신선하고 축축하고 번들거리는 피……. 너무나도 많은 피……. 지나치게 많은 피…….

이와 함께 두 번째 생각이 떠올랐습니다. 이건 피의 범죄다. 이건 핏줄 간의 일이다. 시메온 리 자신의 핏줄이 그에게 맞선 것이다……."

에르퀼 푸아로가 앞으로 몸을 기울였다.

"이 사건에서 가장 중요한 두 가지 단서를 두 사람이 무의식적으로 발설했습니다. 첫 번째는 앨프리드 리 부인이 『맥베스』의 한 구절을 인용해 '노인 안에 이렇게 많은 피가 있으리라는 것을 누가 알았으리오?'라고 했지요. 또 하나는 집사 트레실리언이 한 말입니다. 그는 최근 자신의 머리가 이상해진 것 같고, 전에 일어났던 일들이 다시 일어나고 있는 것 같다고 말했습니다. 그에게 그런 이상한 느낌을 불러일으킨 건 아주 단순한 사건이었습니다. 그는 벨이 울리는 소리를 듣고 문을 열러 나갔습니다. 문 앞에 해리 리가 서 있었습니다. 그리고 다음 날에는 스티븐 파에게 문을 열어 주었고요.

자, 그에게 어째서 그런 느낌이 들었을까요? 해리 리와 스티븐 파를 보시면 그 이유를 아실 수 있을 겁니다. 두 사람은 놀라울 정도로 닮았거든요. 바로 그런 이유 때문에 트레실리언은 스티븐 파와 해리 리 각각에게 문을 열어 주고 나서 마치 같은 사람에게 거듭 문을 열어 준 것 같은 느낌이 들었던 겁니다. 똑같은 사람이 서 있는 것처럼 여겨졌을 테니까요. 오늘에서야 트레실리언은 자신이 항상 사람을 혼동하곤 한다는 말을 하더군요. 이상한 일도 아니지요. 스티븐 파는 콧마루가 높은 데다 웃을 때면 고개를 뒤로 젖히는 버릇이 있고, 엄지로 턱을 쓸곤 하는 습관이 있습니다. 시메온 리의 젊은 시절의 초상화를 주의 깊게 들여다보면 해리 리뿐 아니라 스티븐 파의 모습도 보실 수 있습니다……."

스티븐이 몸을 움직거렸다. 그의 의자에서 삐걱 소리가 났다. 푸아로가 계속 말했다.

"시메온 리가 분통을 터뜨리며 가족을 향해 장광설을 늘어놓았던 일을 떠올려 보십시오. 그는 사생아로 태어난 아들이 적자들보다 나을 거라고 장담했습니다. 여기서 다시 시메온 리의 성격으로 되돌아갑시다. 그는 여자들에게 인기가 있었고, 자기 아내를 몹시 가슴 아프게 했습니다. 시메온 리는 비슷한 나이대의 아들들로 호위대를 만들 수도 있을 것이라고 필라르에게 떠벌리지 않았습니까. 그래서 나는 이런 결론에 이르렀습니다. 이 집에는 합법적으로 결혼해서 얻은 자식들 외에 드러나지 않고 인정받지 못한 채 그의 피를 이어받은 시메온 리의 아들이 있다는 겁니다."

스티븐 파가 자리에서 일어섰다. 푸아로가 말했다.

"그게 당신의 진짜 이유 아니었나요? 기차에서 만난 아가씨에 대한 달콤한 로맨스가 아닙니다. 당신은 그녀를 만나기 전에 이미 이곳으로 오고 있었습니다. 아버지가 어떤 사람인지 보기 위해서 말입니다……."

스티븐의 얼굴이 백지장처럼 하얘졌다. 그가 입을 열었다. 그의 목소리는 갈라지고 탁했다.

"그렇습니다. 저는 언제나 궁금했지요……. 어머니는 이따금 아버지에 대해 말씀하시곤 했습니다. 그 궁금증이 점점 자라나 일종의 강박 관념 같은 것이 되었습니다. 아버지가 어떤 사람인지 봐야겠다는 것 말입니다. 저는 돈을 좀 만들어서 영국으로 왔습니다. 저는 그에게 제가 누구인지 알리지 않을 작정이었습니다. 저는 에브 노인의 아들인 척했지요. 제가 이곳에 온 건 단 한 가지 이유 때문입니다. 아버지라는 사람을 보고 싶어서……."

서즌 경정이 거의 속삭이는 듯한 목소리로 말했다.

"맙소사. 내가 장님이었어……. 이제야 알겠군. 두 차례나 나는 당신을 해리 리로 잘못 본 적이 있는데도 전혀 눈치 채지 못했소."

서즌이 필라르에게 몸을 돌렸다.

"안 그렇습니까? 당신이 보았다는, 문밖에 서 있던 사람이 스티븐 파 아닙니까? 지난번 당신은 망설이다가 그를 힐긋 바라본 다음 문 앞에 서 있던 사람이 누군지는 모르지만 여자였노라고 말했습니다. 당신은 파가 거기 서 있는 걸 보았지만 그의 정체를 드러내기 싫었던 거죠."

가볍게 옷이 스치는 소리가 들렸다. 힐다 리의 깊이 있는 목소리가 들려왔다.

"아뇨, 그 말은 틀렸어요. 필라르가 본 사람은 저였어요……."
푸아로가 소리쳤다.

"당신이라고요, 마담? 예, 나도 그렇게 생각했습니다……."
힐다가 조용히 말했다.

"자기 방어 본능이란 이상한 거예요. 저는 제가 그렇게 비겁한 인간인 줄 몰랐어요. 단순히 두렵다는 이유로 입을 열지 않다니!"

"이제 우리에게 자세히 말씀해 주시겠습니까?"

그녀가 고개를 끄덕였다.

"저는 데이비드와 함께 음악실에 있었어요. 그가 연주를 하고 있었지요. 남편의 기분은 아주 기묘한 듯했습니다. 저는 조금 겁에 질려 있었어요. 이곳으로 와야 한다고 고집을 부린 것이 저였던 만큼 몹시 책임감을 느꼈지요. 데이비드가 「장송 행진곡」을 치기 시작하자, 문득 저는 마음을 정했습니다. 괴상하게 여겨지겠지만 그날 밤 당장 그 집을 떠나기로 결심했습니다. 저는 조용히 음악실을 나와 위층으로 올라갔습니다. 아버님께 가서 차분하게 우리가 왜 떠나려는지 말씀드릴 생각이었죠. 저는 아버님 방으로 통하는 복도를 따라가 방문을 두드렸어요. 대답이 없었습니다. 저는 조금 더 세게 방문을 두드렸습니다. 여전히 대답이 없었습니다. 저는 문손잡이를 돌려 보았어요. 방문이 잠겨 있었습니다. 그래서 망설이며 서 있는데 방 안에서 소리가 들려왔어요……."

그녀가 말을 멈추었다.

"제 말을 믿지 않으시겠지만 사실이에요. 누군가 안에 있었어요……. 아버님을 공격하고 있었던 거죠. 탁자와 의자가 뒤집히는 소리와 유리와 도자기들이 깨지는 소리에 이어 무시무시한 비명이 마지막에 들려왔어요. 그런 다음 아무 소리도 들리지 않더군요……. 침묵이었어요. 저는 몸이 마비된 채 그 자리에 서 있었어요. 움직일 수가 없었죠. 이윽고 파 씨가 달려왔고, 맥덜린과 다른 사람들도 왔어요. 파 씨와 해리 서방님이 문을 밀어 넘어뜨렸지요. 그런데 방 안에는 아무도 없었어요. 피 웅덩이 속에 죽은 채 누워 있는 아버님말고는요."

그녀의 차분한 목소리가 좀 더 높아졌다. 그리고 외쳤다.

"거기에는 다른 아무도 없었어요……. 아무도 없었다고요, 아시겠
어요? 그 방에서 밖으로 나온 사람은 없어요……."

VII

서즌 경정이 깊게 숨을 들이쉬고는 말했다.

"제가 정신이 이상해지고 있든가 다른 사람들이 그런 것 같군요.
리 부인, 당신이 한 말은 도저히 이치에 닿지 않는 이야기입니다. 정
신 나간 이야기라고요!"

힐다 리가 외쳤다.

"장담하건대 저는 그 안에서 그들이 싸우는 소리를 들었어요. 그
리고 노인이 목이 잘릴 때 내는 비명을 들었어요……. 그런데 아무
도 나오지 않았고, 그 방 안에 아무도 없었다고요."

에르퀼 푸아로가 말했다.

"그런데도 그동안 줄곧 당신은 아무 말씀도 하지 않으셨군요."

얼굴이 창백해져 있었지만 힐나 리는 차분하게 대답했다.

"그래요. 왜냐하면 제가 어떤 일이 일어났는지를 이야기하면,
여러분이 말하거나 생각할 수 있는 건 오직 한 가지뿐일 테니까
요……. 제가 그를 죽였다고요……."

푸아로가 고개를 내저었다.

"아니요, 당신은 그를 죽이지 않았습니다. 그를 죽인 건 그의 아들

입니다.”

스티븐 파가 말했다.

“신께 맹세코 저는 그의 몸에 손도 대지 않았습니다.”

“당신이 아닙니다. 그에게는 다른 아들들이 있지요.”

해리가 말했다.

“이게 도대체…….”

조지가 물끄러미 허공을 응시했다. 데이비드가 한 손으로 눈을 가렸다. 앨프리드가 두 차례 눈을 깜박였다.

푸아로가 말했다.

“처음 이곳에 온 날 밤…… 살인이 일어난 날 밤이지요……. 전 유령을 본 것 같은 느낌이었습니다. 고인의 유령 말입니다. 해리 리를 처음 보았을 때 저는 어리둥절하지 않을 수 없었습니다. 전에 본 적이 있는 것 같은 느낌이었거든요. 그의 이목구비를 주의 깊게 살펴보고 나는 그가 자기 아버지와 무척 닮았다는 것을 깨달았습니다. 그래서 친숙한 느낌이 든 거라고 생각했지요.

하지만 어제 제 앞에 앉아 있는 남자가 고개를 뒤로 젖히고 웃음을 터뜨렸을 때…… 나는 해리 리를 떠올리게 한 것이 바로 그 사람이었다는 것을 깨달았습니다. 그래서 그 얼굴에서 고인의 특징을 다시 찾아보았지요.

트레실리언이 혼동한 것도 이상한 일이 아니었습니다. 문을 열러 나간 그는 문밖에 몹시 닮은 사람이 서 있는 것을 보았습니다. 그게 둘이 아니라 세 사람이었던 겁니다. 조금만 거리를 두고 보면 서로 혼동할 정도로 닮은 사람이 셋이나 집 안에 있으니, 그가 자신은 늘 사람을 혼동한다고 털어놓는 것도 무리가 아니었던 겁니다. 똑같은 체격, 턱을 쓰다듬는 버릇 같은 똑같은 몸짓, 똑같이 고개를 뒤로 젖히고 소리 내어 웃는 습관, 똑같이 눈에 띄는 높은 콧마루를 가진 사람들 말입니다. 하지만 이런 유사성이 늘 쉽게 눈에 띄지는 않았습니다. 왜냐하면 세 번째 사내에게는 콧수염이 있었으니까요."

푸아로가 앞으로 몸을 기울였다.

"사람들은 때때로 경찰도 사람이라는 것을 잊곤 합니다. 그들에게도 아내와 아이와 어머니가 있다는 걸요."

그는 잠시 말을 멈추었다.

"그리고 아버지도 있지요……. 이 지방에서 시메온 리의 평판이 어땠는지 떠올려 보십시오. 여자들과의 염문으로 아내의 가슴을 찢어지게 한 사내였습니다. 사생아로 태어난 아들이 아버지를 많이 닮을 수도 있습니다. 아버지의 신체적 특징뿐 아니라 몸짓까지 물려받았을 수 있습니다. 또한 자존심과 인내심과 복수심까지도 말입니다."

그의 목소리가 높아졌다.

"서즌, 평생 동안 당신은 당신에게 잘못을 저지른 아버지에게 원한을 품어 왔습니다. 제 생각에 당신은 아주 오래전에 그를 죽이기로 결심한 것 같군요. 당신은 이곳에서 그리 멀지 않은 옆 지방 출신입니다. 당신의 어머님께서는 시메온 리가 후하게 준 돈을 갖고 아이에게 아버지 노릇을 대신해 줄 남편을 찾았을 겁니다. 미들셔 경찰에 들어가 기회를 기다리는 게 당신으로서는 어려운 일이 아니었을 테죠. 경정이라는 위치는 살인을 저지르고 빠져나갈 기회를 잡기 좋으니 말입니다.”

서즌의 얼굴이 새하얘졌다. 그가 소리쳤다.

“당신은 미쳤습니다. 그가 살해되었을 때 나는 집 밖에 있었어요.”

푸아로가 고개를 내저었다.

“그렇습니다. 당신은 집에서 첫 번째로 나가기 전에 그를 죽였습니다. 당신이 떠난 후 살아 있는 그를 본 사람은 아무도 없습니다. 당신에게 그 일은 누워서 떡 먹기였을 겁니다. 시메온 리는 자네를 기다리고 있었습니다. 하지만 그가 당신을 오라고 한 것이 아니라 당신이 직접 전화를 걸어 절도에 대해 암시했죠. 당신은 그날 밤 8시 직전에 그를 방문해 경찰 모금차 온 척하겠다고 했습니다. 시메온 리는 전혀 의심하지 않았죠. 그는 당신이 자기 아들이라는 것을 몰랐으니까요. 당신은 여기 와서 그에게 다이아몬드가 바뀌었다고 말했습니다. 그러자 시메온 리는 진짜 다이아몬드가 금고 속에 안전하게 있는 것을 보여 주겠다면서 금고를 열었습니다. 당신은 잘못 알았다고 하면서 그와 함께 난롯가로 돌아와서는 눈치 채지 못하게 그를 붙잡아 목을 베었죠. 그가 비명을 지를 수 없도록 한 손으로 그의 입을 막고 말입니다. 당신처럼 힘 좋은 남자에게는 어린애 장난 같은 일이었을 겁니다.

그런 다음 당신은 무대를 만들었습니다. 우선 다이아몬드를 챙겼죠. 그리고 탁자와 의자, 전등 유리 장식물을 쌓아 올린 다음 몸에 감아 들여온 가는 끈으로 이리저리 감아 놓았습니다. 당신은 일정량의 구연산나트륨을 섞어 놓은, 갓 잡은 동물의 피도 한 병 가지고 왔습니다. 그것을 아무렇게나 주위에 뿌린 다음 시메온 리의 상처에서 흘러나온 피에도 구연산나트륨을 섞고, 시체가 식지 않도록 하기 위해 난롯불을 지폈습니다. 그리고 끈의 양쪽 끝을 창문 아래의 좁은 틈을 통해 밖으로 내보내 벽에 매달려 있도록 해 놓았습니다. 그런 다음 방을 나와 밖에서 열쇠로 문을 잠갔습니다. 그것은 아주 중요한 일이었죠. 왜냐하면 혹시라도 누군가 방에 들어가서는 안 되니까 말입니다.

당신은 밖으로 나와 다이아몬드를 돌 화단 속에 감추었습니다. 그것들이 조만간 거기서 발견된다면, 당신이 원하는 대로 시메온 리의 적자로 구성된 일가가 더욱 강한 의심을 받을 테니 말입니다. 9시 15분이 조금 못 되어 당신은 다시 이곳으로 와서 창문 아래로 가서 끈을 잡아당겼습니다. 그러자 당신이 주의 깊게 쌓아 올려 놓은 물건들이 무너져 내렸습니다. 가구와 도자기가 와장창 소리를 내며 함께 나동그라졌습니다. 당신은 끈의 한쪽 끝을 잡아당겨 외투와 조끼를 걷어 올리고 봄에 감았습니다. 그리고 당신이 해 놓은 장치가 한 가지 더 있지 않습니까!"

그가 다른 사람들에게로 몸을 돌렸다.

"리 씨가 죽어 가며 지른 비명을 각자 얼마나 다르게 묘사했는지 기억하십니까? 앨프리드 씨 당신은 죽어 가는 사람이 내지르는 비명이라고 했습니다. 당신의 아내와 데이비드 씨는 지옥의 영혼이

내는 소리라는 표현을 썼습니다. 반면 힐다 씨는 영혼이 없는 존재
가 내지르는 비명였다고 했지요. 그녀는 사람이 내는 소리가 아니
라 짐승이 내는 소리 같았다고 말했습니다. 진실에 가장 근접한 표
현을 한 것은 해리 리 씨입니다. 그는 그 소리가 돼지를 잡을 때 나
는 소리 같았다고 말했습니다.

시장에서 파는 돼지가 그려진 긴 분홍색 공기 주머니를 아십니
까? '돼지 멱따기'라고 하지요. 공기가 빠져나가면서 짐승의 비명
같은 게 들립니다. 서즌, 그것이 당신이 마지막으로 해 놓은 장치였
습니다. 당신은 그 방에 그런 걸 장치해 놓은 겁니다. 그 주머니의
주둥이는 나무못으로 막혀 있었고 그 못은 끈에 연결되어 있었습니
다. 자네가 줄을 잡아당기자 못이 빠져나와 주머니에서 공기가 빠
지기 시작했습니다. 그래서 가구들이 무너지는 소리와 함께 '돼지
멱따는 소리'가 울려 퍼진 겁니다."

푸아로는 다시 한 번 다른 사람들을 돌아보았다.

"이제 여러분은 필라르 에스트라바도스가 집어 든 것이 무엇인지
아시겠지요? 경정은 적시에 그곳에 도착해 누군가가 알아채기 전에
그 작은 고무 조각을 수거하려고 했습니다. 그는 몹시 공식적인 태
도로 필라르에게서 재빨리 그것을 빼앗았지요. 하지만 그가 그 일
을 아무에게도 언급한 적이 없다는 사실을 잊지 마십시오. 그 자체
만으로도 의심이 가지 않을 수 없습니다. 그 이야기를 맥덜린 리에
게서 듣고 나서 나는 그에게 그 점을 캐물었습니다. 그는 그런 상황
이 일어날 경우에 대비해 놓고 있었습니다. 그는 리 씨의 세면도구

주머니 끝을 베어 내어 나무못과 함께 내보였습니다. 겉으로 보기에 그것은 똑같았습니다. 고무 조각 하나와 나뭇조각 하나 말입니다. 저는 당시 그것이 무의미하다고 생각했습니다. 하지만 어리석게도 처음에는, '이건 아무 의미도 없어. 그러므로 거기 있을 수가 없지. 그렇다면 서즌 경정이 거짓말을 하고 있다는 건데…….'라는 말을 하지 않았습니다. 그렇게 생각했어야 했는데 말입니다. 그렇습니다. 어리석게도 전 그것을 설명해 줄 만한 것을 찾아내려고 애썼습니다. 마드무아젤 에스트라바도스가 가지고 놀다가 터진 풍선 주둥이를 보고, 그것이 바로 자신이 시메온 리의 방에서 주운 것과 같다고 소리쳤을 때에야 저는 진실을 알 수 있었습니다.

이제 모든 것이 어떻게 들어맞는지 아시겠지요? 있음 직하지 않은 싸움은 사망 시각을 꾸며 내기 위해 필요했습니다. 방문을 잠근 것은 누군가 너무 일찍 시체를 발견하지 못하게 하기 위해서였습니다. 죽어 가는 사람이 내지른 비명도 그렇습니다. 이 범죄는 이제 논리적이고 합리적으로 설명됩니다.

필라르 에스트라바도스가 자신이 시메온 리의 방에서 주운 것이 터진 풍선 주둥이였다는 사실을 소리 내어 외친 순간부터 살인자는 그녀를 위험한 화약고로 여기지 않을 수 없었습니다. 필라르의 목소리가 상당히 높고 명료했고 창문들이 모두 열려 있었던 만큼 당시 집 안에 있던 살인자가 그 말을 들었다면, 그녀는 상당한 위험에 처한 셈이었습니다. 그렇잖아도 필라르는 살인범에게 아주 성가신 언급을 한 적이 있었습니다. 리 노인에 대해 말하면서 그녀는, '할아버지는 젊었을 때 무척 미남이셨을 거예요.'라고 하고는 서즌을 향해 '경정님처럼 말이에요.'라고 덧붙였지요. 그녀의 말은 말뜻 그대로였고, 서즌도 그걸 알고 있었습니다. 서즌의 얼굴이 새빨개지며 헉 하고 숨을 멈춘 것도 놀라운 일이 아닙니다. 그것은 너무나도 뜻밖이고 치명적인 위험으로 작용했으니까요. 그 이후 그는 그녀에게 혐의가 가기를 바랐으나 상속분이 전혀 없는 손녀로서 동기가 없다는 것이 명백해지자 그 일은 뜻밖에도 쉽지 않았지요. 나중에 풍선에 대해 말하는 필라르의 명료하고 높은 목소리를 집 안에서 들은 그는 최후의 조치를 취하기로 결심했습니다. 그는 우리가 점심 식사를 하는 동안 부비 트랩을 설치했습니다. 다행히도 기적적으로 그 시도는 실패했지요……."

숨소리 하나 들리지 않는 완벽한 침묵이 흘렀다. 서즌이 조용히 물었다.

"언제 확신하셨습니까?"

"가짜 콧수염을 가져와 시메온 리의 초상화에 대보기 전까지는 그렇게 확신하지 못했습니다. 그런데 콧수염을 붙이자 그 얼굴은 바로 경정님 얼굴이더군요."

"그의 영혼은 지옥에서 썩을 겁니다. 난 내가 한 일을 후회하지 않습니다!"

12월 28일

I

리디아 리가 말했다.

"필라르, 널 위해 뭔가 확실한 걸 마련할 때까지 우리와 함께 있는 편이 나을 것 같구나."

필라르가 온순하게 대답했다.

"당신은 너무나도 친절하세요, 리디아. 정말 좋은 분이에요. 공연히 벼들어 대지 않고 아주 쉽게 사람을 용서해 주시는군요."

리디아가 미소를 지었다.

"네 이름이 아닐 텐데 나는 여전히 널 필라르라고 부르는구나."

"그렇네요. 제 진짜 이름은 콘치타 로페즈예요."

"콘치타 역시 예쁜 이름이구나."

"정말 너무나 친절하세요, 리디아. 하지만 저 때문에 더 이상 마음

쓰실 것 없어요. 저는 스티븐과 결혼해서 남아프리카로 갈 거예요.”

“음, 그거 아주 좋은 결말인 것 같구나.”

필라르가 수줍어하며 말했다.

“이렇게 친절하게 대해 주셨으니 말인데요. 리디아, 언제든 크리스마스 때 여기 와서 묵어도 될까요? 크래커와 뜨거운 건포도, 트리 위에 빛나는 장식물들, 작은 눈사람이 있는 크리스마스에 말이에요.”

“물론이지. 그러면 진짜 영국식 크리스마스를 즐기게 될 거다.”

“멋질 거예요. 알다시피 리디아, 올해는 전혀 멋진 크리스마스가 아니었거든요.”

리디아가 숨을 멈추고 대답했다.

“그래, 멋진 크리스마스가 아니었지…….”

II

해리가 말했다.

“그럼 잘 있어, 앨프리드 형. 나를 너무 자주 보게 돼서 골치 아프다고 걱정하지 않아도 돼. 난 하와이로 갈 거야. 돈이 좀 생기면 거기 가서 살고 싶었거든.”

“잘 가라, 해리. 넌 행복하게 살 거다. 그러길 빈다.”

해리는 약간 어색한 태도였다.

“너무 골려 대서 미안해, 형. 내 유머 감각이 좀 맛이 갔거든. 누군

336

가를 놀려 먹지 않을 수가 없어서 말이야."

앨프리드가 힘들여 말했다.

"나도 농담을 받아들이는 법을 배워야 할 것 같다."

해리가 안도의 한숨을 내쉬었다.

"그럼…… 잘 있어."

III

앨프리드가 말했다.

"데이비드, 네 형수와 나는 이 저택을 팔기로 결정했다. 어머니 물건들 중에서 네가 갖고 싶어 할 게 몇 가지 있을 것 같구나. 어머니가 사용하시던 의자나 발판 같은 것 말이다. 넌 어머니가 가장 귀여워한 아들이었으니까."

데이비드가 한순간 주저하더니 이윽고 천천히 말했다.

"생각해 줘서 고마워, 앨프리드 형. 하지만 그럴 필요 없을 것 같이. 난 이 집의 그 어떤 것도 갖고 싶지 않아. 과거와는 완전히 연을 끊는 게 더 좋을 것 같아."

"그래, 이해한다. 네 말이 맞아."

IV

조지가 말했다.

"그럼, 잘 있어 앨프리드 형. 안녕히 계십시오, 형수님. 정말 얼마나 끔찍한 시간을 보냈는지, 원. 이제 재판이 열리겠군요. 이 모든 수치스러운 이야기가 드러나겠네요……. 서즌이…… 그러니까…… 우리 아버지의 아들이라는 사실 말입니다. 이런 식으로 조치를 취할 수는 없을까요? 예를 들어 급진적 공산주의자인 그자가 자본가나 뭐 그런 종류인 우리 아버지를 증오해서 이런 일을 저지른 것이라고 하는 편이 더 낫지 않을까요?"

리디아가 대답했다.

"조지 서방님, 서즌 같은 사람이 우리의 마음을 편안하게 해 주기 위해 법정에서 거짓말을 할 거라고 생각하세요?"

"어…… 아마도 그렇지 않겠죠. 그래요, 형수님이 무슨 말씀을 하시는지 압니다. 어쨌든 그자는 미쳤어요. 그럼 다시 한 번 말하지만 안녕히 계십시오."

맥덜린이 말했다.

"안녕히 계세요. 내년 크리스마스에는 모두 리비에라 같은 곳에 가서 즐겁게 지냈으면 해요."

"비용이 얼마나 드느냐에 달렸지."

"여보, 인색하게 굴지 말아요."

V

앨프리드가 테라스로 나왔다. 리디아가 돌 화단 위로 몸을 기울이고 있다가 남편을 보고 몸을 일으켰다.

앨프리드가 한숨을 내쉬며 말했다.

"음…… 모두들 떠났어."

"그래……. 잘됐어."

"그런 셈이지."

"여길 떠나게 돼서 당신은 기쁠 거야."

"당신은 마음에 걸려?"

리디아가 물었다.

"아니, 나도 기뻐. 우리가 함께할 수 있는 멋진 일들이 너무 많아. 이곳에서 살면 줄곧 그 악몽을 되새기게 될 테지. 이 모든 게 끝나서 얼마나 고마운지!"

"에르퀼 푸아로 씨께 감사해야 해."

"그래. 그가 사건을 설명할 때 모든 것이 척척 들어맞는 걸 보고 정말이지 놀랍더군."

"맞아. 마치 조각 그림 맞추기를 끝낼 때 도저히 어디에도 들어맞지 않는다고 장담했던 괴상한 모양의 조각들이 너무나도 자연스럽게 제자리를 찾아가는 것처럼 말이야."

"대단한 건 아니지만 아무리 해도 들어맞지 않는 것이 하나 있어. 도대체 조지는 전화를 건 다음 무엇을 했을까? 어째서 그 애는 그 말을 하지 않으려고 들까?"

"모르고 있었어? 난 줄곧 알고 있었는데. 서방님은 당신 책상 위에 있는 서류들을 훑어보고 있었어."

"이런, 그럴 리가. 리디아, 어떻게 그런 짓을!"

"조지 서방님이라면 할 수 있지. 서방님은 돈 문제에 놀라울 정도로 관심이 많아. 그러니 당연히 사실을 말할 수 없었겠지. 피고석에 앉지 않는 한 서방님은 그 사실을 털어놓지 않을 거야."

"당신은 지금 또 다른 정원을 만들고 있어?"

"그래."

"이번엔 어떤 건데?"

"에덴 동산이 될 것 같아. 뱀 같은 건 없고 중년에 접어든 아담과 이브가 등장하는 새로운 버전의 에덴 동산 말이야."

앨프리드가 부드럽게 말했다.

"사랑하는 리디아, 그 모든 세월 동안 당신은 정말 잘 참아 주었어. 변함없이 내게 너무나도 잘해 주었어."

"앨프리드, 난 당신을 사랑해……."

VI

존슨 대령이 소리쳤다.

"아뿔싸!"

그런 다음 그가 다시 말했다.

"이거 참!"

그리고 마지막으로 다시 한 번 소리쳤다.

"아뿔싸!"

존슨은 의자에 앉은 채 몸을 뒤로 기대고는 물끄러미 푸아로를 응시했다. 그가 서글픈 어조로 탄식했다.

"그 친구는 부하 직원 중에서 최고였는데! 경찰이 어떻게 되려고 이러지?"

"경찰에게도 사생활은 있는 법 아닌가! 서즌은 무척 자부심이 강한 친구였네."

푸아로의 대답에 존슨 대령이 고개를 내저었다.

답답함을 풀려는 듯 벽난로의 장작을 발로 찬 그가 뜬금없이 말했다.

"내가 늘 말하는 것처럼…… 장작 난로만한 게 없다니까."

에르퀼 푸아로는 목덜미에 술기운이 도는 것을 느끼며 생각했다.

"푸르 무아(내가 보기엔), 중앙난방이 나은데……."

〈끝〉

옮긴이 | 김남주

김남주는 서울에서 태어나 이대 불문과를 졸업하고 주로 프랑스 문학과 인문학 책들을 우리말로 옮겨왔다. 옮긴 책으로 프랑수아즈 사강의 『브람스를 좋아하세요』, 로맹 가리의 『새들은 페루에 가서 죽다』와 『가면의 생』, 엑토르 비앙시오티의 『밤이 낮에게 하는 이야기』와 『아주 느린 사랑의 발걸음』, 아멜르 노통브의 『사랑의 파괴』와 『오후 네 시』와 『로베르』, 필립 솔레르스의 『모차르트 평전』, 레몽 장의 『세잔 졸라를 만나다』, 로버트 래드포드의 『달리』, 도미니크 보나의 『세 예술가의 연인』, 그리고 황금가지판 크리스티 전집 1, 2, 5, 12, 13, 15, 20, 44권 등이 있다.

애거서 크리스티 전집

푸아로의 크리스마스

3판 1쇄 찍음 2022년 6월 20일
3판 1쇄 펴냄 2022년 6월 27일

지은이 | 애거서 크리스티
옮긴이 | 김남주
발행인 | 박근섭
편집인 | 김준혁
책임편집 | 정미리
펴낸곳 | 황금가지

출판등록 | 2009. 10. 8 (제2009-000273호)
주소 | 135-887 서울 강남구 신사동 506 강남출판문화센터 5층
전화 | **영업부** 515-2000 **편집부** 3446-8774 **팩시밀리** 515-2007
홈페이지 | www.goldenbough.co.kr

도서 파본 등의 이유로 반송이 필요할 경우에는 구매처에서 교환하시고
출판사 교환이 필요할 경우에는 아래 주소로 반송 사유를 적어 도서와 함께 보내주세요.
06027 서울 강남구 도산대로 1길 62 강남출판문화센터 6층 민음인 마케팅부

© ㈜민음인, 2022. Printed in Seoul, Korea
ISBN 978-89-8273-720-6 04840
ISBN 978-89-8273-700-8 04840(set)

㈜민음인은 민음사 출판 그룹의 자회사입니다.
황금가지는 ㈜민음인의 픽션 전문 출간 브랜드입니다.